中國語言文字研究輯刊

六　編

許 錟 輝 主編

第6冊

春秋金文字形全表及構形研究

（第四冊）

楊 秀 恩 著

花木蘭文化出版社

國家圖書館出版品預行編目資料

春秋金文字形全表及構形研究（第四冊）／楊秀恩 著 -- 初版 -- 新北市：花木蘭文化出版社，2014〔民 103〕

目 2+228 面；21×29.7 公分

（中國語言文字研究輯刊　六編；第 6 冊）

ISBN：978-986-322-661-1（精裝）

1. 金文　2. 春秋時代

802.08　　103001862

ISBN-978-986-322-661-1

9 789863 226611

中國語言文字研究輯刊

六　編　　第六冊　　ISBN：978-986-322-661-1

春秋金文字形全表及構形研究（第四冊）

作　　者　楊秀恩

主　　編　許錟輝

總 編 輯　杜潔祥

副總編輯　楊嘉樂

編　　輯　許郁翎

出　　版　花木蘭文化出版社

社　　長　高小娟

聯絡地址　235 新北市中和區中安街七二號十三樓

電話：02-2923-1455／傳眞：02-2923-1452

網　　址　http://www.huamulan.tw　信箱　hml 810518@gmail.com

印　　刷　普羅文化出版廣告事業

初　　版　2014 年 3 月

定　　價　六編 16 冊（精裝）新台幣 36,000 元

春秋金文字形全表及構形研究（第四冊）

楊秀恩　著

目次

第二冊

第三冊

第四冊

孔

【春秋早期】

曾子軌鼎（集成 2757）（曾）

秦子簋蓋（通鑑 5166）

郳太宰欉子䣄簠（集成 4623）（郳）

曾伯霥簠蓋（集成 4632）（曾）（曾）

曾伯霥簠（集成 4631）（曾）

大師盤（新收 1464）

【春秋中期】

子犯鐘甲 B（新收 1009）（晉）

子犯鐘甲 F（新收 1013）（晉）

子犯鐘乙 B（新收 1021）（晉）

周王孫季怠戈（集成 11309）（周）

【春秋晚期】

王孫誥鐘二（新收 419）（楚）

王孫誥鐘三（新收 420）（楚）

王孫誥鐘四（集成 421）（楚）

王孫誥鐘五（新收 422）（楚）

王孫誥鐘十（新收 427）（楚）

王孫誥鐘十二（新收 429）（楚）

王孫誥鐘十三（新收 430）（楚）

王孫誥鐘十五（新收 434）（楚）

王孫誥鐘二十（新收 433）（楚）

王孫誥鐘二十三（新收 443）（楚）

王孫遺者鐘（集成 261）（楚）

郳太宰簠蓋（集成 4624）（郳）

徐王子旃鐘（集成 182）（徐）

沇兒鎛（集成 203）（徐）

沇兒鎛（集成 203）（徐）

石鼓（獵碣・汧沔）（通鑑 19817）（秦）

石鼓（獵碣・田車）（通鑑 19818）（秦）

石鼓（獵碣・鑾車）（通鑑 19819）（秦）

石鼓（獵碣・鑾車）（通鑑 19819）（秦）

石鼓（獵碣・而師）（通鑑 19822）（秦）

石鼓（獵碣・吳人）（通鑑 19825）（秦）

【春秋時期】

史孔卮（集成 10352）

不

【春秋早期】

秦公鐘甲（集成 262）（秦）

秦公鐘丙（集成 264）（秦）

秦公鎛甲（集成 267）（秦）

秦公鎛乙（集成 268）（秦）

秦公鎛丙（集成 269）（秦）

秦公簋器（集成 4315）（秦）

叔家父簠（集成 4615）

曾伯霥簠蓋（集成 4632）（曾）

曾伯霥簠（集成 4631）（曾）

戎生鐘乙（新收 1614）（晉）

戎生鐘丙（新收 1615）（晉）

【春秋中期】

公典盤（新收 1043）

子犯鐘乙B（新收 1021）（晉）

者𣶃鐘一（集成 193）（吳）

者𣶃鐘一（集成 193）（吳）

者𣶃鐘二（集成 194）（吳）

者𣶃鐘四（集成 196）（吳）

者𣶃鐘四（集成 196）（吳）

者𣶃鐘四（集成 196）（吳）

者𣶃鐘四（集成 196）（吳）

【春秋晚期】

王子午鼎（集成 2811）（楚）

王子午鼎（集成 2811）（楚）

王子午鼎（新收 444）（楚）

王子午鼎（新收 446）（楚）

王子午鼎（新收 445）（楚）

王子午鼎（新收 447）（楚）

王孫誥鐘一（新收 418）（楚）

王孫誥鐘一（新收 418）（楚）

王孫誥鐘二（新收 419）（楚）

王孫誥鐘二（新收 419）（楚）

王孫誥鐘二（新收 419）（楚）

王孫誥鐘三（新收 420）（楚）

王孫誥鐘三（新收 420）（楚）

王孫誥鐘四（集成 421）（楚）

王孫誥鐘四（集成 421）（楚）

王孫誥鐘四（新收 421）（楚）

王孫誥鐘五（新收 422）（楚）

王孫誥鐘五（新收 422）（楚）

王孫誥鐘五（新收 422）（楚）

王孫誥鐘六（新收 423）（楚）

王孫誥鐘六（新收 423）（楚）

王孫誥鐘七（新收 424）（楚）

王孫誥鐘八（新收 425）（楚）

王孫誥鐘八（新收 425）（楚）

王孫誥鐘八（新收 425）（楚）

王孫誥鐘九（新收 426）（楚）

王孫誥鐘九（新收 426）（楚）

王孫誥鐘十（新收 427）（楚）

王孫誥鐘十（新收 427）（楚）

王孫誥鐘十（新收 427）（楚）

王孫誥鐘十一（新收 428）（楚）

王孫誥鐘十二（新收 429）（楚）

王孫誥鐘十二（新收 429）（楚）

王孫誥鐘十三（新收430）（楚）
王孫誥鐘十五（新收434）（楚）
王孫誥鐘十八（新收432）（楚）
王孫誥鐘二十四（新收440）（楚）
競孫不欽壺（通鑑12344）（楚）
𪓰鎛庚（新收495）（楚）
蔡侯龖盤（集成10171）（蔡）
蔡侯龖歌鐘乙（集成211）（蔡）
蔡侯龖鎛乙（集成220）（蔡）
蔡侯龖鎛丁（集成222）（蔡）
工吳王䱷𤙭工吳劍（通鑑18067）
庚壺（集成9733）（齊）

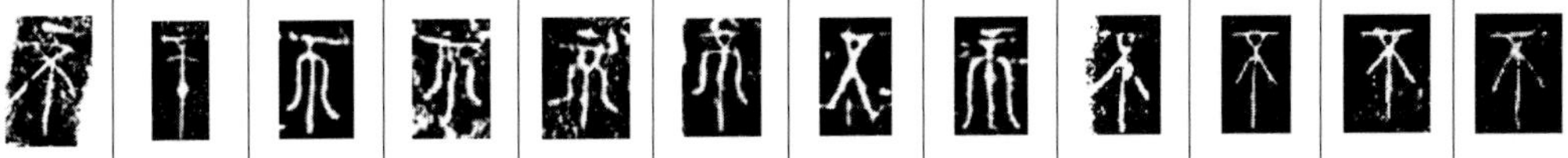

王孫誥鐘十三（新收430）（楚）
王孫誥鐘十六（新收436）（楚）
王孫誥鐘二十（新收433）（楚）
王孫誥鐘二十四（新收440）（楚）
競孫不欽壺（通鑑12344）（楚）
𪓰鐘戊（新收485）（楚）
蔡侯龖歌鐘甲（集成210）（蔡）
蔡侯龖歌鐘丙（集成217）（蔡）
蔡侯龖鎛丙（集成221）（蔡）
蔡侯龖鎛丁（集成222）（蔡）
鄬侯少子簋（集成4152）（莒）
杕氏壺（集成9715）（燕）

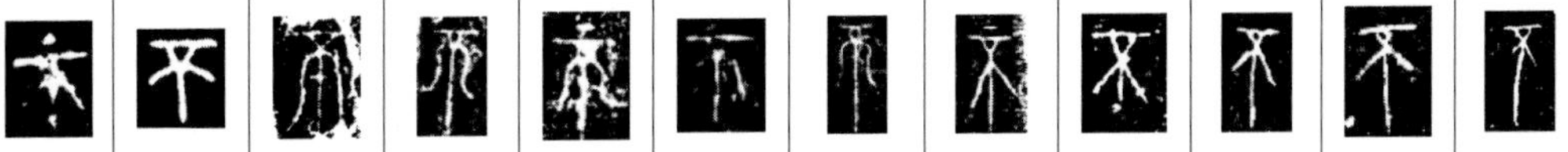

王孫誥鐘十四（新收431）（楚）
王孫誥鐘十七（新收435）（楚）
王孫誥鐘二十（新收433）（楚）
王孫誥鐘二十五（新收441）（楚）
𪓰鎛甲（新收489）（楚）
蔡侯龖盤（集成10171）（蔡）
蔡侯龖歌鐘甲（集成210）（蔡）
蔡侯龖歌鐘丁（集成218）（蔡）
蔡侯龖鎛丙（集成221）（蔡）
吳王光鐘殘片之二十二（集成224.2）（吳）
鼄公華鐘（集成245）（邾）
洹子孟姜壺（集成9730）（齊）

王孫誥鐘十五（新收434）（楚）
王孫誥鐘十七（新收435）（楚）
王孫誥鐘二十一（新收439）（楚）
王孫遺者鐘（集成261）（楚）
𪓰鎛乙（新收490）（楚）
蔡侯龖尊（集成6010）（蔡）
蔡侯龖歌鐘乙（集成211）（蔡）
蔡侯龖歌鐘丁（集成218）（蔡）
蔡侯龖鎛丁（集成222）（蔡）
吳王光鐘殘片之二十三（集成224.24）（吳）
鄭太子之孫與兵壺蓋（新收1980）
洹子孟姜壺（集成9729）（齊）

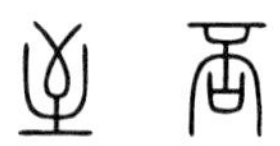

晉公盆（集成 10342）（晉）

晉公盆（集成 10342）（晉）

文公之母弟鐘（新收 1479）

宋公差戈（集成 11289）（宋）

郘黛鐘一（集成 225）（晉）

郘黛鐘二（集成 226）（晉）

郘黛鐘四（集成 228）（晉）

郘黛鐘六（集成 230）（晉）

郘黛鐘七（集成 231）（晉）

郘黛鐘九（集成 233）（晉）

郘黛鐘十（集成 234）（晉）

郘黛鐘十（集成 234）（晉）

郘黛鐘十一（集成 235）（晉）

郘黛鐘十三（集成 237）（晉）

秦景公石磬（通鑑 19792）（秦）

石鼓（獵碣・而師）（通鑑 19822）（秦）

石鼓（獵碣・吾水）（通鑑 19824）（秦）

石鼓（獵碣・吾水）（通鑑 19824）（秦）

【春秋時期】

滕之不㤘劍（集成 11608）（滕）

【春秋晚期】

晉公盆（集成 10342）（晉）

【春秋早期】

戎生鐘乙（新收 1614）（晉）

【春秋中期】

𦅫鎛（集成 271）（齊）

【春秋晚期】

晉公盆（集成 10342）（晉）

鼄公牼鐘丁（集成 152）（邾）

攻敔王光劍（集成 11666）（吳）

聖靡公𤉲鼓座（集成 429）

黝鐘丙（新收 486）（楚）

黝鐘庚（新收 487）（楚）

【春秋前期】

郤諮尹征城（集成 425）（徐）

【春秋晚期】

鄭太子之孫與兵壺蓋（新收 1980）

敬事天王鐘乙（集成 74）（楚）

敬事天王鐘戊（集成 77）（楚）

敬事天王鐘己（集成 78）（楚）

敬事天王鐘壬（集成 81）（楚）

鼄公牼鐘甲（集成 149）（邾）

鼄公牼鐘乙（集成 150）（邾）

鼄公牼鐘丙（集成 151）（邾）

黝鐘甲（新收 482）（楚）

至

卥

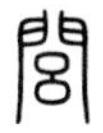

闠

鄦鎛甲（新收 489）（楚）

鄦鎛丁（新收 492）（楚）

鄦鎛丙（新收 491）（楚）

《說文》：「，古文至。」

【春秋晚期】

鄦鎛乙（新收 490）（楚）

鄦鎛己（新收 494）（楚）

鄦鎛辛（新收 496）（楚）

【春秋早期】

秦公簋器（集成 4315）（秦）

秦政伯喪戈（通鑑 17117）（秦）

【春秋中期】

子犯鐘甲 B（新收 1009）（晉）

子犯鐘乙B（新收 1021）（晉）

國差䵼（集成 10361）（齊）

【春秋晚期】

工獻太子姑發𦥑反劍（集成 11718）（吳）

石鼓（獵碣・霝雨）（通鑑 19820）（秦）

石鼓（獵碣・吳人）（通鑑 19825）（秦）

【春秋時期】

陳伯元匜（集成 10267）（陳）

右伯君權（集成 10383）（齊）

西年車器（集成 12018）

《說文》：「，古文西。」

【春秋早期】

戎生鐘丁（新收 1616）（晉）

【春秋中期】

龢鎛（集成 271）（齊）

【春秋早期】

魯士𡰪父簠蓋（集成 4517）（魯）

魯士𡰪父簠器（集成 4517）（魯）

魯士𡰪父簠（集成 4518）（魯）

魯士𡰪父簠（集成 4519）（魯）

魯士𡰪父簠（集成 4520）（魯）

【春秋晚期】

闠丘虞鵑戈（集成 11073）（莒）

【春秋晚期】

索魚王戈（新收1300）

【春秋晚期】

王子午鼎（集成2811）（楚）

王子午鼎（新收447）（楚）

王子午鼎（新收444）（楚）

王子午鼎（新收446）（楚）

王子午鼎（新收445）（楚）

王孫誥鐘二（新收419）（楚）

王孫誥鐘三（新收420）（楚）

王孫誥鐘四（新收421）（楚）

王孫誥鐘五（新收422）（楚）

王孫誥鐘六（新收423）（楚）

王孫誥鐘七（新收424）（楚）

王孫誥鐘八（新收425）（楚）

王孫誥鐘十（新收427）（楚）

王孫誥鐘十一（新收428）（楚）

王孫誥鐘十二（新收429）（楚）

王孫誥鐘十四（新收431）（楚）

王孫誥鐘十六（新收436）（楚）

王孫誥鐘二十一（新收439）（楚）

王孫誥鐘二十五（新收441）（楚）

王孫遺者鐘（集成261）（楚）

【春秋早期】

子耳鼎（通鑑2276）

【春秋中期】

耳鑄公劍（新收1981）

【春秋早期】

器仲耴簋（考古88.8）

【春秋早期】

曾伯霥簠（集成4631）（曾）

曾伯霥簠蓋（集成4632）（曾）

【春秋中期】

子犯鐘乙B（新收1021）（晉）

⿰黍令鎛（集成271）（齊）

⿰黍令鎛（集成271）（齊）

【春秋晚期】

聖靡公獎鼓座（集成429）

王孫遺者鐘（集成261）（楚）

聖

【春秋晚期】

簷叔之仲子平鐘甲（集成172）（莒）

簷叔之仲子平鐘丁（集成175）（莒）

簷叔之仲子平鐘己（集成177）（莒）

簷叔之仲子平鐘壬（集成180）（莒）

[illegible]

【春秋早期】

上曾太子般殷鼎（集成2750）（曾）

[illegible]

【春秋晚期】

洹子孟姜壺（集成9729）（齊）

[illegible]

【春秋晚期】

洹子孟姜壺（集成9730）（齊）

䎽

【春秋中期】

者減鐘六（集成198）（吳）

【春秋晚期】

徐王子旃鐘（集成182）（徐）

王孫誥鐘一（新收418）（楚）

王孫誥鐘二（新收419）（楚）

王孫誥鐘三（新收420）（楚）

王孫誥鐘四（新收421）（楚）

王孫誥鐘五（新收422）（楚）

王孫誥鐘六（新收423）（楚）

王孫誥鐘八（新收425）（楚）

王孫誥鐘十二（新收429）（楚）

王孫誥鐘十三（新收430）（楚）

王孫誥鐘十五（新收434）（楚）

王孫誥鐘二十一（新收439）（楚）

王孫誥鐘二十四（新收440）（楚）

簷叔之仲子平鐘甲（集成172）（莒）

簷叔之仲子平鐘丙（集成174）（莒）

簷叔之仲子平鐘丁（集成175）（莒）

簷叔之仲子平鐘己（集成177）（莒）

簷叔之仲子平鐘庚（集成178）（莒）

簷叔之仲子平鐘壬（集成180）（莒）

嘉賓鐘（集成51）

【春秋早期】

鑄子叔黑臣鼎（集成2587）（鑄）

黃子鬲（集成624）（黃）

鑄子叔黑臣簋（集成4423）（鑄）

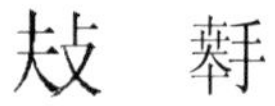

鑄子叔黑臣盨（通鑑5666）

鑄子叔黑臣簠蓋（集成4570）（鑄）

鑄子叔黑臣簠器（集成4570）（鑄）

鑄子叔黑臣簠器（集成4571）（鑄）

黃子盤（集成10122）（黃）

魯伯愈父盤（集成10114）

叔黑臣匜（集成10217）

黃子器座（集成10355）（黃）

黃子匜（集成10254）（黃）
【春秋晚期】

王子臣俎（通鑑6320）

蔡叔季之孫君匜（集成10284）（蔡）

【春秋早期】

夆叔盤（集成10163）（滕）
【春秋中期】

公英盤（新收1043）

【春秋晚期】

齊侯敦（集成4645）（齊）

齊侯盤（集成10159）（齊）

賈孫叔子屖盤（通鑑14516）

徐王子旃鐘（集成182）（徐）

夆叔匜（集成10282）（滕）

齊侯匜（集成10283）（齊）

𦉜子鼎（通鑑2382）（齊）

【春秋早期】

秦公簋器（集成4315）（秦）

【春秋早期】

伯氏始氏鼎（集成2643）

鄭井叔蒦父鬲（集成580）（鄭）
【春秋晚期】

鄭太子之孫與兵壺蓋（新收1980）

【春秋晚期】

洹子孟姜壺（集成9730）（齊）

洹子孟姜壺（集成9729）（齊）

【春秋晚期】

玄鏐𢻫鋁戈（集成11136）（蔡）
《說文》：「[illegible]，古文扶。」

【春秋晚期】

石鼓（獵碣・鑾車）（通鑑19819）（秦）

⿰巤攵

【春秋晚期】

蔡侯巤尊（集成 6010）（蔡）

蔡侯巤盤（集成 10171）（蔡）

【春秋晚期】

拍敦（集成 4644）

睪

參見睪字

【春秋晚期】

郙王䕭劍（集成 11611）

永祿鈹（通鑑 18058）

⿰昜丮

【春秋早期】

戎生鐘丙（新收 1615）（晉）

⿰且攴

【春秋晚期】

邾公釛鐘（集成 102）（邾）

⿰爲攴

【春秋晚期】

⿰貝奇于噭盞蓋（集成 4636）（楚）

【春秋時期】

⿰爲攴鼎蓋（集成 1990）

【春秋晚期】

聖靡公奬鼓座（集成 429）

【春秋晚期】

庚壺（集成 9733）（齊）

⿰龍攵

【春秋早期】

番君伯⿰龍攵盤（集成 10136）（番）

【春秋時期】

⿱彐廾片昶豯鼎（集成 2570）

⿱彐廾片昶豯鼎（集成 2571）

【春秋早期】

尋仲匜（集成 10266）（尋）

鄩仲盤（集成 10135）（尋）

魯大司徒子仲白匜（集成 10277）（魯）

陳子匜（集成 10279）（陳）

【春秋中期】

公⿱艹典盤（新收 1043）

者瀸鐘三（集成 195）（吳）

姓

【春秋晚期】

齊侯匜（集成 10283）（齊）

工盧大叔戈（通鑑 17258）

齊侯盤（集成 10159）（齊）

吳王夫差盉（新收 1475）（吳）

蔡大師鼎（集成 2738）（蔡）

鼂子鼎（通鑑 2382）（齊）

齊侯敦（集成 4645）（齊）

晉公盆（集成 10342）（晉）

洹子孟姜壺（集成 9730）（齊）

洹子孟姜壺（集成 9729）（齊）

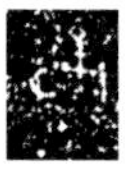
攻吳大叔盤（新收 1264）（吳）

【春秋晚期】

羅兒匜（新收 1266）

【春秋中期】

䩆鎛（集成 271）（齊）

【春秋早期】

仲姜鼎（通鑑 2361）

虢姜鼎（通鑑 2384）

衛夫人鬲（新收 1700）（衛）

仲姜甗（通鑑 3339）

仲姜簋（通鑑 4056）

陳侯簠（集成 4606）（陳）

陳侯簠（集成 4607）（陳）

仲姜壺（通鑑 12333）

𦣞伯𡨦父盤（集成 10081）（紀）

大師盤（新收 1464）

𦣞伯𡨦父匜（集成 10211）（紀）

鑄侯求鐘（集成 47）（鑄）

【春秋中期】

公典盤（新收 1043）

䩆鎛（集成 271）（齊）

䩆鎛（集成 271）（齊）

【春秋晚期】

許子妝簠蓋（集成 4616）（許）

叔姜簠蓋（新收 1212）（楚）

叔姜簠器（新收 1212）（楚）

齊侯敦（集成 4645）（齊）

齊侯盂（集成 10318）（齊）

洹子孟姜壺（集成 9729）

洹子孟姜壺（集成 9729）（齊）	洹子孟姜壺（集成 9730）（齊）	洹子孟姜壺（集成 9730）（齊）	齊侯匜（集成 10283）（齊）
【春秋時期】	匽公匜（集成 10229）（燕）	大孟姜匜（集成 10274）	
【春秋早期】	秦子簋蓋（通鑑 5166）	郳伯御戎鼎（集成 2525）（郳）	曹公盤（集成 10144）（曹）
干氏叔子盤（集成 10131）	梁姬罐（新收 45）	【春秋晚期】	孟縢姬缶（集成 10005）（楚）
孟縢姬缶器（新收 417）（楚）	孟縢姬缶（新收 416）（楚）	孟縢姬缶蓋（新收 417）（楚）	蔡侯𪒠盤（集成 10171）（蔡）
蔡侯𪒠尊（集成 6010）（蔡）	吳王光鑑甲（集成 10298）（吳）	王孫𩁹簠器（集成 4501）	吳王光鐘殘片之四十（集成 224.8）（吳）
吳王光鑑甲（集成 10298）（吳）	蔡侯盤（新收 471）（蔡）	蔡侯匜（新收 472）（蔡）	蔡侯簠甲器（新收 1896）（蔡）
蔡侯簠甲蓋（新收 1896）（蔡）	蔡侯簠乙（新收 1897）（蔡）	蔡大司馬燮盤（通鑑 14498）	蔡大師腆鼎（集成 2738）（蔡）
蔡侯𪒠缶（集成 10004）（蔡）	曾子原彝簠（集成 4573）（曾）	曾孟嫭朱姬簠蓋（新收 530）（楚）	曾孟嫭朱姬簠器（新收 530）（楚）
仲姬彥敦蓋（新收 502）（曾）	仲姬彥敦器（新收 502）（曾）	曾仲姬壺（通鑑 12329）（曾）	曾姬盤（通鑑 14515）
【春秋早期】	蔡侯鼎（通鑑 2372）	戴叔慶父鬲（集成 608）（戴）	齊趫父鬲（集成 686）（齊）
齊趫父鬲（集成 685）（齊）	魯侯鼎（新收 1067）（魯）	魯伯愈父鬲（集成 690）（魯）	魯伯愈父鬲（集成 691）（魯）

毆

魯伯愈父鬲（集成 692）（魯）	魯伯愈父鬲（集成 693）（魯）	魯伯愈父鬲（集成 694）（魯）	魯伯愈父鬲（集成 695）（魯）
魯宰駟父鬲（集成 707）（魯）	魯太宰原父簋（集成 3987）（魯）	魯伯大父簋（集成 3989）（魯）	魯伯大父簋（集成 3974）（魯）
魯侯簠（新收 1068）（魯）	魯伯厚父盤（集成 10086）（魯）	魯伯俞父簠（集成 4566）（魯）	魯伯俞父簠（集成 4567）（魯）
魯伯俞父簠（集成 4568）（魯）	魯伯者父盤（集成 10087）（魯）	魯伯厚父盤（通鑑 14505）	魯伯愈父匜（集成 10244）
魯大司徒子仲白匜（集成 10277）（魯）	⿱孰示姬鬲（新收 1070）	京叔姬簠（集成 4504）	⿱壴又侯簠（集成 4561）
⿱壴又侯簠（集成 4562）	㠱伯⿱宀娗父盤（集成 10081）（紀）	叔家父簠（集成 4615）	㠱伯⿱宀娗父匜（集成 10211）（紀）
曾侯簠（集成 4598）	曾侯簠（集成 4598）	伯駟父盤（集成 10103）	鑄子叔黑叵鬲（集成 735）（鑄）
毛叔盤（集成 10145）（毛）	秦公鐘甲（集成 262）（秦）	秦公鐘丙（集成 264）（秦）	秦公鎛甲（集成 267）（秦）
秦公鎛乙（集成 268）（秦）	秦公鎛丙（集成 269）（秦）	**【春秋中期】**	魯少司寇封孫宅盤（集成 10154）（魯）
【春秋中後期】	東姬匜（新收 398）（楚）	**【春秋後期】**	齊縈姬盤（集成 10147）（齊）
【春秋晚期】	曹公簠（集成 4593）（曹）	拍敦（集成 4644）	**【春秋時期】**
陳姬小公子盨蓋（集成 4379）（陳）	陳姬小公子盨器（集成 4379）（陳）	齊侯盤（集成 10123）（齊）	

姑

故

【春秋早期】

叔牙父鬲（集成674）

嬴

【春秋早期】

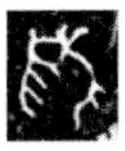
鼄皇白鼎（集成2640）（邾）

鼄皇白鼎（集成2641）（邾）

黃季鼎（集成2565）（黃）

樊夫人龍嬴鬲（集成675）（樊）

樊夫人龍嬴鬲（集成676）（樊）

國子碩父鬲（新收48）

國子碩父鬲（新收49）

鑄叔簠蓋（集成4560）（鑄）

鑄叔簠器（集成4560）（鑄）

曾孟嬴剈簠（新收1199）（曾）

子叔嬴内君盆（集成10331）

樊夫人龍嬴壺（集成9637）（樊）

楚嬴盤（集成10148）（楚）

黃太子伯克盤（集成10162）（黃）

樊夫人龍嬴匜（集成10209）（樊）

楚嬴匜（集成10273）（楚）

【春秋中期】

鄴伯受簠蓋（集成4599）（鄴）

鄴伯受簠器（集成4599）（鄴）

【春秋晚期】

郘夫人嫚鼎（通鑑2386）

子季嬴青簠蓋（集成4594）（楚）

子季嬴青簠器（集成4594）（楚）

許子妝簠蓋（集成4616）（許）

【春秋時期】

鑄叔鼎（集成2568）（鑄）

嬀

【春秋早期】

陳侯鬲（集成705）（陳）

陳侯鬲（集成706）（陳）

陳侯鼎（集成2650）（陳）

陳侯簠蓋（集成4603）（陳）

陳侯簠器（集成4603）（陳）

陳侯簠蓋（集成4604）（陳）

陳侯簠器（集成4604）（陳）

陳侯壺蓋（集成9633）（陳）

陳侯壺器（集成9633）（陳）

陳侯壺蓋（集成9634）（陳）

陳侯壺器（集成9634）（陳）

陳侯盤（集成10157）（陳）

陳子匜（集成10279）（陳）

【春秋時期】

陳姬小公子盨器（集成4379）（陳）

⿰女鼎

⿱公皿余敦（新收 1627）

陳伯元匜（集成 10267）（陳）

【春秋早期】

鄭大內史叔上匜（集成 10281）（鄭）

《說文》：「⿰鼎女，籀文妘。从員。」

⿰帚女

【春秋早期】

伯辰鼎（集成 2652）（徐）

鑄叔皮父簋（集成 4127）（鑄）

【春秋晚期】

夫歐申鼎（新收 1250）（舒）

賈孫叔子屖盤（通鑑 14516）

【春秋早期】

圓君鼎（集成 2502）

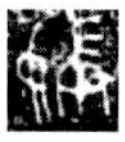
圓君婦媿靁盉（集成 9434）

弟大叔殘器（新收 997）

【春秋晚期】

晉公盆（集成 10342）（晉）

蔡叔季之孫君匜（集成 10284）（蔡）

【春秋早期】

宗婦鄁嬰鼎（集成 2684）（鄁）

宗婦鄁嬰鼎（集成 2683）（鄁）

宗婦鄁嬰鼎（集成 2685）（鄁）

宗婦鄁嬰鼎（集成 2686）（鄁）

宗婦鄁嬰鼎（集成 2687）（鄁）

宗婦鄁嬰鼎（集成 2688）（鄁）

宗婦鄁嬰鼎（集成 2689）（鄁）

宗婦鄁嬰簋蓋（集成 4076）（鄁）

宗婦鄁嬰簋（集成 4077）（鄁）

宗婦鄁嬰簋蓋（集成 4078）（鄁）

宗婦鄁嬰簋器（集成 4078）（鄁）

宗婦鄁嬰簋蓋（集成 4079）（鄁）

宗婦鄁嬰簋（集成 4080）（鄁）

宗婦鄁嬰簋（集成 4081）（鄁）

宗婦鄁嬰簋（集成 4084）（鄁）

宗婦鄁嬰簋（集成 4082）（鄁）

宗婦鄁嬰簋蓋（集成 4084）（鄁）

宗婦鄁嬰簋蓋（集成 4085）（鄁）

宗婦鄁嬰簋（集成 4086）（鄁）

宗婦鄁嬰簋（通鑑 4576）（鄁）

江君婦和壺（集成 9639）（江）

宗婦鄁嬰壺器（集成 9698）（鄁）

圓君婦媿靁壺（通鑑 12349）

⿰女⿱宀帚

玫

【春秋晚期】

復公仲簋蓋（集成 4128）

【春秋晚期】

鄘侯少子簋（集成 4152）（莒）

【春秋早期】

郜伯鼎（集成 2601）（郜）

兒慶鼎（新收 1095）（小邾）

蘇冶妊鼎（集成 2526）（蘇）

⿱埶示姬鬲（新收 1070）

蘇冶妊盤（集成 10118）（蘇）

【春秋早期】

鑄公簠蓋（集成 4574）（鑄）

薛侯匜（集成 10263）（薛）（春秋時期）

嫚妊車輨（集成 12030）（春秋時期）

【春秋早期】

魯伯悆盨蓋（集成 4458）（魯）

侯母壺（集成 9657）（魯）

侯母壺（集成 9657）（魯）

江小仲母生鼎（集成 2391）（江）

蘇冶妊鼎（集成 2526）（蘇）

鄦奓魯生鼎（集成 2605）（許）

陳侯鼎（集成 2650）（陳）

上曾太子般殷鼎（集成 2750）（曾）

郳⿰女白逕母鬲（集成 596）（郳）

王鬲（集成 611）

郜譴簋甲蓋（集成 4040）（郜）

郜譴簋甲器（集成 4040）（郜）

郜譴簋乙（通鑑 5277）

魯伯悆盨器（集成 4458）（魯）

鑄公簠蓋（集成 4574）（鑄）

郜召簠蓋（新收 1042）

郜召簠器（新收 1042）

郜召簠蓋（新收 1042）

郜召簠器（新收 1042）

原氏仲簠（新收 935）（陳）

原氏仲簠（新收 936）（陳）

原氏仲簠（新收 937）（陳）

華母壺（集成 9638）

杞伯每刃壺（集成 9688）（杞）

蘇冶妊盤（集成 10118）（蘇）

干氏叔子盤（集成 10131）

曹公盤（集成 10144）（曹）

陳侯盤（集成 10157）（陳）

楚大師登鐘乙（通鑑 15506）（楚）

楚大師登鐘丁（通鑑 15508）（楚）

楚大師登鐘辛（通鑑 15512）（楚）

【春秋中期】

長子𩵦臣簠蓋（集成 4625）（晉）

長子𩵦臣簠器（集成 4625）（晉）

𪒠鎛（集成 271）（齊）

𪒠鎛（集成 271）（齊）

國差罎（集成 10361）（齊）

國差罎（集成 10361）（齊）

【春秋晚期】

哀成叔鼎（集成 2782）（鄭）

鄭莊公之孫盧鼎（通鑑 2326）

宋君夫人鼎（通鑑 2343）

罼子鼎（通鑑 2382）（齊）

曹公簠（集成 4593）（曹）

拍敦（集成 4644）

拍敦（集成 4644）

蔡侯𩰫尊（集成 6010）（蔡）

杕氏壺（集成 9715）（燕）

蔡侯𩰫尊（集成 6010）（蔡）

蔡侯𩰫盤（集成 10171）（蔡）

蔡侯𩰫盤（集成 10171）（蔡）

文母盉（新收 1624）

文公之母弟鐘（新收 1479）

石鼓（獵碣・吾水）（通鑑 19824）（秦）

陳伯元匜（集成 10267）（陳）（春秋時期）

【春秋晚期】

姑馮昏同之子句鑃（集成 424）（越）

工𫍙太子姑發𦭞反劍（集成 11718）（吳）

曹𦤎尋員劍（新收 1241）（吳）

故

【春秋早期】

𥜿姬鬲（新收 1070）

【春秋晚期】

工盧王姑發𦭞反之弟劍（新收 988）（吳）

姑發者反之子通劍（新收 1111）（吳）

戚

【春秋晚期】

配兒鉤鑃甲（集成 426）（吳）

王孫遺者鐘（集成 261）（楚）

王子午鼎（集成 2811）（楚）

王子午鼎（新收 444）（楚）

王子午鼎（新收 446）（楚）

王子午鼎（新收 445）（楚）

王子午鼎（新收 449）（楚）

妭

【春秋晚期】

鼄公牼鐘甲（集成 149）（邾）

鼄公牼鐘丙（集成 151）（邾）

鼄公華鐘（集成 245）（邾）

王孫誥鐘一（新收 418）（楚）

王孫誥鐘二（新收 419）（楚）

王孫誥鐘四（集成 421）（楚）

王孫誥鐘五（新收 422）（楚）

王孫誥鐘六（新收 423）（楚）

王孫誥鐘七（新收 424）（楚）

王孫誥鐘八（新收 425）（楚）

王孫誥鐘十（新收 427）（楚）

王孫誥鐘十一（新收 428）（楚）

王孫誥鐘十二（新收 429）（楚）

王孫誥鐘十三（新收 430）（楚）

王孫誥鐘十五（新收 434）（楚）

王孫誥鐘十八（新收 432）（楚）

王孫誥鐘二十（新收 433）（楚）

王孫誥鐘二十四（新收 440）（楚）

戣

【春秋晚期】

蔡侯𪔈尊（集成 6010）（蔡）

蔡侯𪔈盤（集成 10171）（蔡）

【春秋晚期】

鄘侯少子簋（集成 4152）（莒）

妣

【春秋晚期】

叔尸鐘六（集成 277）（齊）

【春秋中期】

鄦伯受簠蓋（集成 4599）（鄦）

鄦伯受簠器（集成 4599）（鄦）

宜桐盂（集成 10320）（徐）

【春秋晚期】

宋公䜌簠（集成 4589）（宋）

宋公䜌簠（集成 4590）（宋）

媢

【春秋晚期】

復公仲簋蓋（集成 4128）

嬻

【春秋後期】

齊縈姬盤（集成 10147）（齊）

歔   ⿰弋女   妃  姶 姒 

【春秋晚期】

晉公盆（集成10342）（晉）
【春秋時期】

⿰女疊妊車輨（集成12030）

【春秋早期】

弗奴父鼎（集成2589）（費）

【春秋早期】

姅仲簠（集成4534）

【春秋時期】

陳伯元匜（集成10267）（陳）

【春秋早期】

夆叔盤（集成10163）（滕）

蘇公匜（新收1465）
【春秋中期】

上鄀公簠蓋（新收401）（楚）

上鄀公簠器（新收401）（楚）

仲改衛簠（新收399）
【春秋晚期】

夆叔匜（集成10282）（滕）
【春秋時期】

匽君壺（集成9680）

【春秋早期】

蘇冶妊鼎（集成2526）（蘇）

蘇冶妊盤（集成10118）（蘇）

【春秋早期】

伯氏始氏鼎（集成2643）
【春秋晚期】

⿱罒⿱早皿子鼎（通鑑2382）（齊）

⿱罒⿱早皿子鼎（通鑑2382）（齊）

【春秋早期】

弗奴父鼎（集成2589）（費）

【春秋早期】

伯辰鼎（集成2652）（徐）
【春秋晚期】

孜　㪟　晏

蔡侯𩰫尊（集成 6010）（蔡）

蔡侯𩰫盤（集成 10171）（蔡）

文公之母弟鐘（新收 1479）

齊鞷氏鐘（集成 142）（齊）

大師盤（新收 1464）（春秋早期）

遷祁鐘三（新收 1253）（舒）（春秋晚期）

遷祁鐘六（新收 1256）（舒）（春秋晚期）

遷祁鎛甲（通鑑 15792）（舒）（春秋晚期）

遷祁鎛丙（通鑑 15794）（舒）（春秋晚期）

遷祁鎛丁（通鑑 15795）（舒）（春秋晚期）

杕氏壺（集成 9715）（燕）（春秋晚期）

石鼓（通鑑 19816）（秦）（春秋晚期）

【春秋早期】

魯伯大父簋（集成 3974）（魯）

【春秋晚期】

遷祁鐘三（新收 1253）（舒）

遷祁鐘六（新收 1256）（舒）

遷祁鎛甲（通鑑 15792）（舒）

遷祁鎛丙（通鑑 15794）（舒）

遷祁鎛丁（通鑑 15795）（舒）

【春秋晚期】

石鼓（獵碣·鑾車）（通鑑 19819）（秦）

石鼓（獵碣·鑾車）（通鑑 19819）（秦）

石鼓（獵碣·鑾車）（通鑑 19819）（秦）

石鼓（獵碣·吾水）（通鑑 19824）（秦）

【春秋晚期】

王子嬰次鐘（集成 52）（楚）

【春秋中期】

王子嬰次爐（集成 10386）（楚）

【春秋中期】

鄝子妝戈（新收 409）（楚）

【春秋晚期】

許子妝簠蓋（集成 4616）（許）

【春秋早期】

晉姜鼎（集成 2826）（晉）

婎　嫚　婁　媿　　妥　嫊

嬰　⿰鬼女

【春秋早期】

魯宰駟父鬲（集成707）（魯）

【春秋早期】

曾亘嫚鼎（新收1201）（曾）

曾亘嫚鼎（新收1202）（曾）

【春秋晚期】

婁君盂（集成10319）

【春秋早期】

芮子仲殿鼎（通鑑2363）

芮子仲殿鼎（集成2517）

【春秋早期】

⿱宀朋⿱大廾生鼎（集成2524）

⿴囗昆君婦媿霝壺（通鑑12349）

⿴囗昆君婦媿霝盉（集成9434）

⿴囗昆君鼎（集成2502）

【春秋早期】

晉姜鼎（集成2826）（晉）

【春秋早期】

杞伯每刃壺（集成9688）（杞）

杞伯每刃壺（集成9687）（杞）

杞伯每刃盆（集成10334）（杞）

杞伯每刃簋器（集成3902）（杞）

伯氏鼎（集成2443）

伯氏鼎（集成2447）

郳友父鬲（通鑑2993）

鼄昚父鬲（集成717）（郳）

郳友父鬲（新收1094）（郳）

鼄友父鬲（通鑑3008）

鼄友父鬲（通鑑3010）

杞伯每刃鼎（集成2642）（杞）

杞伯每刃簋（集成3901）（杞）

杞伯每刃簋蓋（集成3898）（杞）

杞伯每刃簋（集成3897）（杞）

杞伯每刃簋蓋（集成3899.2）

嬰

⿰⿱束朿攵

【春秋早期】

杞伯每刃簋器（集成3898）（杞）

杞伯每刃簋蓋（集成3900）（杞）

杞伯每刃簋（集成3899.1）

杞伯每刃鼎（集成2495）

杞伯每刃鼎蓋（集成2494）

杞伯每刃鼎器（集成2494）

嬰

【春秋早期】

宗婦鄁嬰簋（集成4084）（鄁）

宗婦鄁嬰簋（通鑑4576）（鄁）

宗婦鄁嬰壺器（集成9698）（鄁）

宗婦鄁嬰鼎（集成2684）（鄁）

宗婦鄁嬰鼎（集成2685）（鄁）

宗婦鄁嬰鼎（集成2686）（鄁）

宗婦鄁嬰鼎（集成2687）（鄁）

宗婦鄁嬰鼎（集成2688）（鄁）

宗婦鄁嬰鼎（集成2689）（鄁）

宗婦鄁嬰簋（集成4077）（鄁）

宗婦鄁嬰簋蓋（集成4078）（鄁）

宗婦鄁嬰簋器（集成4078）（鄁）

宗婦鄁嬰簋蓋（集成4079）（鄁）

宗婦鄁嬰簋（集成4080）（鄁）

宗婦鄁嬰簋（集成4081）（鄁）

宗婦鄁嬰簋蓋（集成4084）（鄁）

宗婦鄁嬰簋蓋（集成4087）（鄁）

嬭

【春秋晚期】

王子申盞（集成4643）（楚）

⿰爾攵

【春秋早期】

鄀公簠蓋（集成4569）（鄀）

⿰女⿱日爾

【春秋早期】

楚季𡧍盤（集成10125）（楚）

【春秋中期】

長子𩡶臣簠蓋（集成4625）（晉）

【春秋晚期】

鄬子孟升嬭鼎蓋（新收523）（楚）

鄬子孟升嬭鼎器（新收523）（楚）

鄬子孟⿰女⿱日爾青簠器（通鑑5947）

敀 妃 妀 嫛 媁 孃 𡢃

數 妳 𢿱

鄬子孟青嬭簠器（新收 522）（楚）

襄王孫盞（新收 1771）

【春秋時期】

曾孟嬭諫盆器（集成 10332）（曾）

曾孟嬭諫盆蓋（集成 10332）（曾）

【春秋早期】

曾侯簠（集成 4598）

【春秋中期】

上鄀公簠器（新收 401）（楚）

上鄀公簠蓋（新收 401）（楚）

【春秋晚期】

楚屈子赤目簠器（通鑑 5893）（楚）

楚屈子赤目簠蓋（集成 4612）（楚）

【春秋晚期】

䣄侯少子簋（集成 4152）（莒）

【春秋晚期】

曾𡢃𡤳朱姬簠器（通鑑 5956）（楚）

曾𡢃𡤳朱姬簠蓋（通鑑 5956）（楚）

【春秋早期】

伯氏始氏鼎（集成 2643）

【春秋早期】

魯伯者父盤（集成 10087）（魯）

【春秋中期】

魯少司寇封孫宅盤（集成 10154）（魯）

【春秋早期】

取膚上子商匜（集成 10253）（魯）

【春秋時期】

取膚上子商盤（集成 10126）（魯）

【春秋晚期】

䣄侯少子簋（集成 4152）（莒）

【春秋早期】

郳始逕母鬲（集成 596）（郳）

⿰女几　⿰囂攴　姅　媵　　嫿（⿰女賛）　𢦏　民

【春秋時期】

曹伯狄簋殘蓋（集成4019）（曹）

【春秋晚期】

郳夫人⿰女囂鼎（通鑑2386）

【春秋早期】

姅仲簠（集成4534）

【春秋早期】

干氏叔子盤（集成10131）

陳侯鬲（集成705）（陳）

【春秋晚期】

宋公䜌簠（集成4589）（宋）

宋公䜌簠（集成4590）（宋）

【春秋時期】

匜君壺（集成9680）

【春秋晚期】

蔡侯[illegible]缶（集成10004）（蔡）

蔡侯[illegible]盤（集成10171）（蔡）

【春秋晚期】

曾孟嫿朱姬簠器（新收530）（楚）

曾孟嫿朱姬簠蓋（新收530）（楚）

【春秋晚或戰國早期】

中央勇矛（集成11566）

【春秋早期】

曾子軓鼎（集成2757）（曾）

曾子軓鼎（集成2757）（曾）

秦公簋蓋（集成4315）（秦）

曾伯陭鉞（新收1203）（曾）

曾伯陭鉞（新收1203）（曾）

【春秋中期】

⿰素命鎛（集成271）（齊）

【春秋晚期】

王子午鼎（集成2811）（楚）

王子午鼎（新收449）（楚）

王子午鼎（新收445）（楚）

王子午鼎（新收446）（楚）

王子午鼎（新收444）（楚）

王孫遺者鐘（集成261）（楚）

郳夫人⿰女囂鼎（通鑑2386）

洹子孟姜壺（集成9729）（齊）

洹子孟姜壺（集成9729）（齊）

洹子孟姜壺（集成9730）（齊）

鄭太子之孫與兵壺蓋（新收1980）

余贎逐兒鐘甲（集成183）（徐）

余贎逐兒鐘乙（集成184）（徐）

宋君夫人鼎（通鑑2343）

【春秋早期】

弗奴父鼎（集成2589）（費）

戎生鐘丙（新收1615）（晉）

【春秋晚期】

哀成叔鼎（集成2782）（鄭）

【春秋中期】

欒書缶器（集成10008）（晉）

【春秋早期】

虢季鼎（新收9）（虢）

虢季鼎（新收10）（虢）

虢季鼎（新收11）（虢）

虢季鼎（新收12）（虢）

虢季鼎（新收13）（虢）

虢季鐘乙（新收2）（虢）

虢季鐘丙（新收3）（虢）

伯高父甗（集成938）

叔牙父鬲（集成674）

伯氏鼎（集成2443）

伯氏鼎（集成2443）

伯氏鼎（集成2447）

伯氏鼎（集成2447）

伯氏始氏鼎（集成2643）

伯氏始氏鼎（集成2643）

鄭伯氏士叔皇父鼎（集成2667）（鄭）

虢季氏子組鬲（通鑑2918）

虢季氏子組鬲（集成662）（虢）

申五氏孫矩甗（新收970）（申）

吳王御士尹氏叔緐簠（集成4527）（吳）

鑄叔簠蓋（集成4560）（鑄）

鑄叔簠器（集成4560）（鑄）

原氏仲簠（新收395）（陳）

原氏仲簠（新收396）（陳）

干氏叔子盤（集成10131）

毛叔盤（集成10145）（毛）

【春秋中期】

氏

魯大司徒厚氏元簠（集成 4689）（魯）

魯大司徒厚氏元簠蓋（集成 4690）（魯）

魯大司徒厚氏元簠器（集成 4690）（魯）

魯大司徒厚氏元簠器（集成 4691）（魯）

魯大司徒厚氏元簠蓋（集成 4691）（魯）

國差罎（集成 10361）（齊）

𪒠鎛（集成 271）（齊）

國差罎（集成 10361）（齊）

𪒠鎛（集成 271）（齊）

𪒠鎛（集成 271）（齊）

【春秋晚期】

齊𡗤氏鐘（集成 142）（齊）

杕氏壺（集成 9715）（燕）

文公之母弟鐘（新收 1479）

【春秋時期】

齊侯盤（集成 10123）（齊）

【春秋早期】

鄀公平侯鼎（集成 2772）（鄀）

鄀公平侯鼎（集成 2771）（鄀）

鄀公平侯鼎（集成 2771）（鄀）

鄀公平侯鼎（集成 2772）（鄀）

上鄀公敄人簋蓋（集成 4183）（鄀）

曾伯文鐳（集成 9961）（曾）

戎生鐘甲（新收 1613）（晉）

戎生鐘丁（新收 1616）（晉）

戎生鐘丁（新收 1616）（晉）

秦公簋蓋（集成 4315）（秦）

秦公鐘乙（集成 263）（秦）

秦公鐘戊（集成 266）（秦）

秦子鎛（通鑑 15770）（秦）

秦公鎛甲（集成 267）（秦）

秦公鎛乙（集成 268）（秦）

秦公鎛丙（集成 269）（秦）

【春秋中期】

盜叔壺（集成 9626）（曾）

盜叔壺（集成 9625）（曾）

鄬子受鐘乙（新收 505）（楚）

鄬子受鐘戊（新收 508）（楚）

鄬子受鐘壬（新收 512）（楚）

鄬子受鎛甲（新收 513）（楚）

鄬子受鎛丙（新收 515）（楚）

鄬子受鎛丁（新收 516）（楚）

鄬子受鎛辛（新收 520）（楚）

季子康鎛丙（通鑑 15787）

季子康鎛丁（通鑑 15788）

子犯鐘甲 C（新收 1010）（晉）

子犯鐘甲 C（新收 1010）（晉）

子犯鐘乙 C（新收 1022）（晉）

子犯鐘乙C（新收1022）（晉）

【春秋晚期】

王子午鼎（集成2811）（楚）

王子午鼎（新收444）（楚）

王子午鼎（新收447）（楚）

王子午鼎（新收446）（楚）

王子午鼎（新收449）（楚）

王孫誥鐘一（新收418）（楚）

王孫誥鐘二（新收419）（楚）

王孫誥鐘三（新收420）（楚）

王孫誥鐘四（新收421）（楚）

王孫誥鐘五（新收422）（楚）

王孫誥鐘六（新收423）（楚）

王孫誥鐘九（新收426）（楚）

王孫誥鐘十（新收427）（楚）

王孫誥鐘十一（新收428）（楚）

王孫誥鐘十二（新收429）（楚）

王孫誥鐘十三（新收430）（楚）

王孫誥鐘十六（新收436）（楚）

王孫誥鐘十八（新收432）（楚）

王孫誥鐘二十一（新收439）（楚）

王孫誥鐘二十四（新收440）（楚）

配兒鉤鑃甲（集成426）（吳）

配兒鉤鑃乙（集成427）（吳）

姑馮昏同之子句鑃（集成424）（越）

吳王夫差鑑（集成10294）（吳）

吳王夫差鑑（新收1477）

吳王夫差鑑（集成10295）（吳）

吳王夫差鑑（集成10296）（吳）

臧孫鐘甲（集成93）

臧孫鐘乙（集成94）（吳）

臧孫鐘丙（集成95）（吳）

臧孫鐘丁（集成96）（吳）

臧孫鐘戊（集成97）（吳）

臧孫鐘己（集成98）（吳）

臧孫鐘庚（集成99）（吳）

臧孫鐘辛（集成100）（吳）

臧孫鐘壬（集成101）（吳）

鼄公華鐘（集成245）（邾）

鼄公牼鐘甲（集成149）（邾）

鼄公牼鐘乙（集成150）（邾）

鼄公牼鐘丙（集成151）（邾）

鼄公華鐘（集成245）（邾）

鼄公華鐘（集成245）（邾）

邾公釛鐘（集成102）（邾）

許公買簠器（集成4617）（許）

許公買簠器（通鑑5950）

許公買簠蓋（通鑑5950）

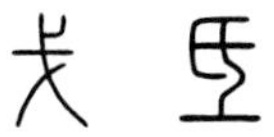

夫䟫申鼎（新收1250）（舒）	遷邟鎛丁（通鑑15795）（舒）	【春秋早期】	【春秋早期】	子備嶂戈（集成11021）	虢太子元徒戈（集成11117）（虢）	御侯戈（集成11202）	晉公戈（新收1866）（晉）	用戈（新收990）	【春秋中期】	周王孫季紀戈（集成11309）（周）	武城戈（集成10966）（齊）
羅兒匜（新收1266）	工盧王姑發聟反之弟劍（新收988）（吳）	賠金氏孫盤（集成10098）	高子戈（集成10961）（齊）	器渒侯戈（集成11065）	曹公子沱戈（集成11120）（曹）	恿公戈（集成11280）	子備璋戈（新收1540）	叔元果戈（新收1694）	遙叔戈（集成11067）（曾）	【春秋晚期】	鄬左庫戈（集成11022）
遷邟鐘三（新收1253）（舒）	秦景公石磬（通鑑19778）（秦）	【春秋晚期】	戈戈（集成10734）	郥戈（集成11066）	曾侯鄢伯戈（集成11121）（曾）	焬臣戈（集成11334）	淳于公戈（新收1109）	武墜之王戈（新收1893）	鄝子詠臣戈（集成11253）	邦戈（集成10902）	武城戈（集成11024）（齊）
遷邟鎛丙（通鑑15794）（舒）	秦景公石磬（通鑑19801）（秦）	石鼓（鑾碣・汧沔）（通鑑19817）（秦）	元用戈（集成11013）	虢太子元徒戈（集成11116）（虢）	衛公孫呂戈（集成11200）（衛）	囂仲之子伯剌戈（集成11400）	秦政伯喪戈（通鑑17117）（秦）	爲用戈（通鑑17288）	章子鄭戈（集成11295）	陳冢戈（集成10964）（齊）	郳戈（集成11027）（郳）

右買戈（集成 11075）

徹子戈（集成 11076）

毫庢戈（集成 11085）

羊子戈（集成 11089）（魯）

羊子戈（集成 11090）（魯）

王子反戈（集成 11122）

宋公欒戈（集成 11133）（宋）

無伯彪戈（集成 11134）（許）

蔡侯鼺行戈（集成 11140）（蔡）

蔡侯鼺用戈（集成 11141）（蔡）

宋公差戈（集成 11204）（宋）

郳大司馬戈（集成 11206）（郳）

睳公蘇戈（集成 11209）

宋公差戈（集成 11289）（宋）

索魚王戈（新收 1300）

侯散戈（新收 1168）

鄺戈（新收 1025）

郯竝果戈（新收 1485）

南君鴋鄒戈（通鑑 17215）（楚）

許公戈（通鑑 17217）

許公戈（通鑑 17218）

許公寍戈（通鑑 17219）

玄翏之用戈（新收 741）（吳）

玄鏐赤鏞戈（新收 1289）（吳）

王子孜戈（集成 11208）（吳）

大王光逭戈（集成 11255）（吳）

大王光逭戈（集成 11257）（吳）

自作用戈（集成 11028）

宋公得戈（集成 11132）（宋）

王子孜戈（集成 11207）（吳）

邵之瘠夫戈（通鑑 17214）（楚）

蔡侯申戈（通鑑 17296）

【春秋晚或戰國早期】

簿府宅戈（通鑑 17300）

徐王之子叚戈（集成 11282）（徐）

【春秋時期】

許公戈（新收 585）（許）

瘃戈（新收 1156）

後生戈（通鑑 17250）

子戈（通鑑 17026）

雍之田戈（集成 11019）

監戈（集成 10893）

鄒戈（集成 10907）

左徒戈（集成 10971）

高密戈（集成 10972）（齊）

王羨之戈（集成 11015）

之用戈（集成 11030）

曹右庢戈（集成 11070）（曹）

鈛

𢧐

保晉戈（新收1029）

監戈（集成10894）

保晉戈（通鑑17240）

郘郭公子戈（新收1129）（薛）（春秋早期）

【春秋早期】

事孫□丘戈（集成11069）

【春秋晚期】

成陽辛城里戈（集成11154）（齊）

武城戈（集成11025）（齊）

陳卯戈（集成11034）（齊）

成陽辛城里戈（集成11155）（齊）

平陽高馬里戈（集成11156）（齊）

是立事歲戈（集成11259）（齊）

平阿左戈（新收1496）

王子□戈（通鑑17318）

【春秋時期】

高平戈（集成11020）

【春秋早期】

司馬朢戈（集成11131）

【春秋早期】

鑄子叔黑臣鼎（集成2587）（鑄）

鑄子叔黑臣盨（通鑑5666）

鑄子叔黑臣盨（集成4423）（鑄）

鑄子叔黑臣簠蓋（集成4570）（鑄）

鑄子叔黑臣簠器（集成4570）（鑄）

鑄子叔黑臣簠器（集成4571）（鑄）

鑄子叔黑臣鬲（集成735）（鑄）

魯司徒仲齊盨甲蓋（集成4440）（魯）

魯司徒仲齊盨乙蓋（集成4441）（魯）

魯司徒仲齊匜（集成10275）（魯）

魯仲齊鼎（集成2639）（魯）

魯司徒仲齊盨乙器（集成4441）（魯）

魯伯悆盨蓋（集成4458）（魯）

魯伯悆盨器（集成4458）（魯）

𪔂司寇獸鼎（集成2474）

郜伯鼎（集成2601）（郜）

鄁甘辜鼎（新收1091）

魯司徒仲齊盤（集成10116）（魯）

【春秋晚期】

蔡侯䌛尊（集成6010）（蔡）

蔡侯䌛盤（集成10171）（蔡）

戎

【春秋早期】

芮子仲殿鼎（通鑑 2363）

【春秋早期】

侯母壺（集成 9657）（魯）

侯母壺（集成 9657）（魯）

邾伯御戎鼎（集成 2525）（邾）

戎生鐘甲（新收 1613）（晉）

戎生鐘乙（新收 1614）（晉）

戎生鐘己（新收 1618）（晉）

楚大師登鐘己（通鑑 15510）（楚）

楚大師登鐘庚（通鑑 15511）（楚）

楚大師登鐘辛（通鑑 15512）（楚）

【春秋中期】

瑀戎鼎（集成 1955）

【春秋晚期】

⿰扌留篙鐘（集成 38）（楚）

嘉賓鐘（集成 51）

競之定鬲甲（通鑑 2997）

競之定鬲甲（通鑑 2997）

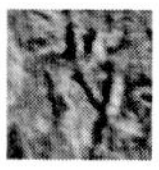
競之定鬲乙（通鑑 2998）

競之定鬲乙（通鑑 2998）

競之定鬲乙（通鑑 2998）

競之定鬲丙（通鑑 2999）

競之定鬲丁（通鑑 3000）

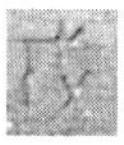
競之定簋甲（通鑑 5226）

競之定簋甲（通鑑 5226）

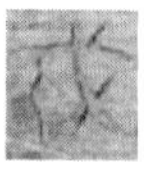
競之定簋乙（通鑑 5227）

競之定簋乙（通鑑 5227）

競之定豆乙（通鑑 6147）

競之定豆甲（通鑑 6146）

競之定豆乙（通鑑 6147）

競平王之定鐘（集成 37）（楚）

王孫誥鐘四（新收 421）（楚）

王孫誥鐘五（新收 422）（楚）

王孫誥鐘八（新收 425）（楚）

王孫誥鐘十（新收 427）（楚）

王孫誥鐘十一（新收 428）（楚）

王孫誥鐘十二（新收 429）（楚）

王孫誥鐘十三（新收 430）（楚）

王孫誥鐘二十五（新收 441）（楚）

【春秋中期】

以鄧戟（新收 408）（楚）

【春秋晚期】

比城戟（新收 971）（晉）

戲　或

⿰丯戈

【春秋中期】

鄬子受戟（新收 524）（楚）

鄬子受戟（新收 525）（楚）

【春秋晚期】

陳子山戈（集成 11084）（齊）

君子㓝戟（集成 11088）

攻敔工差戟（集成 11258）（吳）

【春秋時期】

武城戟（集成 10967）

⿰戈建

【春秋中期】

童麗公柏戟（通鑑 17314）

【春秋晚期】

王孫誥戟（新收 465）（楚）

王孫誥戟（新收 466）（楚）

王子午戟（新收 467）（楚）

⿰各戈

【春秋晚期】

滕侯昃戈（集成 11123）（滕）

【春秋早期】

右戲仲夏父鬲（集成 668）

【春秋早期】

國子碩父鬲（新收 48）

國子碩父鬲（新收 49）

邛季之孫戈（集成 11252）（江）

秦公鐘甲（集成 262）（秦）

秦公鐘甲（集成 262）（秦）

秦公鐘丙（集成 264）（秦）

秦公鐘丁（集成 265）（秦）

秦公鎛甲（集成 267）（秦）

秦公鎛甲（集成 267）（秦）

秦公鎛乙（集成 268）（秦）

秦公鎛丙（集成 269）（秦）

【春秋中期】

𦅫鎛（集成 271）（齊）

【春秋晚期】

壆子鼎（通鑑 2382）（齊）

哀成叔鼎（集成 2782）（鄭）

秦景公石磬（通鑑 19797）（秦）

石鼓（獵碣·霝雨）（通鑑 19820）（秦）

石鼓（獵碣·霝雨）（通鑑 19820）（秦）

【春秋早期】

㠱伯子庭父盨蓋（集成4442）（紀）

㠱伯子庭父盨蓋（集成4443）（紀）

【春秋晚期】

配兒鉤鑃甲（集成426）（吳）

臧孫鐘丁（集成96）（吳）

臧孫鐘戊（集成97）（吳）

臧孫鐘己（集成98）（吳）

臧孫鐘庚（集成99）（吳）

【春秋早期】

秦政伯喪戈（通鑑17117）（秦）

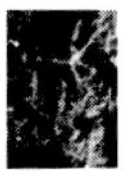
秦政伯喪戈（通鑑17118）（秦）

【春秋早期】

戴叔朕鼎（集成2692）（戴）

戴叔慶父鬲（集成608）（戴）

𢦏伯匜（集成10246）（戴）

【春秋早期】

武生毀鼎（集成2523）

武生毀鼎（集成2522）

繁伯武君鬲（新收1319）

秦公簋器（集成4315）（秦）

曾伯霥簠蓋（集成4632）（曾）

曾伯霥簠（集成4631）（曾）

武戈（集成10814）

武戈（集成10815）

【春秋中期】

周王孫季紉戈（集成11309）（周）

【春秋晚期】

郘黛鐘二（集成226）（晉）

郘黛鐘四（集成228）（晉）

郘黛鐘六（集成230）（晉）

郘黛鐘七（集成231）（晉）

郘黛鐘八（集成232）（晉）

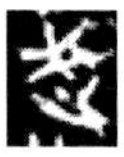
郘黛鐘九（集成233）（晉）

郘黛鐘十（集成234）（晉）

郘黛鐘十三（集成237）（晉）

晉公盆（集成10342）（晉）

嘉賓鐘（集成51）

配兒鉤鑃乙（集成427）（吳）

王孫誥鐘一（新收418）（楚）

王孫誥鐘二（新收419）（楚）

王孫誥鐘三（新收420）（楚）

王孫誥鐘五（新收422）（楚）

王孫誥鐘六（新收423）（楚）

戠　戔　𢨋　戙　戧

𢧐

王孫誥鐘七（新收424）（楚）

王孫誥鐘八（新收425）（楚）

王孫誥鐘九（新收426）（楚）

王孫誥鐘十（新收427）（楚）

王孫誥鐘十一（新收428）（楚）

王孫誥鐘十二（新收429）（楚）

王孫誥鐘十三（新收430）（楚）

王孫誥鐘十六（新收436）（楚）

王孫誥鐘二十一（新收439）（楚）

王孫誥鐘二十五（新收441）（楚）

王孫遺者鐘（集成261）（楚）

武城戈（集成10900）（齊）

武城戈（集成10966）（齊）

武城戈（集成11024）（齊）

武城戈（集成11025）（齊）

【春秋時期】

武城戟（集成10967）

【春秋晚期】

𪒠鎛甲（新收489）（楚）

𪒠鎛乙（新收490）（楚）

【春秋晚期】

石鼓（獵碣·而師）（通鑑19822）（秦）

【春秋早期】

伯戔盤（集成10160）

【春秋晚期】

越王之子勾踐劍（集成11595）（越）

越王之子勾踐劍（集成11594）（越）

【春秋晚期】

攻敔王光劍（集成11666）（吳）

【春秋晚期】

攻敔王光劍（集成11654）（吳）

吳王光劍（通鑑18070）

【春秋晚期】

黃君孟戈（集成11199）（黃）

戜

【春秋中期】

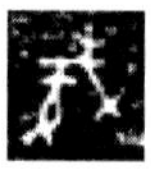
章子⿰或阝戈（集成 11295）

戓

【春秋晚期】

攻盧王叡戓此邻劍（新收 1188）（吳）

戉

【春秋早期】

曾伯陭鉞（新收 1203）（曾）

【春秋晚期】

越邾盟辭鎛乙（集成 156）（越）

越王矛（集成 11451）（越）

越王矛（集成 11451）（越）

越王矛（集成 11451）（越）

越王矛（集成 11451）（越）

越王之子勾踐劍（集成 11594）（越）

越王之子勾踐劍（集成 11594）（越）

越王之子勾踐劍（集成 11595）（越）

越王之子勾踐劍（集成 11595）（越）

越王不光劍（通鑑 18055）

【春秋晚或戰國早期】

越王鈹（集成 11571）

越王鈹（集成 11571）

我

【春秋時期】

越王戈（新收 1774）

【春秋早期】

曾伯霥簠蓋（集成 4631）（曾）

曾伯霥簠蓋（集成 4632）（曾）

楚大師登鐘甲（通鑑 15505）（楚）

楚大師登鐘乙（通鑑 15506）（楚）

秦公鐘甲（集成 262）（秦）

秦公鐘丙（集成 264）（秦）

秦公鎛甲（集成 267）（秦）

秦公鎛乙（集成 268）（秦）

秦公鎛丙（集成 269）（秦）

【春秋中期】

欒書缶器（集成 10008）（晉）

者𣿅鐘四（集成 196）（吳）

者𣿅鐘六（集成 198）（吳）

季子康鎛丁（通鑑 15788）

【春秋晚期】

王子午鼎（集成 2811）（楚）

王子午鼎（新收 449）（楚）

王子午鼎（新收 446）（楚）

王子午鼎（新收 444）（楚）

王孫誥鐘一（新收418）（楚）	王孫誥鐘二（新收419）（楚）	王孫誥鐘四（新收421）（楚）	王孫誥鐘五（新收422）（楚）
王孫誥鐘七（新收424）（楚）	王孫誥鐘八（新收425）（楚）	王孫誥鐘九（新收426）（楚）	王孫誥鐘十（新收427）（楚）
王孫誥鐘十二（新收429）（楚）	王孫誥鐘十四（新收431）（楚）	王孫誥鐘十六（新收436）（楚）	王孫誥鐘十九（新收437）（楚）
王孫誥鐘二十二（新收438）（楚）	王孫誥鐘二十五（新收441）（楚）	王孫遺者鐘（集成261）（楚）	王孫遺者鐘（集成261）（楚）
余購逐兒鐘丁（集成186）（徐）	蔡侯𤕌歌鐘甲（集成210）（蔡）	蔡侯𤕌歌鐘乙（集成211）（蔡）	蔡侯𤕌歌鐘丙（集成217）（蔡）
蔡侯𤕌鎛丁（集成222）（蔡）	蔡侯𤕌鎛丙（集成221）（蔡）	姑馮昏同之子句鑃（集成424）（越）	沇兒鎛（集成203）（徐）
遷邟鐘三（新收1253）（舒）	遷邟鐘三（新收1253）（舒）	遷邟鐘三（新收1253）（舒）	遷邟鐘三（新收1253）（舒）
遷邟鐘六（新收1256）（舒）	遷邟鐘六（新收1256）（舒）	遷邟鐘六（新收1256）（舒）	遷邟鎛甲（通鑑15792）（舒）
遷邟鎛甲（通鑑15792）（舒）	遷邟鎛甲（通鑑15792）（舒）	遷邟鎛甲（通鑑15792）（舒）	遷邟鎛丙（通鑑15794）（舒）
遷邟鎛丙（通鑑15794）（舒）	遷邟鎛丙（通鑑15794）（舒）	遷邟鎛丙（通鑑15794）（舒）	遷邟鎛丁（通鑑15795）（舒）
遷邟鎛丁（通鑑15795）（舒）	遷邟鎛丁（通鑑15795）（舒）	遷邟鎛丁（通鑑15795）（舒）	鄭太子之孫與兵壺蓋（新收1980）
齊鞷氏鐘（集成142）（齊）	余購逐兒鐘乙（集成184）（徐）	邾公釛鐘（集成102）（邾）	邾公釛鐘（集成102）（邾）

義

復公仲簋蓋（集成4128）

復公仲簋蓋（集成4128）

晉公盆（集成10342）（晉）

徐王義楚觶（集成6513）（徐）

杕氏壺（集成9715）（燕）

郘黛鐘一（集成225）（晉）

郘黛鐘二（集成226）（晉）

郘黛鐘四（集成228）（晉）

郘黛鐘六（集成230）（晉）

郘黛鐘七（集成231）（晉）

郘黛鐘八（集成232）（晉）

郘黛鐘九（集成233）（晉）

郘黛鐘九（集成233）（晉）

郘黛鐘十一（集成235）（晉）

郘黛鐘十一（集成235）（晉）

郘黛鐘十二（集成236）（晉）

石鼓（獵碣·作原）（通鑑19821）（秦）

石鼓（獵碣·而師）（通鑑19822）（秦）

【春秋早期】

秦公鐘甲（集成262）（秦）

秦公鐘丁（集成265）（秦）

秦公鎛乙（集成268）（秦）

秦公鎛丙（集成269）（秦）

秦子簋蓋（通鑑5166）

郜公簠蓋（集成4569）（郜）

虢季鐘丙（新收3）（虢）

【春秋中期】

𪎭鎛（集成271）（齊）

【春秋晚期】

王子午鼎（集成2811）（楚）

王子午鼎（新收445）（楚）

王子午鼎（新收446）（楚）

王子午鼎（新收444）（楚）

王孫誥鐘一（新收418）（楚）

王孫誥鐘三（新收420）（楚）

王孫誥鐘四（新收421）（楚）

王孫誥鐘五（新收422）（楚）

王孫誥鐘六（新收423）（楚）

王孫誥鐘七（新收424）（楚）

王孫誥鐘八（新收425）（楚）

王孫誥鐘十（新收427）（楚）

王孫誥鐘十一（新收428）（楚）

王孫誥鐘十二（新收429）（楚）

王孫誥鐘十三（新收430）（楚）

王孫誥鐘十五（新收434）（楚）

王孫誥鐘十八（新收432）（楚）

魯伯愈父鬲（集成692）（魯）	魯伯愈父鬲（集成693）（魯）	魯伯愈父鬲（集成694）（魯）	魯伯愈父鬲（集成695）（魯）
魯宰駟父鬲（集成707）（魯）	魯太宰原父簋（集成3987）（魯）	魯伯大父簋（集成3974）（魯）	魯仲齊甗（集成939）（魯）
魯伯大父簋（集成3988）（魯）	魯伯大父簋（集成3989）（魯）	魯司徒仲齊盨甲蓋（集成4440）（魯）	魯司徒仲齊盨甲器（集成4440）（魯）
魯司徒仲齊盨乙蓋（集成4441）（魯）	魯司徒仲齊盨乙器（集成4441）（魯）	魯伯悆盨蓋（集成4458）（魯）	魯伯悆盨器（集成4458）（魯）
魯士𠩵父簠蓋（集成4517）（魯）	魯士𠩵父簠器（集成4517）（魯）	魯士𠩵父簠（集成4518）（魯）	魯士𠩵父簠（集成4519）（魯）
魯士𠩵父簠（集成4520）（魯）	魯伯俞父簠（集成4566）（魯）	魯伯俞父簠（集成4567）（魯）	魯伯俞父簠（集成4568）（魯）
魯侯簠（新收1068）（魯）	侯母壺（集成9657）（魯）	侯母壺（集成9657）（魯）	魯侯壺（通鑑12323）
魯伯厚父盤（集成10086）（魯）	魯伯者父盤（集成10087）（魯）	魯伯愈父盤（集成10114）	魯司徒仲齊盤（集成10116）（魯）
魯伯厚父盤（通鑑14505）	魯士商𠭯匜（集成10187）	魯伯敢匜（集成10222）（魯）	魯伯愈父匜（集成10244）
魯司徒仲齊匜（集成10275）（魯）	陳侯鬲（集成705）（陳）	陳侯鬲（集成706）（陳）	陳侯鼎（集成2650）（陳）
陳侯簠蓋（集成4603）（陳）	陳侯簠器（集成4603）（陳）	陳侯簠蓋（集成4604）（陳）	陳侯簠器（集成4604）（陳）
陳侯簠（集成4606）（陳）	陳侯簠（集成4607）（陳）	陳侯壺蓋（集成9633）（陳）	陳侯壺器（集成9633）（陳）

陳侯壺蓋（集成 9634）（陳）

陳子匜（集成 10279）（陳）

鑄子叔黑叵簠器（集成 4570）（鑄）

鑄叔簠器（集成 4560）（鑄）

芮太子鼎（集成 2449）

芮太子鬲（通鑑 2991）

芮公簋（集成 3707）

芮伯壺蓋（集成 9585）

芮公鐘（集成 31）

虢季鼎（新收 9）（虢）

虢季鼎（新收 13）（虢）

虢季鬲（新收 25）（虢）

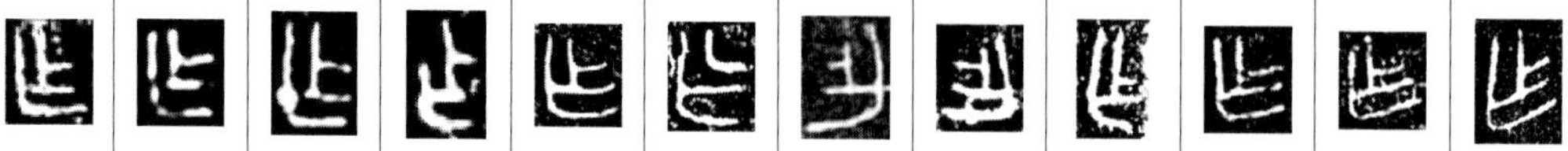

陳侯壺器（集成 9634）（陳）

鑄子叔黑叵鼎（集成 2587）（鑄）

鑄子叔黑叵簠器（集成 4571）（鑄）

鑄侯求鐘（集成 47）（鑄）

芮太子白鼎（集成 2496）

芮公鬲（通鑑 2992）

芮公簋（集成 3708）

芮伯壺器（集成 9585）

芮公鐘鈎（集成 33）

虢季鼎（新收 10）（虢）

虢季鼎（新收 14）（虢）

虢季鬲（新收 27）（虢）

陳侯盤（集成 10157）（陳）

鑄子叔黑叵鬲（集成 735）（鑄）

鑄子叔黑叵簠蓋（集成 4570）（鑄）

鑄子叔黑叵盨（通鑑 5666）

芮子仲殿鼎（集成 2517）

芮太子白鬲（通鑑 3005）

芮太子白簠（集成 4537）

芮太子白壺（集成 9644）

芮公簋（通鑑 5218）

虢季鼎（新收 11）（虢）

虢季鼎（新收 14）（虢）

虢季鬲（新收 26）（虢）

陳公孫旹父瓶（集成 9979）（陳）

鑄公簠蓋（集成 4574）（鑄）

鑄叔簠蓋（集成 4560）（鑄）

鑄叔皮父簋（集成 4127）（鑄）

芮子仲殿鼎（通鑑 2363）

芮太子白鬲（通鑑 3007）

芮太子白簠（集成 4538）

芮太子白壺器（集成 9645）

皇與匜（通鑑 14976）

虢季鼎（新收 12）（虢）

虢季鬲（新收 24）（虢）

虢季鬲（新收 22）（虢）

秦公鼎戊（通鑑 2375）（秦）	秦公簋甲（通鑑 4903）	秦公簋 A 蓋（通鑑 5249）	秦公簋 A 器（新收 1343）（秦）
秦公簋乙（通鑑 4904）	秦公簋丙（通鑑 4905）	秦公簋（新收 1342）（秦）	秦公簋 B（新收 1344）（秦）
秦公簋（通鑑 5267）	秦公壺乙（新收 1348）（秦）	秦公壺甲（新收 1347）（秦）	秦公壺（通鑑 12320）（秦）
秦公鎛丙（集成 269）	秦子戈（集成 11352）（秦）	秦子戈（集成 11353）（秦）	秦公鐘乙（集成 263）
秦公鎛甲（集成 267）	秦政伯喪戈（通鑑 17117）（秦）	爲用戈（通鑑 17288）	仲山父戈（新收 1558）
史宋鼎（集成 2203）	叔鼎（集成 1926）（虢）	尹小叔鼎（集成 2214）（虢）	魯內小臣床生鼎（集成 2354）
鄭子石鼎（集成 2421）（鄭）	郜造譴鼎（集成 2422）（郜）	伯氏鼎（集成 2443）	伯氏鼎（集成 2444）
伯氏鼎（集成 2447）	吳買鼎（集成 2452）	㝬司寇獸鼎（集成 2474）	專車季鼎（集成 2476）
考征君季鼎（集成 2519）	鄭戕句父鼎（集成 2520）（鄭）	郳伯御戎鼎（集成 2525）（郳）	蘇冶妊鼎（集成 2526）（蘇）
武生毀鼎（集成 2522）	武生毀鼎（集成 2523）	甯弃生鼎（集成 2524）	弗奴父鼎（集成 2589）（費）
郜伯鼎（集成 2601）（郜）	郜伯祀鼎（集成 2602）（郜）	緊子丙車鼎蓋（集成 2603）（黃）	緊子丙車鼎器（集成 2603）（黃）
緊子丙車鼎蓋（集成 2604）（黃）	緊子丙車鼎器（集成 2604）（黃）	鄦奓魯生鼎（集成 2605）（許）	伯[illegible][illegible]林鼎（集成 2621）

	虢季鬲（新收23）（虢）	虢季簋器（新收17）（虢）	虢季盨器（新收32）（虢）	虢季盨蓋（新收34）（虢）	虢季鋪（新收37）（虢）	虢季鐘庚（新收8）（虢）	虢宮父鬲（新收50）	虢碩父簠蓋（新收52）	衛夫人鬲（集成595）（衛）	黃子鬲（集成687）（黃）	黃君孟鐳（集成9963）（黃）	黃子器座（集成10355）（黃）
	虢季簋蓋（新收16）（虢）	虢季簋器（新收18）（虢）	虢季盨器（新收33）（虢）	虢季盨器（新收33）（虢）	虢季盤（新收40）（虢）	虢季方壺（新收38）（虢）	虢宮父盤（新收51）	虢碩父簠器（新收52）	蘇公匜（新收1465）	黃子豆（集成4687）（黃）	黃子盤（集成10122）（黃）	黃君孟盤（集成10104）（黃）
	虢季簋蓋（新收16）（虢）	虢季簋器（新收19）（虢）	虢季盨蓋（新收31）（虢）	虢季簠蓋（新收35）（虢）	虢季鐘丙（新收3）（虢）	虢宮父鬲（通鑑2937）	虢季氏子組鬲（集成662）（虢）	衛夫人鬲（新收1700）（衛）	蘇公子癸父甲簋（集成4014）（蘇）	黃子壺（集成9663）（黃）	黃太子伯克盤（集成10162）（黃）	黃君孟壺（集成9636）（黃）
	虢季簋蓋（新收17）（虢）	虢季盨蓋（新收32）（虢）	虢季盨器（新收31）（虢）	虢季鋪（新收36）（虢）	虢季鐘庚（新收7）（虢）	虢宮父匜（通鑑14991）	虢季氏子組鬲（通鑑2918）	衛夫人鬲（新收1701）（衛）	蘇公子癸父甲簋（集成4014）（蘇）	黃子壺（集成9664）（黃）	黃子盉（集成9445）（黃）	黃君孟鼎（集成2497）（黃）

黃季鼎（集成 2565）（黃）
黃子鼎（集成 2566）（黃）
黃子鼎（集成 2567）（黃）
黃子鬲（集成 624）（黃）
曾伯霥簠蓋（集成 4632）（曾）
曾伯霥簠（集成 4631）（曾）
曾仲斿父鋪（集成 4673）（曾）
曾仲斿父鋪（集成 4673）
曾太保慶盆（通鑑 6256）
曾太保麔叔亟盆（集成 10336）（曾）
曾仲斿父方壺蓋（集成 9628）（曾）
曾仲斿父方壺蓋（集成 9629）（曾）
曾伯陭壺器（集成 9712）（曾）
曾伯文鐳（集成 9961）（曾）
曾侯子鎛甲（通鑑 15762）
曾侯子鎛乙（通鑑 15763）
曾侯子鎛丙（通鑑 15764）
曾侯子鎛丁（通鑑 15765）（秦）
秦子鎛（通鑑 15770）
曾子伯窞盤（集成 10156）（曾）
曾伯從寵鼎（集成 2550）（曾）
曾者子⿰鬲彖鼎（集成 2563）（曾）
曾仲子敔鼎（集成 2564）（曾）
曾大師賓樂與鼎（通鑑 2279）
曾侯仲子遊父鼎（集成 2423）（曾）
曾侯仲子遊父鼎（集成 2424）（曾）
曾子仲謱鼎（集成 2620）（曾）
曾子仲謱甗（集成 943）（曾）
番君酟伯鬲（集成 732）（番）
番君酟伯鬲（集成 733）（番）
番君酟伯鬲（集成 734）（番）
戎生鐘丁（新收 1616）（晉）
番昶伯者君鼎（集成 2617）（番）
番昶伯者君鼎（集成 2618）（番）
番昶伯者君盤（集成 10140）（番）
番昶伯者君盤（集成 10139）（番）
番昶伯者君匜（集成 10269）（番）
番昶伯者君匜（集成 10268）（番）
鄀公平侯鼎（集成 2771）（鄀）
鄀公平侯鼎（集成 2772）（鄀）
秦公鼎甲（通鑑 1994）（秦）
秦公鼎乙（新收 1339）（秦）
秦公鼎 B（新收 1341）（秦）
秦公鼎 A（新收 1340）（秦）
秦公鼎（新收 1337）（秦）
秦公鼎（通鑑 1999）（秦）
秦公鼎丙（通鑑 2373）（秦）
秦公鼎丁（通鑑 2374）（秦）

衵伯業鼎（集成 2622）

伯氏始氏鼎（集成 2643）

戴叔朕鼎（集成 2692）（戴）

圃公鼎（新收 1463）

仲姜鼎（通鑑 2361）

鄭丼叔𢿢父鬲（集成 581）（鄭）

曾子單鬲（集成 625）（曾）

樊夫人龍嬴鬲（集成 675）（樊）

鄭師邍父鬲（集成 731）（鄭）

㮚姬鬲（新收 1070）

邕子良人甗（集成 945）

仲姜簋（通鑑 4056）

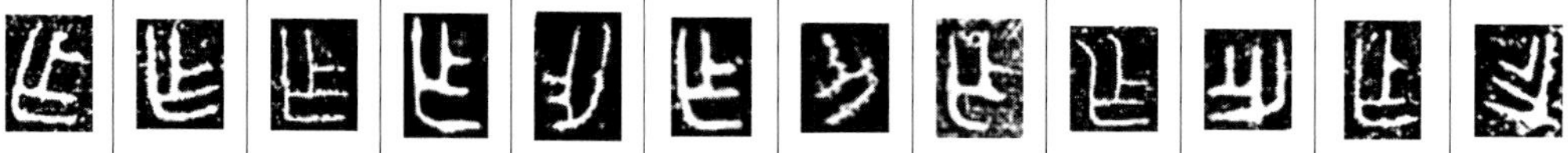

𢦚偖生鼎（集成 2632）

鼄𪓰白鼎（集成 2641）（邾）

鄁公湯鼎（集成 2714）（鄁）

子耳鼎（通鑑 2276）

蔡侯鼎（通鑑 2372）

伯𣪘鬲（集成 592）（曾）

虎臣子組鬲（集成 661）（虢）

樊夫人龍嬴鬲（集成 676）（樊）

醫子奠伯鬲（集成 742）（曾）

封仲甗（集成 933）

叔原父甗（集成 947）（陳）

鄧公牧簋盖（集成 3590）（鄧）

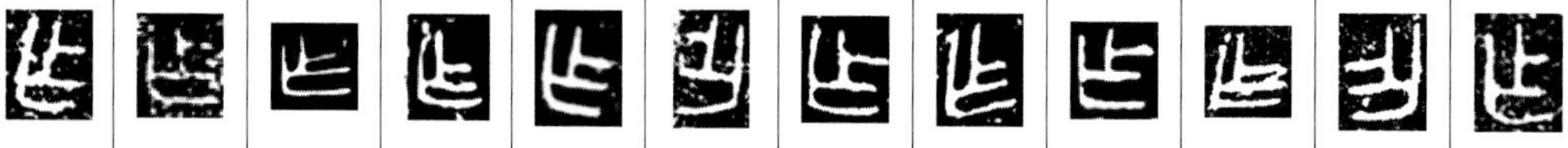

鼄𪓰白鼎（集成 2640）（邾）

叔單鼎（集成 2657）（黃）

上曾太子般殷鼎（集成 2750）（曾）

鄬甘𦎫鼎（新收 1091）

鄭叔歡父鬲（集成 579）（鄭）

戴叔慶父鬲（集成 608）（戴）

邾來隹鬲（集成 670）（邾）

齊趫父鬲（集成 685）

國子碩父鬲（新收 48）

伯高父甗（集成 938）

申五氏孫矩甗（新收 970）（申）

鄧公牧簋器（集成 3590）（鄧）

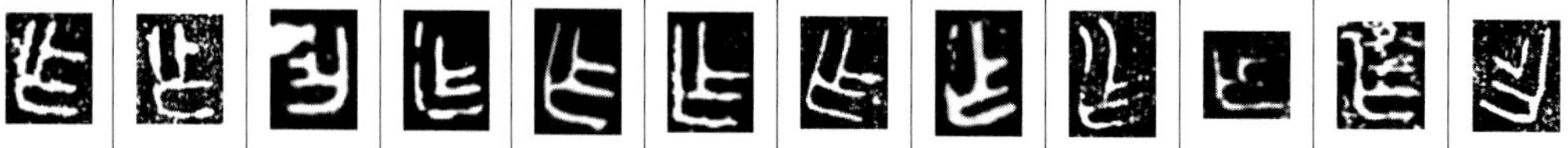

𢦚偖生鼎（集成 2633）

鄭伯氏士叔皇父鼎（集成 2667）（鄭）

兒慶鼎（新收 1095）（小邾）

寶登鼎（通鑑 2277）

鄭丼叔歡父鬲（集成 580）（鄭）

王鬲（集成 611）

叔牙父鬲（集成 674）

齊趫父鬲（集成 686）（齊）

國子碩父鬲（新收 49）

梁姬罐（新收 45）

仲姜甗（通鑑 3339）

鄧公牧簋（集成 3591）（鄧）

鄁公伯韭簋（集成4016）（鄁）	鄁公伯韭簋器（集成4017）（鄁）	卓林父簋蓋（集成4018）（衛）	郜讃簋甲蓋（集成4040）（郜）
郜讃簋甲器（集成4040）（郜）	嗇仲之孫簋（集成4120）（郜）	上鄀公敄人簋蓋（集成4183）（鄀）	秦公簋器（集成4315）（秦）
郜讃簋乙（通鑑5277）	大司馬孛朮簠蓋（集成4505）	大司馬孛朮簠器（集成4505）	冑簠（集成4532）
伯旅魚父簠（集成4525）	吳王御士尹氏叔緐簠（集成4527）（吳）	妦仲簠（集成4534）	薛子仲安簠蓋（集成4546）（薛）
薛子仲安簠器（集成4546）（薛）	薛子仲安簠（集成4548）（薛）	走馬薛仲赤簠（集成4556）（薛）	商丘叔簠（集成4557）（宋）
商丘叔簠（集成4558）（宋）	商丘叔簠蓋（集成4559）（宋）	商丘叔簠器（集成4559）（宋）	⿱宀夏侯簠（集成4561）
⿱宀夏侯簠（集成4562）	鄀公簠蓋（集成4569）（鄀）	伯其父慶簠（集成4581）	曾侯簠（集成4598）
曾侯簠（集成4598）	鄀公諴簠（集成4600）	召叔山父簠（集成4601）（鄭）	召叔山父簠（集成4602）（鄭）
考叔𣄰父簠蓋（集成4608）（楚）	考叔𣄰父簠器（集成4608）（楚）	考叔𣄰父簠器（集成4609）（楚）	叔家父簠（集成4615）
叔朕簠（集成4621）（戴）	曾孟嬴剈簠（新收1199）（曾）	郜召簠蓋（新收1042）	郜召簠器（新收1042）
蔡大善夫趣簠蓋（新收1236）（蔡）	蔡大善夫趣簠器（新收1236）（蔡）	原氏仲簠（新收395）（陳）	原氏仲簠（新收397）（陳）
郳公子害簠蓋（通鑑5964）	郳公子害簠器（通鑑5964）	䢼子𪒠盞蓋（新收1235）	䢼子𪒠盞蓋（新收1235）

樊君夔盆蓋（集成10329）（樊）

鄎子行盆蓋（集成10330）（鄎）

華母壺（集成9638）

幻伯隹壺（新收1200）（曾）

仲姜壺（通鑑12333）

僉父瓶蓋（通鑑14036）

賠金氏孫盤（集成10098）

袒伯墉盤（集成10130）

圓君婦媿靁盉（集成9434）

郘湯伯茬匜（集成10188）

賠金氏孫匜（集成10223）

鄝季寬車匜（集成10234）（黃）

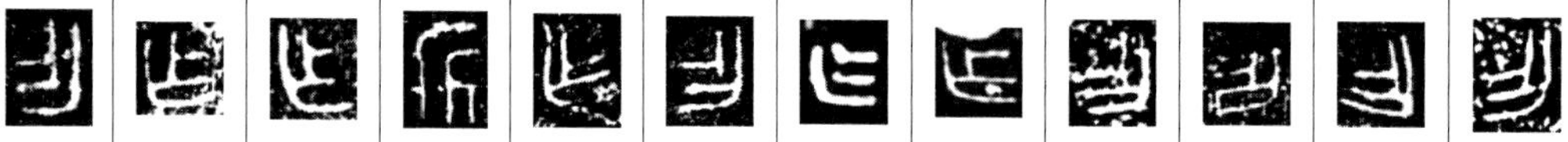

樊君夔盆器（集成10329）（樊）

鄎子行盆器（集成10330）（鄎）

江君婦和壺（集成9639）（江）

番叔壺（新收297）（番）

圓君婦媿靁壺（通鑑12349）

僉父瓶器（通鑑14036）

鄝季寬車盤（集成10109）（黃）

干氏叔子盤（集成10131）

番伯酓匜（集成10259）（番）

長湯伯茬匜（集成10208）

陽飤生匜（集成10227）

𢦏伯匜（集成10246）（戴）

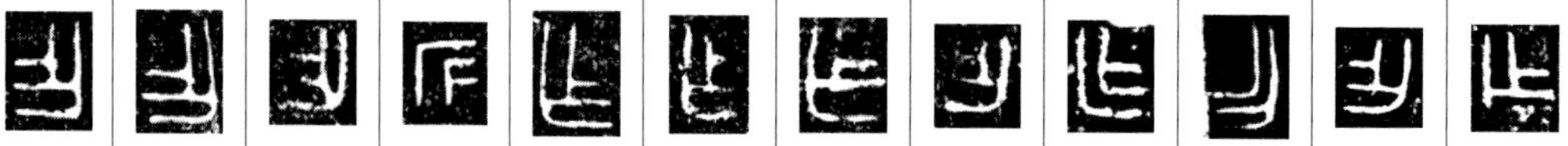

右走馬嘉壺（集成9588）

子叔嬴内君盆（集成10331）

袒仲無龍鬲（集成713）

彭伯壺蓋（新收315）（彭）

甫伯官曾鐳（集成9971）

伯駟父盤（集成10103）

蘇冶妊盤（集成10118）（蘇）

夆叔盤（集成10163）（滕）

伯歸𡡓鼎（集成2645）（曾）

樊夫人龍嬴匜（集成10209）（樊）

齊侯子行匜（集成10233）（齊）

袒仲無龍匜（集成10249）

京叔姬簠（集成4504）

樊夫人龍嬴壺（集成9637）（樊）

袒仲無龍鬲（集成714）

甫睸鐳（集成9972）

伯亞臣鐳（集成9974）（黃）

𨞩仲盤（集成10056）

楚季𦎫盤（集成10125）（楚）

大師盤（新收1464）

㠱甫人匜（集成10261）（紀）

叔黑臣匜（集成10217）

綏君單匜（集成10235）（黃）

樊君夔匜蓋（集成10256）（樊）

樊君夔匜器（集成10256）（樊）

塞公孫𣄰父匜（集成10276）

鄭大内史叔上匜（集成10281）（鄭）

祀仲匜（通鑑14973）

梁伯戈（集成11346）

天尹鐘（集成5）

天尹鐘（集成6）

畀戈（集成11066）

楚大師登鐘己（通鑑15510）（楚）

楚大師登鐘庚（通鑑15511）（楚）

楚大師登鐘辛（通鑑15512）（楚）

曩仲之子伯剌戈（集成11400）

【春秋中期】

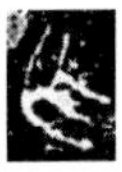
長子𩡧臣簠蓋（集成4625）（晉）

長子𩡧臣簠器（集成4625）（晉）

叔師父壺（集成9706）

仲次衛簠（新收399）

𦅫鎛（集成271）（齊）

魯大左司徒元鼎（集成2592）（魯）

魯大左司徒元鼎（集成2593）（魯）

魯大司徒厚氏元簠（集成4689）（魯）

魯大司徒厚氏元簠蓋（集成4690）（魯）

魯大司徒元盂（集成10316）（魯）

魯少司寇封孫宅盤（集成10154）（魯）

陳大喪史仲高鐘（集成350）（陳）

陳大喪史仲高鐘（集成353）

陳大喪史仲高鐘（集成355）（陳）

陳公子仲慶簠（集成4597）（陳）

鄧公乘鼎蓋（集成2573）（鄧）

鄧公乘鼎器（集成2573）（鄧）

趞亥鼎（集成2588）（宋）

庚兒鼎（集成2715）（徐）

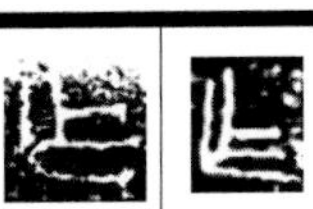
庚兒鼎（集成2716）（徐）

江叔螽鬲（集成677）（江）

曾子屖簠蓋（集成4528）

曾子屖簠器（集成4528）

曾子屖簠蓋（集成4529）（曾）

曾子屖簠器（集成4529）（曾）

鄬伯受簠蓋（集成4599）（鄬）

鄬伯受簠器（集成4599）（鄬）

宜桐盂（集成10320）（徐）

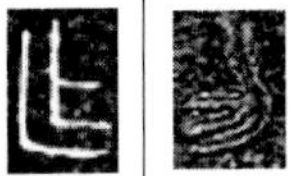
童麗君柏鐘（通鑑15186）

何次簠蓋（新收404）

何次簠器（新收404）

何次簠蓋（新收403）

何次簠器（新收403）

伯遊父壺（通鑑12304）

伯遊父壺（通鑑12305）

伯遊父盤（通鑑14501）

伯遊父鐳（通鑑14009）

者𣱼鐘二（集成194）（吳）

者𣱼鐘四（集成196）（吳）

者𣱼鐘七（集成199）（吳）

鄬子受鎛甲（新收513）（楚）

鄬子受鎛丙（新收515）（楚）

鄬子受鎛辛（新收520）（楚）

鄬子受鐘丁（新收507）（楚）

鄬子受鐘辛（新收511）（楚）

鄬子受鎛乙（新收514）（楚）

【春秋前期】

𨚕諧尹征城（集成425）（徐）

【春秋後期】

蔡子佗匜（集成10196）（蔡）

齊縈姬盤（集成10147）（齊）

【春秋晚期】

王子午鼎（集成2811）（楚）

王子午鼎（新收445）（楚）

王子午鼎（新收446）（楚）

王子午鼎（新收444）（楚）

王子午鼎（新收449）（楚）

王子午鼎（新收447）（楚）

孟縢姬缶（集成10005）（楚）

王孫誥鐘一（新收418）（楚）

王孫誥鐘三（新收420）（楚）

王孫誥鐘四（新收421）（楚）

王孫誥鐘六（新收423）（楚）

王孫誥鐘十（新收427）（楚）

王孫誥鐘十二（新收429）（楚）

王孫誥鐘十三（新收430）（楚）

王孫誥鐘十五（新收434）（楚）

王孫誥鐘二十（新收433）（楚）

王孫遺者鐘（集成261）（楚）

蔡侯盤（新收471）（蔡）

𨚕令尹者旨𣄰爐（集成10391）（徐）

蔡侯𩰫鎛丁（集成222）（蔡）

蔡侯𩰫歌鐘乙（集成211）（蔡）

蔡侯𩰫缶（集成10004）（蔡）

聖靡公𤔲鼓座（集成429）

邗王是埜戈（集成11263）（吳）

配兒鉤鑃甲（集成426）（吳）

配兒鉤鑃乙（集成427）（吳）

工𧇖矛（新收1263）（吳）

攻敔王夫差劍（集成11636）（吳）

攻敔王夫差劍（集成11637）（吳）

攻敔王夫差劍（集成11638）（吳）

攻敔王夫差劍（集成11639）（吳）

攻敔王光劍（集成11654）（吳）	曹鮴尋員劍（新收1241）（吳）	攻敔王夫差劍（通鑑18021）（吳）	攻敔王夫差劍（新收1734）（吳）
姑馮昏同之子句鑃（集成424）（越）	吳王夫差矛（集成11534）（吳）	攻敔王光劍（集成11666）（吳）	番君召簠（集成4586）（番）
番君召簠（集成4582）（番）	番君召簠（集成4583）（番）	番君召簠（集成4584）（番）	番君召簠蓋（集成4585）（番）
齊侯敦（集成4638）（齊）	齊侯敦蓋（集成4639）（齊）	齊侯敦器（集成4639）（齊）	齊侯敦（集成4645）（齊）
齊侯盂（集成10318）（齊）	鼄公牼鐘乙（集成150）（邾）	鼄公牼鐘甲（集成149）（邾）	鼄公華鐘（集成245）（邾）
郘黛鐘二（集成226）（晉）	郘黛鐘四（集成228）（晉）	郘黛鐘六（集成230）（晉）	郘黛鐘七（集成231）（晉）
郘黛鐘八（集成232）（晉）	郘黛鐘九（集成233）（晉）	少虡劍（集成11696）（晉）	少虡劍（集成17697）（晉）
盅子㦰鼎蓋（集成2286）	王子吳鼎（集成2717）（楚）	簷太史申鼎（集成2732）（莒）	哀成叔鼎（集成2782）（鄭）
何訇君党鼎（集成2477）	乙鼎（集成2607）	寬兒鼎（集成2722）（蘇）	丁兒鼎蓋（新收1712）（應）
夫跌申鼎（新收1250）（舒）	伯怡父鼎乙（新收1966）	義子曰鼎（通鑑2179）	彭公之孫無所鼎（通鑑2189）
尊父鼎（通鑑2296）	鄭莊公之孫盧鼎（通鑑2326）	宋君夫人鼎（通鑑2343）	郳夫人嫘鼎（通鑑2386）
郳夫人嫘鼎（通鑑2386）	蔿鬲（新收458）（楚）	競之定鬲甲（通鑑2997）	競之定鬲乙（通鑑2998）

競之定鬲丙（通鑑 2999）	陳樂君歌甗（新收 1073）（陳）	復公仲簋蓋（集成 4128）	鄦侯少子簋（集成 4152）（莒）
競之定簋甲（通鑑 5226）	競之定簋乙（通鑑 5227）	王孫[illegible]簠器（集成 4501）	叔牀父簠蓋（集成 4544）
鄝子𡘧簠（集成 4545）	宋公䜌簠（集成 4589）（宋）	宋公䜌簠（集成 4590）（宋）	曾孫史夷簠（集成 4591）
子季嬴青簠蓋（集成 4594）（楚）	嘉子伯昜臚簠器（集成 4605）	曾簠（集成 4614）	樂子嚷豧簠（集成 4618）（宋）
飤簠蓋（新收 475）（楚）	飤簠蓋（新收 476）（楚）	飤簠器（新收 476）（楚）	飤簠器（新收 477）（楚）
飤簠蓋（新收 478）（楚）	飤簠器（新收 478）（楚）	叔姜簠蓋（新收 1212）（楚）	曾侯邚簠（通鑑 5949）
許公買簠蓋（通鑑 5950）	許公買簠器（通鑑 5950）	申文王之孫州𦰡簠（通鑑 5960）	襄王孫盞（新收 1771）
無所簠（通鑑 5952）	曾𡢃嬶朱姬簠蓋（新收 530）（楚）	曾𡢃嬶朱姬簠器（新收 530）（楚）	王子申盞（集成 4643）（楚）
競之定豆甲（通鑑 6146）	婁君盂（集成 10319）	拍敦（集成 4644）	競之定豆乙（通鑑 6147）
晉公盆（集成 10342）（晉）	晉公盆（集成 10342）（晉）	王子臣俎（通鑑 6320）	王子啓疆尊（通鑑 11733）
復公仲壺（集成 9681）	孝子平壺（新收 1088）（莒）	鄭太子之孫與兵壺蓋（新收 1980）	寬兒缶甲（通鑑 14091）
徐王義楚盤（集成 10099）（徐）	者尚余卑盤（集成 10165）	蔡大司馬燮盤（通鑑 14498）	楚王酓恷盤（通鑑 14510）

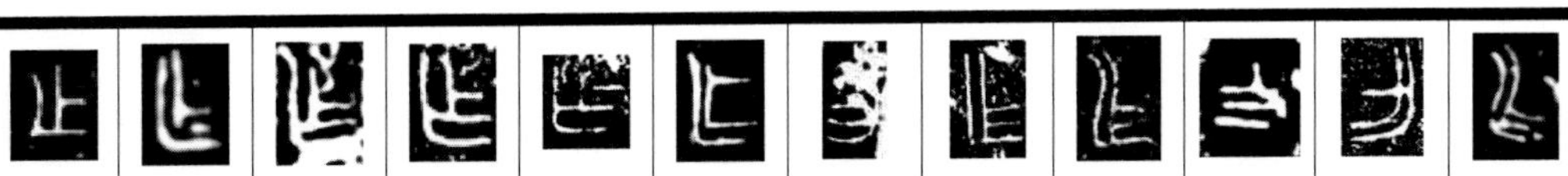

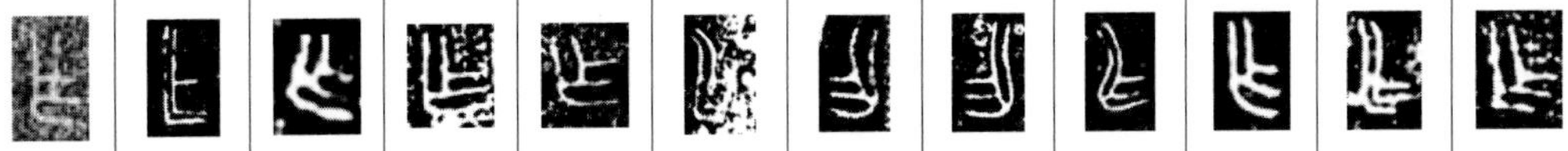

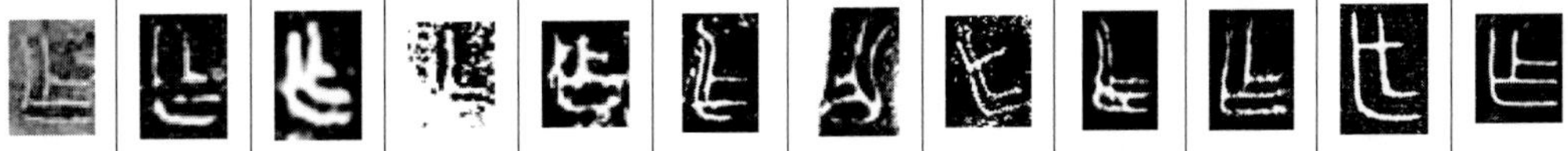

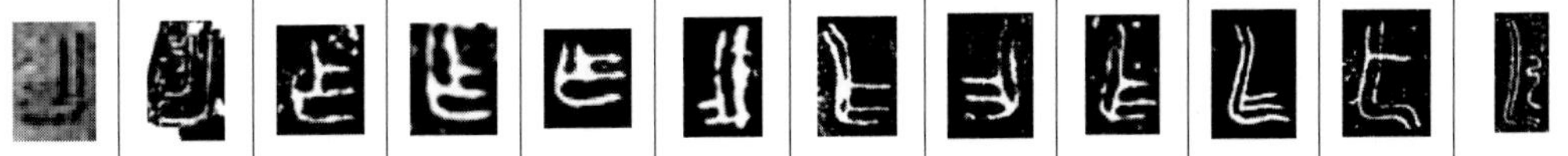

工盧王之孫鎣（新收1283）（吳）	工𫊸季生匜（集成10212）	夆叔匜（集成10282）（滕）	楚王酓恷匜（通鑑14986）
吳王夫差鑑（集成10294）（吳）	吳王夫差鑑（新收1477）	吳王夫差鑑（集成10296）（吳）	吳王光鑑甲（集成10298）（吳）
邾君鐘（集成50）（邾）	楚王領鐘（集成53）（楚）	王子嬰次鐘（集成52）（楚）	敬事天王鐘甲（集成73）（楚）
敬事天王鐘丙（集成75）（楚）	敬事天王鐘丁（集成76）（楚）	敬事天王鐘己（集成78）（楚）	敬事天王鐘辛（集成80）（楚）
邾公託鐘（集成102）（邾）	臧孫鐘甲（集成93）（吳）	次尸祭缶（新收1249）（徐）	臧孫鐘乙（集成94）（吳）
臧孫鐘丁（集成96）（吳）	臧孫鐘戊（集成97）（吳）	臧孫鐘壬（集成101）（吳）	子璋鐘甲（集成113）（許）
子璋鐘丁（集成116）（許）	子璋鐘己（集成118）（許）	子璋鐘乙（集成114）（許）	攻敔工差戟（集成11258）（吳）
𥷮叔之仲子平鐘甲（集成172）（莒）	𥷮叔之仲子平鐘丁（集成175）（莒）	𥷮叔之仲子平鐘己（集成177）（莒）	𥷮叔之仲子平鐘壬（集成180）（莒）
𨘗𨙸鐘三（新收1253）（舒）	𨘗𨙸鐘三（新收1253）（舒）	𨘗𨙸鐘六（新收1256）（舒）	𨘗𨙸鎛丙（通鑑15794）（舒）
𨘗𨙸鎛丙（通鑑15794）（舒）	𨘗𨙸鎛丁（通鑑15795）（舒）	𨘗𨙸鎛丁（通鑑15795）（舒）	喬君鉦鍼（集成423）（許）
侯古堆鎛甲（新收276）	沇兒鎛（集成203）（徐）	䳓公圃劍（集成11651）（應）	徐王義楚之元子柴劍（集成11668）（徐）
攻盧王叡戗此郤劍（新收1188）（吳）	姑發者反之子通劍（新收1111）（吳）	攻敔王者彶叡虘劍（通鑑18065）	攻敔王虘戗此郤劍（通鑑18066）

攸

- 吳王光劍（通鑑 18070）
- 蔡太史卮（集成 10356）（蔡）
- 石鼓（獵碣・作原）（通鑑 19821）（秦）
- 石鼓（獵碣・作原）（通鑑 19821）（秦）
- 秦景公石磬（通鑑 19787）（秦）

【春秋時期】

- 史孔卮（集成 10352）
- 嫚妊車輨（集成 12030）
- 仲義君鼎（集成 2279）
- 師麻孝叔鼎（集成 2552）
- 瘶鼎（集成 2569）
- 交君子叕鼎（集成 2572）
- 彛片昶豯鼎（集成 2570）
- 彛片昶豯鼎（集成 2571）
- 鐘伯侵鼎（集成 2668）
- 曹伯狄簋殘蓋（集成 4019）（曹）
- 申公彭宇簠（集成 4610）（鄀）
- 申公彭宇簠（集成 4611）（鄀）
- 童麗君柏簠（通鑑 5966）
- 蘇貉豆（集成 4659）
- 宋右師延敦器（新收 1713）（宋）
- 宋右師延敦器（新收 1713）（宋）
- 曾孟嬶諫盆蓋（集成 10332）（曾）
- 曾孟嬶諫盆器（集成 10332）（曾）
- 黃太子伯克盆（集成 10338）（黃）
- 彭子仲盆蓋（集成 10340）
- 齊皇壺（集成 9659）（齊）
- 鄧伯吉射盤（集成 10121）（鄧）
- 中子化盤（集成 10137）（楚）
- 般仲柔盤（集成 10143）
- 黃韋俞父盤（集成 10146）（黃）
- 炩右盤（集成 10150）
- 匽公匜（集成 10229）（燕）
- 番仲艾匜（集成 10258）（番）
- 薛侯匜（集成 10263）（薛）
- 陳伯元匜（集成 10267）（陳）
- 大孟姜匜（集成 10274）
- 自鐘（集成 7）
- 高平戈（集成 11020）

【春秋晚期】

- 郙王䕭劍（集成 11611）
- 越邾盟辭鎛乙（集成 156）（越）
- 越邾盟辭鎛乙（集成 156）（越）
- 越邾盟辭鎛甲（集成 155）
- 自作用戈（集成 11028）
- 受戈（集成 11157）
- 大王光逌戈（集成 11257）（吳）

大王光逌戈（集成11255）（吳）

攻吾王光劍（新收1478）（吳）

【春秋晚到戰國早期】

越王勾踐劍（集成11621）

【春秋早期】

召叔山父簠（集成4601）（鄭）

召叔山父簠（集成4602）（鄭）

【春秋晚期】

文公之母弟鐘（新收1479）

【春秋早期】

秦公鐘乙（集成263）（秦）

秦公鐘戊（集成266）（秦）

秦公鎛甲（集成267）（秦）

秦公鎛乙（集成268）（秦）

秦公鎛丙（集成269）（秦）

【春秋中期】

子犯鐘乙F（新收1017）（晉）

【春秋晚期】

文公之母弟鐘（新收1479）

秦景公石磬（通鑑19778）（秦）

秦景公石磬（通鑑19779）（秦）

王子嬰次鐘（集成52）（楚）

王孫誥鐘一（新收418）（楚）

王孫誥鐘三（新收420）（楚）

王孫誥鐘四（新收421）（楚）

王孫誥鐘五（新收422）（楚）

王孫誥鐘七（新收424）（楚）

王孫誥鐘九（新收426）（楚）

王孫誥鐘十（新收427）（楚）

王孫誥鐘十一（新收428）（楚）

王孫誥鐘十二（新收429）（楚）

王孫誥鐘十四（新收431）（楚）

王孫誥鐘十六（新收436）（楚）

王孫誥鐘十九（新收437）（楚）

王孫誥鐘二十五（新收441）（楚）

王孫遺者鐘（集成261）（楚）

沇兒鎛（集成203）（徐）

齊鞷氏鐘（集成142）（齊）

子璋鐘甲（集成113）（許）

子璋鐘乙（集成114）（許）

子璋鐘丙（集成115）（許）

子璋鐘丁（集成116）（許）

子璋鐘戊（集成117）（許）

子璋鐘庚（集成119）（許）

杕氏壺（集成9715）（燕）

⿱⿰舟也皿　⿱也皿　鉈　⿰也金　⿱鉈皿

【春秋時期】

匽公匜（集成 10229）（燕）

燕車軎（通鑑 19015）

【春秋早期】

戎生鐘丙（新收 1615）（晉）

【春秋早期】

吳王御士尹氏叔緐簠（集成 4527）（吳）

叔家父簠（集成 4615）

郜召簠蓋（新收 1042）

郜召簠器（新收 1042）

【春秋中期】

陳公子仲慶簠（集成 4597）（陳）

【春秋晚期】

曹公簠（集成 4593）（曹）

蔡侯簠甲蓋（新收 1896）

蔡侯簠甲器（新收 1896）（蔡）

【春秋晚期】

蔡叔季之孫君匜（集成 10284）（蔡）

【春秋早期】

曾子白窞匜（集成 101207）（曾）

叔穀匜（集成 10219）

荀侯稽匜（集成 10232）

塞公孫寣父匜（集成 10276）

鄍季寬車匜（集成 10234）（黃）

番昶伯者君匜（集成 10268）（番）

楚嬴匜（集成 10273）（楚）

鄭大內史叔上匜（集成 10281）（鄭）

【春秋時期】

匽公匜（集成 10229）（燕）

大孟姜匜（集成 10274）

【春秋晚期】

羅兒匜（新收 1266）

【春秋時期】

陳伯元匜（集成 10267）（陳）

【春秋早期】

𢦏伯匜（集成 10246）（戴）

【春秋早期】

陳子匜（集成 10279）（陳）

【春秋中晚期】

滕太宰得匜（新收 1733）（滕）

⿷匚从　　瓶　　

异　⿱巳皿

【春秋晚期】

蔡侯𪒠方鑑（集成10290）（蔡）

蔡侯𪒠匜（集成10189）（蔡）

【春秋中後期】

東姬匜（新收398）（楚）

【春秋晚期】

唐子仲瀕兒匜（新收1209）（唐）

【春秋晚期】

工吳季生匜（集成10212）（吳）

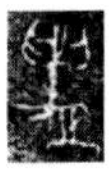
黃仲酉匜（通鑑14987）（曾）

【春秋時期】

⿷匚从君壺（集成9680）

【春秋早期】

曾子⿰車丸鼎（集成2757）（曾）

【春秋早期】

鄀于子瓶簠（集成4542）（鄀）

【春秋晚期】

石鼓（獵碣・而師）（通鑑19822）（秦）

石鼓（獵碣・田車）（通鑑19818）（秦）

石鼓（獵碣・鑾車）（通鑑19819）（秦）

【春秋早期】

戴叔朕鼎（集成2692）（戴）

鄁公湯鼎（集成2714）（鄁）

叔單鼎（集成2657）（黃）

曾子仲宣鼎（集成2737）（曾）

鄀公平侯鼎（集成2772）（鄀）

醫子奠伯鬲（集成742）（曾）

鄧公孫無嬰鼎（新收1231）（鄧）

邾來隹鬲（集成670）（邾）

番君⿰酉正伯鬲（集成732）（番）

番君⿰酉正伯鬲（集成733）（番）

番君⿰酉正伯鬲（集成734）（番）

叔原父甗（集成947）（陳）

蘇公子癸父甲簋（集成4014）（蘇）

蘇公子癸父甲簋（集成4015）（蘇）

上鄀公敄人簋蓋（集成4183）（鄀）

曩伯子寍父盨器（集成4442）（紀）	曩伯子寍父盨蓋（集成4443）（紀）	曩伯子寍父盨器（集成4443）（紀）	曩伯子寍父盨器（集成4444）（紀）
曩伯子寍父盨蓋（集成4445）（紀）	曩伯子寍父盨器（集成4445）（紀）	陳侯簠蓋（集成4603）（陳）	陳侯簠器（集成4603）（陳）
陳侯簠蓋（集成4604）（陳）	陳侯簠（集成4606）（陳）	陳侯簠（集成4607）（陳）	陳侯盤（集成10157）（陳）
陳公孫㝬父瓶（集成9979）（陳）	陳子匜（集成10279）（陳）	原氏仲簠（新收936）（陳）	原氏仲簠（新收937）（陳）
侯母壺（集成9657）（魯）	侯母壺（集成9657）（魯）	㫚仲之孫簋（集成4120）	考叔㝬父簠蓋（集成4609）（楚）
考叔㝬父簠蓋（集成4608）（楚）	考叔㝬父簠器（集成4608）（楚）	考叔㝬父簠器（集成4609）（楚）	叔家父簠（集成4615）
叔朕簠（集成4620）（戴）	叔朕簠（集成4621）（戴）	叔朕簠（集成4622）（戴）	曾伯霥簠蓋（集成4632）（曾）
曾伯霥簠（集成4631）（曾）	邿召簠蓋（新收1042）	邿召簠器（新收1042）	曹公盤（集成10144）（曹）
蔡大善夫趣簠蓋（新收1236）（蔡）	蔡大善夫趣簠器（新收1236）（蔡）	郳公子害簠蓋（通鑑5964）	郳公子害簠器（通鑑5964）
曾伯陭壺器（集成9712）（曾）	曾伯陭壺蓋（集成9712）（曾）	僉父瓶器（通鑑14036）	曾子伯啓盤（集成10156）（曾）
魯大司徒子仲白匜（集成10277）（魯）	鄭大內史叔上匜（集成10281）（鄭）	夢子匜（集成10245）	秦公鎛丙（集成269）（秦）
戎生鐘庚（新收1619）（晉）	秦公鐘乙（集成263）	秦子鎛（通鑑15770）	秦公鎛甲（集成267）（秦）

秦公鎛乙（集成 268）（秦）

鄁公伯韭簋（集成 4016）（鄁）

鄁公伯韭簋蓋（集成 4017）（鄁）

鄁公伯韭簋器（集成 4017）（鄁）

邕子良人甗（集成 945）

昶伯墉盤（集成 10130）

黃太子伯克盤（集成 10162）（黃）

塞公孫㾅父匜（集成 10276）

蘇公匜（新收 1465）

【春秋中期】

魯大司徒厚氏元簠（集成 4689）（魯）

魯大司徒厚氏元簠蓋（集成 4690）（魯）

魯大司徒厚氏元簠器（集成 4690）（魯）

魯大司徒厚氏元簠蓋（集成 4691）（魯）

魯大司徒厚氏元簠器（集成 4691）（魯）

叔師父壺（集成 9706）

陳大喪史仲高鐘（集成 350）（陳）

陳大喪史仲高鐘（集成 353）（陳）

陳大喪史仲高鐘（集成 355）（陳）

陳公子仲慶簠（集成 4597）（陳）

伯遊父卮（通鑑 19234）

伯遊父壺（通鑑 12305）

伯遊父鐳（通鑑 14009）

伯遊父盤（通鑑 14501）

何次簠（新收 402）

何次簠蓋（新收 403）

何次簠器（新收 403）

何次簠蓋（新收 404）

何次簠器（新收 404）

季子康鎛丙（通鑑 15787）

季子康鎛丁（通鑑 15788）

【春秋晚期】

蔡大師腆鼎（集成 2738）（蔡）

郘夫人嬶鼎（通鑑 2386）

陳樂君歌甗（新收 1073）（陳）

許公買簠器（集成 4617）（許）

許公買簠蓋（通鑑 5950）

許公買簠器（通鑑 5950）

洹子孟姜壺（集成 9730）（齊）

蔡侯盤（新收 471）（蔡）

蔡侯匜（新收 472）（蔡）

鼄公華鐘（集成 245）（邾）

蔡叔季之孫君匜（集成 10284）（蔡）

蔡侯簠乙（新收 1897）（蔡）

蔡侯簠甲蓋（新收 1896）（蔡）

蔡侯簠甲器（新收 1896）（蔡）

婁君盂（集成 10319）

齊侯敦（集成 4645）（齊）

⿰弓疌 張 弢 彊 引

弢 彌 ⿰畐弓

【春秋後期】

齊縈姬盤（集成 10147）（齊）

【春秋時期】

般仲柔盤（集成 10143）

申公彭宇簠（集成 4610）（鄀）

申公彭宇簠（集成 4611）（鄀）

⿱谷皿余敦（新收 1627）

黃太子伯克盆（集成 10338）（黃）

彭子仲盆蓋（集成 10340）

【春秋早期】

鄀公平侯鼎（集成 2771）（鄀）

申五氏孫矩甗（新收 970）（申）

鄩仲盤（集成 10135）（鄩）

孟城瓶（集成 9980）

鄩仲匜（集成 10266）（鄩）

【春秋中期】

伯遊父壺（通鑑 12304）

【春秋早期】

秦公簋器（集成 4315）（秦）

【春秋中期】

䋎鎛（集成 271）（齊）

䋎鎛（集成 271）（齊）

【春秋晚期】

工 太子姑發𦥎反劍（集成 11718）（吳）

【春秋晚期】

𥶵叔之仲子平鐘丙（集成 174）（莒）

𥶵叔之仲子平鐘己（集成 177）（莒）

𥶵叔之仲子平鐘庚（集成 178）（莒）

𥶵叔之仲子平鐘辛（集成 179）（莒）

𥶵叔之仲子平鐘壬（集成 180）（莒）

【春秋晚期】

晉公盆（集成 10342）（晉）

【春秋晚期】

吳王光鑑甲（集成 10298）（吳）

吳王光鑑乙（集成 10299）（吳）

盭

【春秋早期】

秦公鐘甲（集成262）（秦）

秦公鐘丁（集成265）（秦）

秦公鎛甲（集成267）（秦）

秦公鎛乙（集成268）（秦）

秦公鎛丙（集成269）（秦）

孫

【春秋早期】

魯仲齊鼎（集成2639）（魯）

魯仲齊甗（集成939）（魯）

取膚上子商匜（集成10253）（魯）

魯司徒仲齊盨甲蓋（集成4440）（魯）

魯司徒仲齊盨甲器（集成4440）（魯）

魯司徒仲齊盨乙蓋（集成4441）（魯）

魯司徒仲齊盨乙器（集成4441）（魯）

魯司徒仲齊匜（集成10275）（魯）

魯大司徒子仲白匜（集成10277）（魯）

齊侯子行匜（集成10233）（齊）

齊趫父鬲（集成686）（齊）

齊趫父鬲（集成685）（齊）

杞伯每刃鼎蓋（集成2494）

杞伯每刃鼎器（集成2494）

杞伯每刃鼎（集成2495）

杞伯每刃簋（集成3901）（杞）

杞伯每刃簋（集成3899.1）

杞伯每刃簋器（集成3898）（杞）

杞伯每刃簋蓋（集成3898）（杞）

杞伯每刃簋蓋（集成3899.2）

杞伯每刃簋（集成3897）（杞）

杞伯每刃壺（集成9688）（杞）

芮太子白簠（集成4538）

芮太子鼎（集成2448）

芮公鼎（集成2475）（芮）

芮太子白鬲（通鑑3005）

芮太子白壺（集成9644）

芮太子白壺蓋（集成9645）

芮太子白壺器（集成9645）

芮太子鬲（通鑑2991）

芮公鬲（通鑑2992）

芮公鐘（集成31）

鑄侯求鐘（集成47）（鑄）

虢季鼎（新收9）（虢）

虢季鼎（新收10）（虢）

虢季鼎（新收11）（虢）

虢季鬲（新收23）（虢）

虢季鬲（新收22）（虢）

虢季鬲（新收25）（虢）

 虢季鬲（新收27）（虢）	 虢季鬲（新收24）（虢）	 虢季鋪（新收36）（虢）	 虢季鋪（新收37）（虢）
 虢季氏子組鬲（集成662）（虢）	 虢季氏子組鬲（通鑑2918）	 昶伯業鼎（集成2622）	 邛季之孫戈（集成11252）（江）
 黃君孟鼎（集成2497）（黃）	 黃季鼎（集成2565）（黃）	 黃君孟壺（集成9636）（黃）	 黃君孟鐳（集成9963）（黃）
 黃君孟盤（集成10104）（黃）	 黃君孟匜（集成10230）（黃）	 戎生鐘辛（新收1620）（晉）	 事孫□丘戈（集成11069）
 番君酟伯鬲（集成733）（番）	 番君酟伯鬲（集成734）（番）	 番君酟伯鬲（集成732）（番）	 番昶伯者君盤（集成10140）（番）
 番君伯歔盤（集成10136）（番）	 番昶伯者君匜（集成10269）（番）	 番伯酓匜（集成10259）（番）	 䣄侯之孫敶鼎（集成2287）（胡）
 鄭子石鼎（集成2421）（鄭）	 自鼎（集成2430）	 郜造譴鼎（集成2422）（郜）	 鄭戕句父鼎（集成2520）（鄭）
 邾伯御戎鼎（集成2525）（邾）	 蘇冶妊鼎（集成2526）（蘇）	 曾者子𦉢鼎（集成2563）（曾）	 郜伯鼎（集成2601）（郜）
 曾仲子敔鼎（集成2564）（曾）	 郜伯祀鼎（集成2602）（郜）	 曾子仲謱鼎（集成2620）（曾）	 鼄𦅫白鼎（集成2640）（邾）
 鼄𦅫白鼎（集成2641）（邾）	 戴叔朕鼎（集成2692）（戴）	 鄲公湯鼎（集成2714）（鄲）	 曾子仲宣鼎（集成2737）（曾）
衛伯須鼎（新收1198）	鄧公孫無嬰鼎（新收1231）（鄧）	鄧公孫無嬰鼎（新收1231）（鄧）	子耳鼎（通鑑2276）
叔單鼎（集成2657）（黃）	叔單鼎（集成2657）（黃）	鄬甘𦎫鼎（新收1091）	圃公鼎（新收1463）

寶登鼎（通鑑 2277）	伯斅鬲（集成 592）（曾）	祖仲無龍鬲（集成 713）	祖仲無龍鬲（集成 714）
叔牙父鬲（集成 674）	陳侯鬲（集成 705）（陳）	醫子奠伯鬲（集成 742）（曾）	國子碩父鬲（新收 48）
國子碩父鬲（新收 49）	伯高父甗（集成 938）	尌仲甗（集成 933）	王孫壽甗（集成 946）
王孫壽甗（集成 946）	叔原父甗（集成 947）（陳）	申五氏孫矩甗（新收 970）（申）	申五氏孫矩甗（新收 970）（申）
蘇公子癸父甲簋（集成 4014）（蘇）	蘇公子癸父甲簋（集成 4015）（蘇）	鄂公伯韭簋（集成 4016）（鄂）	鄂公伯韭簋蓋（集成 4017）（鄂）
鄂公伯韭簋器（集成 4017）（鄂）	卓林父簋蓋（集成 4018）（衛）	邿譴簋甲蓋（集成 4040）（邿）	邿譴簋甲器（集成 4040）（邿）
眚仲之孫簋（集成 4120）	眚仲之孫簋（集成 4120）	鑄叔皮父簋（集成 4127）（鑄）	上鄀公敄人簋蓋（集成 4183）（鄀）
秦子簋蓋（通鑑 5166）	邿譴簋乙（通鑑 5277）	冑簠（集成 4532）	薛子仲安簠蓋（集成 4546）（薛）
薛子仲安簠器（集成 4546）（薛）	薛子仲安簠蓋（集成 4547）（薛）	走馬薛仲赤簠（集成 4556）（薛）	商丘叔簠（集成 4557）
商丘叔簠（集成 4558）	商丘叔簠蓋（集成 4559）	商丘叔簠器（集成 4559）	⿱宀复侯簠（集成 4561）
⿱宀复侯簠（集成 4561）	鄀公簠蓋（集成 4569）（鄀）	鑄公簠蓋（集成 4574）（鑄）	伯其父慶簠（集成 4581）
曾侯簠（集成 4598）	鄀公諴簠（集成 4600）	召叔山父簠（集成 4601）（鄭）	召叔山父簠（集成 4602）（鄭）

- 考叔⿰爿旨父簠蓋（集成4609）（楚）
- 曾伯霥簠蓋（集成4632）（曾）
- 蔡大善夫趣簠蓋（新收1236）（蔡）
- ⿱艹弃子⿰齒叔盞蓋（新收1235）
- 江君婦和壺（集成9639）（江）
- 幻伯隹壺（新收1200）（曾）
- 甫昍⿰金霝（集成9972）
- 僉父瓶蓋（通鑑14036）
- 郳季寬車盤（集成10109）（黃）
- 曹公盤（集成10144）（曹）
- 大師盤（新收1464）
- 㠱甫人匜（集成10261）（紀）

- 叔家父簠（集成4615）
- 曾伯霥簠（集成4631）（曾）
- 郳公子害簠蓋（通鑑5964）
- ⿱艹弃子⿰齒叔盞器（新收1235）
- 蔡公子壺（集成9701）
- 彭伯壺蓋（新收315）（彭）
- 伯亞臣⿰金霝（集成9974）（黃）
- 僉父瓶器（通鑑14036）
- 蘇冶妊盤（集成10118）（蘇）
- 毛叔盤（集成10145）（毛）
- 綏君單匜（集成10235）（黃）
- 㠱甫人匜（集成10261）（紀）

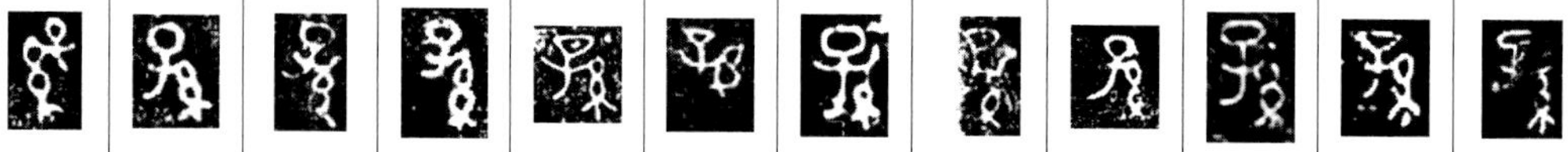

- 叔朕簠（集成4620）（戴）
- 虢碩父簠蓋（新收52）
- 郳公子害簠器（通鑑5964）
- 子叔嬴內君盆（集成10331）
- 曾伯陭壺蓋（集成9712）（曾）
- 彭伯壺器（新收315）（彭）
- 伯亞臣⿰金霝（集成9974）（黃）
- ⿰貝皆金氏孫盤（集成10098）
- 楚季苟盤（集成10125）（楚）
- 綏君單盤（集成10132）（黃）
- 樊君夔匜蓋（集成10256）（樊）
- 黃太子伯克盤（集成10162）（黃）

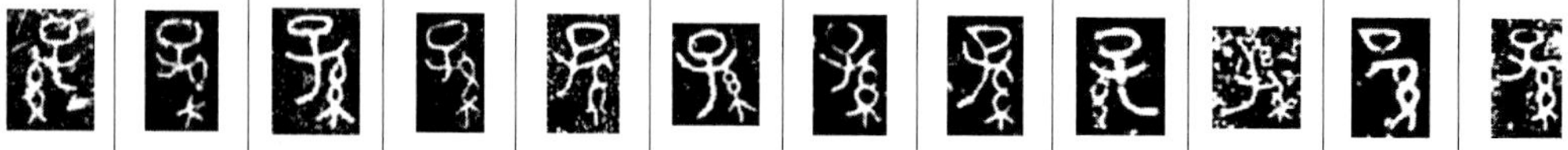

- 叔朕簠（集成4621）（戴）
- 虢碩父簠器（新收52）
- ⿱艹弃子⿰齒叔盞蓋（新收1235）
- 曾太保慶叔亟盆（集成10336）（曾）
- 曾伯陭壺器（集成9712）（曾）
- 圓君婦媿霝壺（通鑑12349）
- 陳公孫⿰爿旨父瓶（集成9979）（陳）
- ⿰貝皆金氏孫盤（集成10098）
- 鄩仲盤（集成10135）（鄩）
- 曾子伯窞盤（集成10156）（曾）
- 尋仲匜（集成10266）（尋）
- ⿰礻旦伯墉盤（集成10130）

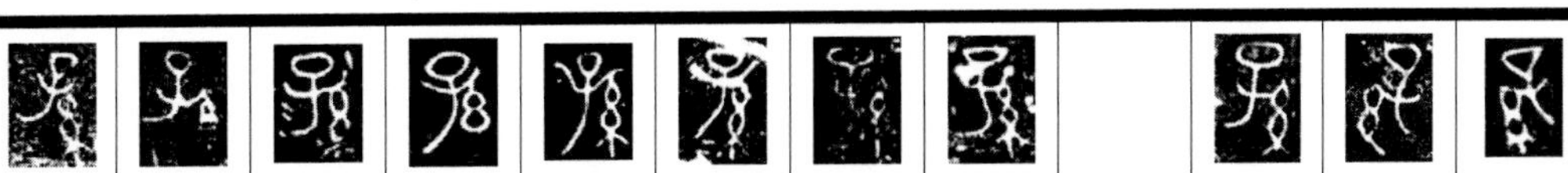

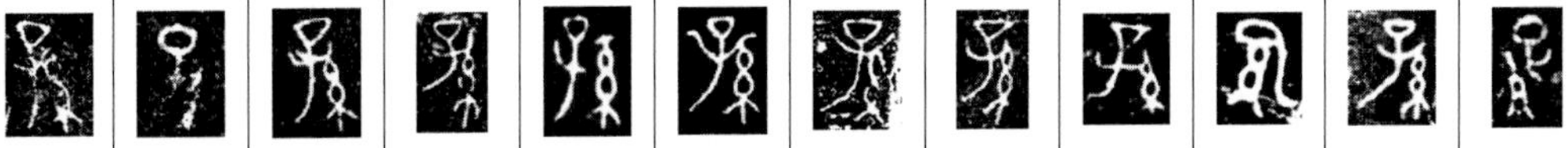

𧙗仲無龍匜（集成 10249）
圓君婦媿霝盉（集成 9434）
𢦏伯匜（集成 10246）（戴）
楚嬴匜（集成 10273）（楚）

塞公孫𤖀父匜（集成 10276）
塞公孫𤖀父匜（集成 10276）
鄭大内史叔上匜（集成 10281）（鄭）
曾仲之孫戈（集成 11254）（曾）

皇與匜（通鑑 14976）
囂仲之子伯剌戈（集成 11400）
戒偖生鼎（集成 2632）
戒偖生鼎（集成 2632）

【春秋中期】

魯大司徒厚氏元簠蓋（集成 4690）（魯）
魯大司徒厚氏元簠（集成 4689）（魯）
魯大司徒厚氏元簠器（集成 4690）（魯）

魯大司徒厚氏元簠蓋（集成 4691）（魯）
魯大司徒厚氏元簠器（集成 4691）（魯）
魯少司寇封孫宅盤（集成 10154）（魯）
國差罎（集成 10361）（齊）

𬯉鎛（集成 271）（齊）
𬯉鎛（集成 271）（齊）
陳大喪史仲高鐘（集成 350）（陳）
陳大喪史仲高鐘（集成 354）（陳）

陳大喪史仲高鐘（集成 355）（陳）
陳公子仲慶簠（集成 4597）（陳）
者𣵦鐘一（集成 193）（吳）
者𣵦鐘二（集成 194）（吳）

者𣵦鐘三（集成 195）（吳）
者𣵦鐘四（集成 196）（吳）
者𣵦鐘八（集成 200）（吳）
宜桐盂（集成 10320）（徐）

欒書缶器（集成 10008）（晉）
子犯鐘乙H（新收 1019）（晉）
趞亥鼎（集成 2588）（宋）
趞亥鼎（集成 2588）（宋）

江叔螽鬲（集成 677）（江）
郳伯受簠蓋（集成 4599）（郳）
郳伯受簠器（集成 4599）
上鄀府簠蓋（集成 4613）（鄀）

長子䝬臣簠蓋（集成 4625）（晉）
長子䝬臣簠器（集成 4625）（晉）
上鄀公簠蓋（新收 401）（楚）
上鄀公簠器（新收 401）（楚）

何次簠（新收 402）
何次簠（新收 402）
何次簠蓋（新收 403）
何次簠蓋（新收 403）

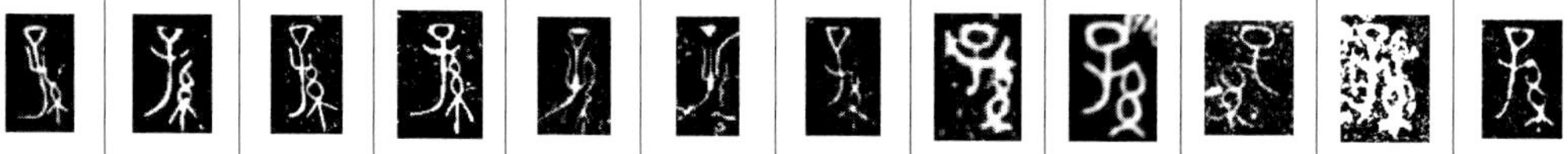

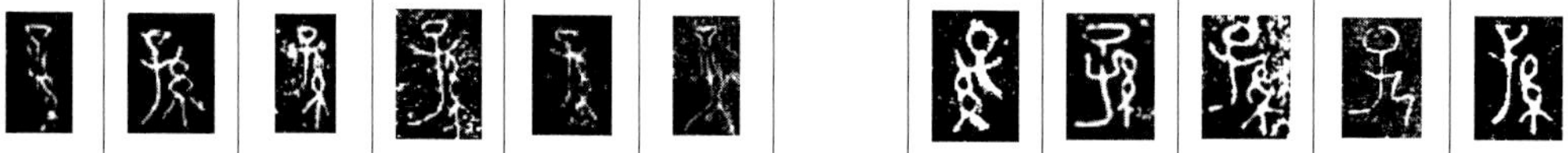

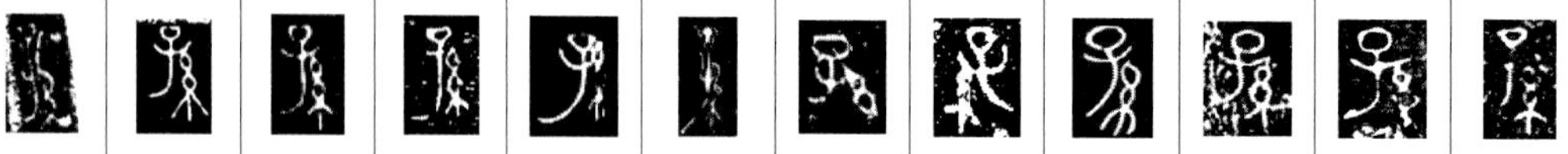

何次簠器（新收 403）	何次簠器（新收 403）	何次簠蓋（新收 404）	何次簠蓋（新收 404）
何次簠器（新收 404）	何次簠器（新收 404）	仲改衛簠（新收 399）	仲改衛簠（新收 400）
宜桐盂（集成 10320）（徐）	子諆盆器（集成 10335）（黃）	叔師父壺（集成 9706）	叔師父壺（集成 9706）
伯遊父壺（通鑑 12304）	伯遊父鐳（通鑑 14009）	公典盤（新收 1043）	欒書缶器（集成 10008）（晉）
周王孫季句戈（集成 11309）（周）	曾大工尹季総戈（集成 11365）（曾）	以鄧匜（新收 405）（楚）	以鄧匜（新收 405）（楚）
【春秋前期】	郐諂尹征城（集成 425）（徐）	【春秋晚期】	喬君鉦鋮（集成 423）（許）
王子午鼎（集成 2811）（楚）	王子午鼎（新收 447）（楚）	王子午鼎（新收 444）（楚）	王子午鼎（新收 446）（楚）
王子午鼎（新收 445）（楚）	王子午鼎（新收 449）（楚）	王孫誥鐘一（新收 418）（楚）	王孫誥鐘二（新收 419）（楚）
王孫誥鐘三（新收 420）（楚）	王孫誥鐘四（新收 421）（楚）	王孫誥鐘五（新收 422）（楚）	王孫誥鐘六（新收 423）（楚）
王孫誥鐘七（新收 424）（楚）	王孫誥鐘九（新收 426）（楚）	王孫誥鐘十（新收 427）（楚）	王孫誥鐘十二（新收 429）（楚）
王孫誥鐘十三（新收 430）（楚）	王孫誥鐘十五（新收 434）（楚）	王孫誥鐘十七（新收 435）（楚）	王孫誥鐘二十（新收 433）（楚）
王孫誥鐘二十三（新收 443）（楚）	王孫遺者鐘（集成 261）（楚）	王孫遺者鐘（集成 261）（楚）	𪓊鎛乙（新收 490）（楚）

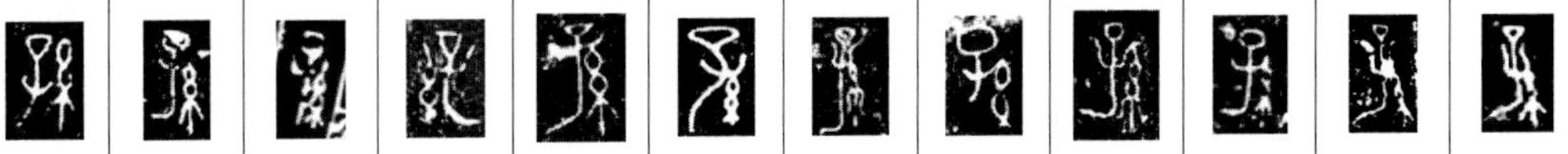
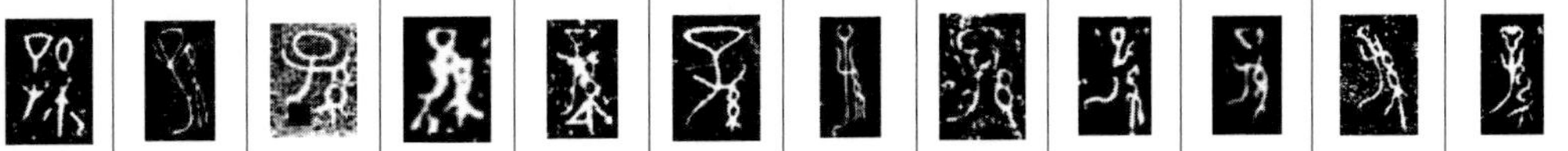

⿰黑敢鎛丙（新收491）（楚）	⿰黑敢鎛戊（新收493）（楚）	⿰黑敢鎛庚（新收495）（楚）	王孫誥戟（新收465）（楚）
⿰黑敢鐘丁（新收483）（楚）	⿰黑敢鐘辛（新收488）（楚）	⿰黑敢鐘壬（新收497）（楚）	次尸祭缶（新收1249）（徐）
競孫不欲壺（通鑑12344）（楚）	競孫不欲壺（通鑑12344）（楚）	鄬子倗浴缶蓋（新收459）（楚）	鄬子倗浴缶器（新收460）（楚）
鄬子倗浴缶蓋（新收460）（楚）	蔡侯⿲糸申糸歌鐘丙（集成217）（蔡）	蔡侯⿲糸申糸歌鐘辛（集成216）（蔡）	蔡侯⿲糸申糸鎛丁（集成222）（蔡）
姑馮昏同之子句鑃（集成424）（越）	番君召簠（集成4582）（番）	番君召簠（集成4586）（番）	齊鞷氏鐘（集成142）（齊）
楚叔之孫倗鼎蓋（新收410）（楚）	楚叔之孫倗鼎器（新收410）（楚）	吳王孫無土鼎器（集成2359）（吳）	吳王孫無土鼎蓋（集成2359）（吳）
王子昃鼎（集成2717）（楚）	寬兒鼎（集成2722）（蘇）	簷太史申鼎（集成2732）（莒）	簷太史申鼎（集成2732）（莒）
敀孫宋鼎（新收1626）	蔡大師腆鼎（集成2738）（蔡）	楚叔之孫倗鼎蓋（集成2357）（楚）	楚叔之孫倗鼎器（集成2357）（楚）
倗之⿺辶盧鼎蓋（新收456）（楚）	倗之⿺辶盧鼎器（新收456）（楚）	曾孫定鼎蓋（新收1213）（曾）	襄腫子湯鼎（新收1310）（楚）
夫欧申鼎（新收1250）（舒）	義子曰鼎（通鑑2179）	彭公之孫無所鼎（通鑑2189）	尊父鼎（通鑑2296）
鄭莊公之孫盧鼎（通鑑2326）	鞷子鼎（通鑑2382）（齊）	鄬子倗簠（新收457）（楚）	王孫霧簠器（集成4501）
慶孫之子⿰山朱簠蓋（集成4502）	慶孫之子⿰山朱簠器（集成4502）	宋公䜌簠（集成4589）（宋）	宋公䜌簠（集成4590）（宋）

曾孫史夷簋（集成 4591）
子季嬴青簋蓋（集成 4594）（楚）
嘉子伯昜臚簋蓋（集成 4605）
嘉子伯昜臚簋器（集成 4605）

楚屈子赤目簋器（新收 1230）（楚）
曾簋（集成 4614）
許子妝簋蓋（集成 4616）（許）
許公買簋器（集成 4617）（許）

樂子嚷豧簠（集成 4618）（宋）
鄀太宰簠蓋（集成 4624）（鄀）
飤簠蓋（新收 475）（楚）
飤簠器（新收 475）（楚）

飤簠蓋（新收 476）（楚）
飤簠器（新收 477）（楚）
飤簠蓋（新收 478）（楚）
飤簠器（新收 478）（楚）

發孫虜簠（新收 1773）
曾子義行簠器（新收 1265）（曾）
許公買簠蓋（通鑑 5950）
許公買簠器（通鑑 5950）

無所簠（通鑑 5952）
申文王之孫州桒簠（通鑑 5960）
襄王孫盞（新收 1771）
荊公孫敦（通鑑 6070）

齊侯敦（集成 4645）（齊）
克黃豆（通鑑 6157）
齊侯盂（集成 10318）（齊）
徐王義楚觶（集成 6513）（徐）

復公仲壺（集成 9681）
公子土斧壺（集成 9709）（齊）
公子土斧壺（集成 9709）（齊）
鄭太子之孫與兵壺蓋（新收 1980）

鄭太子之孫與兵壺蓋（新收 1980）
鄭太子之孫與兵壺器（新收 1980）
寬兒缶甲（通鑑 14091）
者尚余卑盤（集成 10165）

唐子仲瀕兒盤（新收 1210）（唐）
邵子裁盤（新收 1372）（羅）
楚叔之孫途盉（集成 9426）（楚）
文母盉（新收 1624）

蔡叔季之孫君匜（集成 10284）（蔡）
郳公鈓鐘（集成 102）（郳）
子璋鐘甲（集成 113）（許）
子璋鐘甲（集成 113）（許）

子璋鐘甲（集成 113）（許）
子璋鐘乙（集成 114）（許）
子璋鐘乙（集成 114）（許）
子璋鐘丙（集成 115）（許）

子璋鐘丙（集成 115）（許）	子璋鐘丁（集成 116）（許）	子璋鐘戊（集成 117）（許）	子璋鐘戊（集成 117）（許）
子璋鐘己（集成 118）（許）	子璋鐘庚（集成 119）（許）	足利次留元子鐘（通鑑 15361）（徐）	足利次留元子鐘（通鑑 15361）（徐）
篖叔之仲子平鐘乙（集成 173）（莒）	篖叔之仲子平鐘丙（集成 174）（莒）	篖叔之仲子平鐘丁（集成 175）（莒）	篖叔之仲子平鐘己（集成 177）（莒）
遷邟鐘三（新收 1253）（舒）	遷邟鐘三（新收 1253）	遷邟鐘六（新收 1256）	余購逐兒鐘甲（集成 183）（徐）
余購逐兒鐘乙（集成 184）（徐）	余購逐兒鐘丙（集成 185）（徐）	余購逐兒鐘丙（集成 185）（徐）	徐王子旃鐘（集成 182）（徐）
郘黛鐘二（集成 226）（晉）	郘黛鐘二（集成 226）（晉）	郘黛鐘四（集成 228）（晉）	郘黛鐘四（集成 228）（晉）
郘黛鐘六（集成 230）（晉）	郘黛鐘八（集成 232）（晉）	郘黛鐘九（集成 233）（晉）	郘黛鐘十一（集成 235）（晉）
郘黛鐘十一（集成 235）（晉）	遷邟鎛甲（通鑑 15792）（舒）	遷邟鎛甲（通鑑 15792）（舒）	遷邟鎛丙（通鑑 15794）（舒）
遷邟鎛丁（通鑑 15795）（舒）	遷邟鎛丁（通鑑 15795）（舒）	其次句鑃（集成 422）（越）	其次句鑃（集成 421）（越）
邾公孫班鎛（集成 140）（邾）	鼄公華鐘（集成 245）（邾）	沇兒鎛（集成 203）（徐）	臧孫鐘壬（集成 101）（吳）
郤令尹者旨[illegible]爐（集成 10391）（徐）	楚王孫漁矛（通鑑 17689）	臧孫鐘甲（集成 93）（吳）	臧孫鐘乙（集成 94）（吳）
臧孫鐘乙（集成 94）（吳）	臧孫鐘丙（集成 95）（吳）	臧孫鐘丙（集成 95）（吳）	臧孫鐘丙（集成 95）（吳）

紓

臧孫鐘丁（集成96）（吳）

臧孫鐘丁（集成96）（吳）

臧孫鐘丁（集成96）（吳）

臧孫鐘戊（集成97）（吳）

臧孫鐘戊（集成97）（吳）

臧孫鐘戊（集成97）（吳）

臧孫鐘己（集成98）（吳）

臧孫鐘己（集成98）（吳）

臧孫鐘己（集成98）（吳）

臧孫鐘庚（集成99）（吳）

臧孫鐘庚（集成99）（吳）

臧孫鐘庚（集成99）（吳）

臧孫鐘辛（集成100）（吳）

臧孫鐘辛（集成100）（吳）

臧孫鐘辛（集成100）（吳）

臧孫鐘壬（集成101）（吳）

臧孫鐘壬（集成101）（吳）

【春秋中後期】

東姬匜（新收398）（楚）

東姬匜（新收398）（楚）

【春秋時期】

師麻孝叔鼎（集成2552）

㾓鼎（集成2569）

史孔卮（集成10352）

鐘伯侵鼎（集成2668）

申公彭宇簠（集成4610）（鄀）

申公彭宇簠（集成4611）（鄀）

𥁰余敦（新收1627）

𥁰余敦（新收1627）

黃太子伯克盆（集成10338）（黃）

彭子仲盆蓋（集成10340）

齊皇壺（集成9659）（齊）

鄧伯吉射盤（集成10121）（鄧）

取膚上子商盤（集成10126）（魯）

般仲柔盤（集成10143）

黃韋俞父盤（集成10146）（黃）

薛侯匜（集成10263）（薛）

大孟姜匜（集成10274）

公父宅匜（集成10278）

公父宅匜（集成10278）

【春秋後期】

齊縈姬盤（集成10147）（齊）

【春秋早期】

鄭饔原父鼎（集成2493）（鄭）

芮太子白鼎（集成2496）

芮子仲殿鼎（集成2517）

杞伯每刃壺（集成9687）（杞）	甫伯官曾鐳（集成9971）	楚嬴盤（集成10148）（楚）	番昶伯者君盤（集成10139）（番）
番昶伯者君匜（集成10268）（番）	芮太子白鬲（通鑑3007）	杞伯每刃簋器（集成3902）（杞）	姘仲簠（集成4534）
緊子丙車鼎蓋（集成2603）（黃）	緊子丙車鼎器（集成2603）（黃）	緊子丙車鼎蓋（集成2604）（黃）	緊子丙車鼎器（集成2604）（黃）
番昶伯者君鼎（集成2617）（番）	番昶伯者君鼎（集成2618）（番）	伯𠬝亢林鼎（集成2621）	杞伯每刃鼎（集成2642）（杞）
伯歸臺鼎（集成2644）（曾）	伯歸臺鼎（集成2645）（曾）	徐王糧鼎（集成2675）（徐）	鄀公平侯鼎（集成2771）（鄀）
鄀公平侯鼎（集成2771）（鄀）	芮子仲殿鼎（通鑑2363）	虎臣子組鬲（集成661）（虢）	鄦伯武君鬲（新收1319）
鼻山旅虎簠（集成4540）	𪓐山旅虎簠器（集成4541）	鼻山奢淲簠蓋（集成4539）	𪓐山旅虎簠蓋（集成4541）
鼻山奢淲簠器（集成4539）	【春秋中期】	上鄀府簠器（集成4613）（鄀）	伯遊父盤（通鑑14501）
以鄧鼎蓋（新收406）（楚）	以鄧鼎器（新收406）（楚）	季子康鎛丁（通鑑15788）	季子康鎛戊（通鑑15789）
季子康鎛丙（通鑑15787）	季子康鎛丁（通鑑15788）	【春秋晚期】	曾孫無期鼎（集成2606）（曾）
曾孫定鼎器（新收1213）（曾）	【春秋時期】	番仲[illegible]匜（集成10258）（番）	[illegible]片昶[illegible]鼎（集成2571）
【春秋早期】	[illegible]魯宰兩鼎（集成2591）（魯）	【春秋時期】	[illegible]右盤（集成10150）

𡵂

【春秋早期】

鄀討鼎（集成 2426）（鄀）

繼 𢇍

【春秋晚期】

拍敦（集成 4644）

續 賡

【春秋晚期】

吳王光鐘（集成 223）（蔡）

《説文》：「賡，古文續。从庚、貝。」

絞

【春秋早期】

黃子鬲（集成 687）（黃）

黃子豆（集成 4687）（黃）

黃子鼎（集成 2566）（黃）

黃子壺（集成 9663）（黃）

黃子壺（集成 9664）（黃）

黃子盉（集成 9445）（黃）

曾子伯窞盤（集成 10156）（曾）

【春秋中期】

公英盤（新收 1043）

【春秋晚期】

王子臣俎（通鑑 6320）

緐兒缶（新收 1187）（鄀）

臧孫鐘甲（集成 93）（吳）

臧孫鐘丙（集成 95）（吳）

臧孫鐘辛（集成 100）（吳）

臧孫鐘壬（集成 101）（吳）

綫

【春秋晚期】

庚壺（集成 9733）（齊）

綰

【春秋早期】

晉姜鼎（集成 2826）（晉）

縓 黛

【春秋晚期】

邵黛鐘二（集成 226）（晉）

邵黛鐘九（集成 233）（晉）

紫

【春秋晚期】

吳王光鐘殘片之十一（集成 224.3）（吳）

吳王光鐘殘片之十六（集成 224.9-224.12）（吳）

紳 ⿰糸⿱東田

【春秋早期】

申五氏孫矩甗（新收 970）（申）

【春秋晚期】

申文王之孫州桒簠（通鑑 5960）

叔姜簠蓋（新收 1212）（楚）

⿰糸⿱東田伯彥多壺（新收 379）（申）

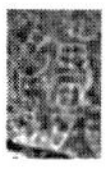
王子申匜（新收 1675）（楚）

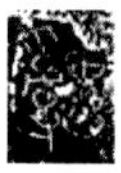
秦景公石磬（通鑑 19787）（秦）

秦景公石磬（通鑑 19788）（秦）

秦景公石磬（通鑑 19789）（秦）

石鼓（獵碣・吳人）（通鑑 19825）（秦）

【春秋時期】

申公彭宇簠（集成 4610）（鄀）

申公彭宇簠（集成 4611）（鄀）

蔡侯⿲畕⿱幺又畕鼎蓋（集成 2217）（蔡）

⿲畕⿱幺又畕

【春秋晚期】

蔡侯⿲畕⿱幺又畕鼎（集成 2215）（蔡）

蔡侯⿲畕⿱幺又畕鼎（集成 2216）（蔡）

蔡侯⿲畕⿱幺又畕殘鼎（集成 2218）（蔡）

蔡侯⿲畕⿱幺又畕殘鼎蓋（集成 2221）（蔡）

蔡侯⿲畕⿱幺又畕殘鼎蓋（集成 2222）（蔡）

蔡侯⿲畕⿱幺又畕殘鼎蓋（集成 2223）（蔡）

蔡侯⿲畕⿱幺又畕殘鼎蓋（集成 2224）（蔡）

蔡侯⿲畕⿱幺又畕簋器（集成 3597）（蔡）

蔡侯⿲畕⿱幺又畕簋蓋（集成 3598）（蔡）

蔡侯⿲畕⿱幺又畕簋（集成 3599）

蔡侯⿲畕⿱幺又畕簠蓋（集成 4490）（蔡）

蔡侯⿲畕⿱幺又畕簠器（集成 4490）（蔡）

蔡侯⿲畕⿱幺又畕簠蓋（集成 4492）（蔡）

蔡侯⿲畕⿱幺又畕簠器（集成 4493）（蔡）

蔡侯⿲畕⿱幺又畕簠（通鑑 5967）（蔡）

蔡侯⿲畕⿱幺又畕簠（通鑑 5968）（蔡）

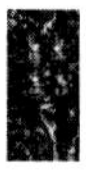
蔡侯⿲畕⿱幺又畕瓶（集成 9976）（蔡）

蔡侯⿲畕⿱幺又畕盥缶蓋（集成 9992）（蔡）

蔡侯⿲畕⿱幺又畕盥缶器（集成 9992）（蔡）

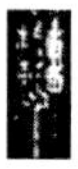
蔡侯⿲畕⿱幺又畕方缶蓋（集成 9993）（蔡）

蔡侯⿲畕⿱幺又畕方缶器（集成 9993）（蔡）

蔡侯⿲畕⿱幺又畕缶（集成 10004）（蔡）

蔡侯⿲畕⿱幺又畕盤（集成 10072）（蔡）

蔡侯⿲畕⿱幺又畕行鐘乙（集成 213）（蔡）

蔡侯⿲畕⿱幺又畕行戈（集成 11140）（蔡）

蔡侯⿲畕⿱幺又畕用戈（集成 11142）（蔡）

蔡侯申戈（通鑑 17296）

組 ⿰糸⿱且又

【春秋早期】

虢季氏子組鬲（集成 662）（虢）

虢季氏子組鬲（通鑑 2918）

縣 縈 縢 維 緐 緐

【春秋早期】

虎臣子組鬲（集成661）（虢）

【春秋後期】

齊縈姬盤（集成10147）（齊）

【春秋晚期】

孟縢姬缶器（新收417）

孟縢姬缶蓋（新收417）

孟縢姬缶（集成10005）

孟縢姬缶（新收416）

【春秋晚期】

吳王光鐘殘片之十一（集成224.3）（吳）

吳王光鐘殘片之十六（集成224.9-224.12）（吳）

吳王光鐘殘片之三十七（集成224.4-43）（吳）

【春秋早期】

吳王御士尹氏叔緐簠（集成4527）（吳）

戎生鐘丁（新收1616）（晉）

【春秋中期】

庚兒鼎（集成2715）（徐）

庚兒鼎（集成2716）（徐）

以鄧鼎蓋（新收406）（楚）

以鄧鼎器（新收406）（楚）

【春秋早期】

繁伯武君鬲（新收1319）

【春秋早期】

曾侯仲子遊父鼎（集成2423）（曾）

曾侯仲子遊父鼎（集成2424）（曾）

曾子仲謱鼎（集成2620）（曾）

宗婦鄁嫛鼎（集成2683）（鄁）

宗婦鄁嫛鼎（集成2683）（鄁）

宗婦鄁嫛鼎（集成2684）（鄁）

宗婦鄁嫛鼎（集成2684）（鄁）

宗婦鄁嫛鼎（集成2685）（鄁）

宗婦鄁嫛鼎（集成2685）（鄁）

宗婦鄁嫛鼎（集成2686）（鄁）

宗婦鄁嫛鼎（集成2686）（鄁）

宗婦鄁嫛鼎（集成2687）（鄁）

宗婦鄁嫛鼎（集成2687）（鄁）

宗婦鄁嫛鼎（集成2688）（鄁）

宗婦鄁嫛鼎（集成2689）（鄁）

⿰犭絲　　彝

宗婦鄁嬰鼎（集成 2689）（鄁）

上曾太子般殷鼎（集成 2750）（曾）

曾子軌鼎（集成 2757）（曾）

王鬲（集成 611）

宗婦鄁嬰簋蓋（集成 4076）（鄁）

宗婦鄁嬰簋（集成 4077）（鄁）

宗婦鄁嬰簋（集成 4077）（鄁）

宗婦鄁嬰簋蓋（集成 4078）（鄁）

宗婦鄁嬰簋蓋（集成 4078）（鄁）

宗婦鄁嬰簋器（集成 4078）（鄁）

宗婦鄁嬰簋器（集成 4078）（鄁）

宗婦鄁嬰簋蓋（集成 4079）（鄁）

宗婦鄁嬰簋蓋（集成 4079）（鄁）

宗婦鄁嬰簋（集成 4080）（鄁）

宗婦鄁嬰簋（集成 4081）（鄁）

宗婦鄁嬰簋（集成 4084）（鄁）

宗婦鄁嬰簋（集成 4084）（鄁）

宗婦鄁嬰簋蓋（集成 4084）（鄁）

宗婦鄁嬰簋蓋（集成 4084）（鄁）

宗婦鄁嬰簋（通鑑 4576）（鄁）

宗婦鄁嬰簋（通鑑 4576）（鄁）

秦公簋器（集成 4315）（秦）

曾侯簠（集成 4598）

芮伯壺蓋（集成 9585）

芮伯壺器（集成 9585）

宗婦鄁嬰壺器（集成 9698）

夢子匜（集成 10245）

【春秋晚期】

王子臣俎（通鑑 6320）

蔡侯[illegible]盤（集成 10171）（蔡）

蔡侯[illegible]尊（集成 6010）（蔡）

拍敦（集成 4644）

【春秋中期】

鄬子受鎛己（新收 518）（楚）

鄬子受鎛辛（新收 520）（楚）

鄬子受鐘辛（新收 511）（楚）

鄬子受鎛甲（新收 513）（楚）

鄬子受鎛丙（新收 515）（楚）

【春秋晚期】

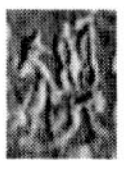
競之定鬲乙（通鑑 2998）

競之定鬲丙（通鑑 2999）

競之定鬲甲（通鑑 2997）

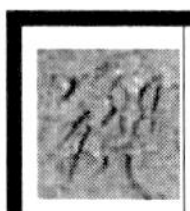
競之定簋甲（通鑑 5226）

競之定豆甲（通鑑 6146）

競之定豆乙（通鑑 6147）

邊

【春秋晚期】

王子午鼎（新收447）（楚）

王子午鼎（新收444）（楚）

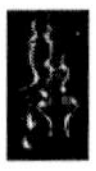
王子午鼎（集成2811）（楚）

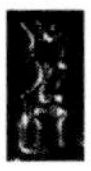
王子午鼎（新收446）（楚）

王子午鼎（新收445）（楚）

王子午鼎（新收449）（楚）

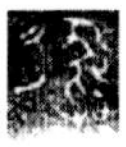
鄭莊公之孫盧鼎（通鑑2326）

鄭太子之孫與兵壺蓋（新收1980）

曾子原彝簠（集成4573）（曾）

縵

【春秋晚期】

吳王光鐘殘片之十一（集成224.3）（吳）

吳王光鐘殘片之三十七（集成224.4-43）（吳）

繛 綽

【春秋早期】

戎生鐘己（新收1618）（晉）

紷

【春秋早期】

秦子鎛（通鑑15770）（秦）

秦公鎛甲（集成267）（秦）

秦公鐘乙（集成263）（秦）

秦公鎛乙（集成268）（秦）

秦公鎛丙（集成269）（秦）

𦅫

【春秋中期】

𦅫鎛（集成271）（齊）

轡

【春秋晚期】

石鼓（獵碣・鑾車）（通鑑19819）（秦）

蠶

【春秋晚期】

蠶兒缶（新收1187）（鄀）

雖

【春秋早期】

秦公簋蓋（集成4315）（秦）

強

【春秋晚期】

石鼓（通鑑19816）（秦）

蠚　螽

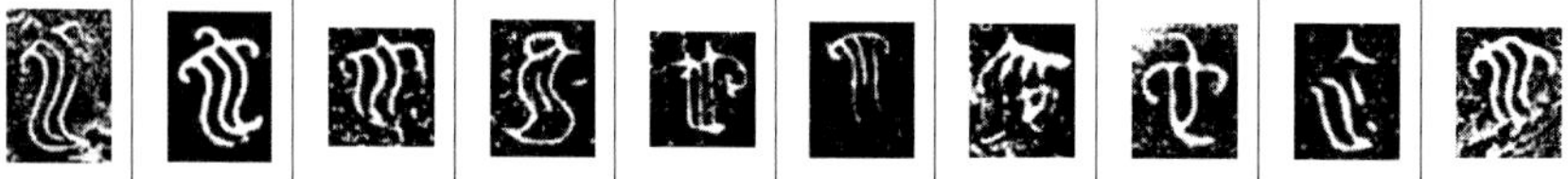

【春秋早期】

郜公諴簠（集成 4600）

【春秋晚期】

鄘侯少子簋（集成 4152）（莒）

【春秋早期】

取膚上子商匜（集成 10253）（魯）

魯伯敢匜（集成 10222）（魯）

魯大司徒子仲白匜（集成 10277）（魯）

魯司徒仲齊匜（集成 10275）（魯）

魯伯愈父匜（集成 10244）

兒慶鼎（新收 1095）（小邾）

鄭伯盤（集成 10090）（鄭）

魯士商𠭯匜（集成 10187）

郳湯伯茬匜（集成 10188）

長湯伯茬匜（集成 10208）

樊夫人龍嬴匜（集成 10209）（樊）

鑄子撫匜（集成 10210）（鑄）

㠱伯庭父匜（集成 10211）（紀）

叔黑𦣞匜（集成 10217）

齊侯子行匜（集成 10233）（齊）

陽飤生匜（集成 10227）

𥘵仲無龍匜（集成 10249）

綏君單匜（集成 10235）（黄）

杞伯每刃匜（集成 10255）

樊君夒匜蓋（集成 10256）（樊）

樊君夒匜器（集成 10256）（樊）

番伯酓匜（集成 10259）（番）

㠱甫人匜（集成 10261）（紀）

尋仲匜（集成 10266）（尋）

番𥘵伯者君匜（集成 10269）（番）

𥘵仲匜（通鑑 14973）

皇與匜（通鑑 14976）

蘇公匜（新收 1465）

虢□□□父匜（通鑑 14990）

虢宮父匜（通鑑 14991）

夆叔盤（集成 10163）（滕）

【春秋中期】

魯少司寇封孫宅盤（集成 10154）（魯）

公典盤（新收 1043）

【春秋晚期】

齊侯敦（集成 4645）（齊）

𨟭子鼎（通鑑 2382）（齊）

齊侯盤（集成 10159）（齊）

賈孫叔子屖盤（通鑑 14516）

 夆叔匜（集成 10282）（滕）	 齊侯匜（集成 10283）（齊）	 遷邟鐘三（新收 1253）（舒）	 遷邟鎛甲（通鑑 15792）（舒）
 遷邟鎛丙（通鑑 15794）（舒）	 遷邟鎛丁（通鑑 15795）（舒）	【春秋時期】	 取它人鼎（集成 2227）（魯）
 公父宅匜（集成 10278）	 眉壽無疆匜（集成 10264）	 薛侯匜（集成 10263）（薛）	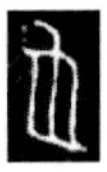 番仲𡚬匜（集成 10258）（番）
 鄧公匜（集成 10228）（鄧）			
【春秋晚期】	 郘黛鐘二（集成 226）（晉）	 郘黛鐘四（集成 228）（晉）	 郘黛鐘六（集成 230）（晉）
 郘黛鐘七（集成 231）（晉）	 郘黛鐘八（集成 232）（晉）	 郘黛鐘九（集成 233）（晉）	 郘黛鐘十一（集成 235）（晉）
 郘黛鐘十三（集成 237）（晉）			
【春秋早期】	 魯伯愈父鬲（集成 691）（魯）	 魯伯愈父鬲（集成 692）（魯）	 魯伯愈父鬲（集成 690）（魯）
 魯伯愈父鬲（集成 693）（魯）	 魯伯愈父鬲（集成 694）（魯）	 魯伯愈父鬲（集成 695）（魯）	 魯伯愈父匜（集成 10244）（魯）
 魯伯愈父盤（集成 10114）（魯）	 杞伯每刃鼎器（集成 2494）（杞）	 杞伯每刃鼎（集成 2642）（杞）	 杞伯每刃鼎（集成 2495）（杞）
 杞伯每刃簋（集成 3899.1）（杞）	 杞伯每刃簋蓋（集成 3898）（杞）	 杞伯每刃簋器（集成 3898）（杞）	 杞伯每刃簋（集成 3897）（杞）
 杞伯每刃簋蓋（集成 3899.2）（杞）	 杞伯每刃簋蓋（集成 3902）（杞）	 杞伯每刃簋（集成 3901）（杞）	 杞伯每刃盆（集成 10334）（杞）

杞伯每刃壺（集成 9688）（杞）

杞伯每刃壺（集成 9687）（杞）

邾伯御戎鼎（集成 2525）（邾）

鼄𩁹白鼎（集成 2640）（邾）

鼄𩁹白鼎（集成 2641）（邾）

邾來隹鬲（集成 670）（邾）

鼄客父鬲（集成 717）（邾）

邾友父鬲（新收 1094）（邾）

鼄友父鬲（通鑑 3008）

邾太宰欉子掛簠（集成 4623）（邾）

邾公子害簠蓋（通鑑 5964）

邾公子害簠器（通鑑 5964）

苜父匜（集成 10236）（邾）

邾討鼎（集成 2426）（邾）

【春秋晚期】

邾君鐘（集成 50）（邾）

鼄公牼鐘乙（集成 150）（邾）

鼄公牼鐘丙（集成 151）（邾）

鼄公華鐘（集成 245）（邾）

鼄公華鐘（集成 245）（邾）

邾太宰簠蓋（集成 4624）（邾）

【春秋時期】

鼄叔之伯鐘（集成 87）（邾）

二

【春秋早期】

上鄀公敄人簋蓋（集成 4183）（鄀）

秦公簋蓋（集成 4315）（秦）

鄭大內史叔上匜（集成 10281）（鄭）

【春秋晚期】

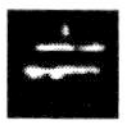
洹子孟姜壺（集成 9729）（齊）

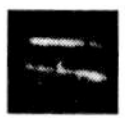
洹子孟姜壺（集成 9729）（齊）

洹子孟姜壺（集成 9730）（齊）

洹子孟姜壺（集成 9730）（齊）

鼄公牼鐘甲（集成 149）（邾）

鼄公牼鐘丙（集成 151）（邾）

石鼓（獵碣·作原）（通鑑 19821）（秦）

亟

【春秋早期】

曾太保𪊨叔亟盆（集成 10336）（曾）

【春秋晚期】

鄭太子之孫與兵壺器（新收 1980）

鄭太子之孫與兵壺蓋（新收 1980）

王子午鼎（集成 2811）（楚）

王子午鼎（新收 447）（楚）

王子午鼎（新收 444）（楚）

王子午鼎（新收 446）（楚）

王子午鼎（新收 445）（楚）

王子午鼎（新收 449）（楚）

【春秋早期】

曾亘嫚鼎（新收 1201）（曾）

曾亘嫚鼎（新收 1202）（曾）

【春秋晚期】

黝鎛甲（新收 489）（楚）

黝鎛乙（新收 490）（楚）

黝鎛丙（新收 491）（楚）

黝鎛己（新收 494）（楚）

黝鐘甲（新收 482）（楚）

伯怡父鼎乙（新收 1966）

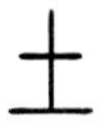

【春秋早期】

戎生鐘乙（新收 1614）（晉）

【春秋晚期】

哀成叔鼎（集成 2782）（鄭）

公子土斧壺（集成 9709）（齊）

奇字鐘（通鑑 15177）

【春秋晚期】

工尹坡盞（通鑑 6060）

【春秋晚期】

競平王之定鐘（集成 37）（楚）

⿰平土

【春秋晚期】

臧孫鐘乙（集成 94）（吳）

臧孫鐘丁（集成 96）（吳）

臧孫鐘戊（集成 97）（吳）

臧孫鐘辛（集成 100）（吳）

臧孫鐘壬（集成 101）（吳）

【春秋時期】

高平戈（集成 11020）

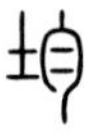

【春秋晚期】

蔡侯⿰畾殳歌鐘乙（集成 211）（蔡）

蔡侯⿰畾殳歌鐘乙（集成 211）（蔡）

蔡侯⿰畾殳歌鐘丁（集成 218）（蔡）

蔡侯⿰畾殳鎛丙（集成 221）（蔡）

蔡侯⿰畾殳鎛丁（集成 222）（蔡）

⿰土旬

【春秋晚期】

黝鎛甲（新收 489）（楚）

黝鎛乙（新收 490）（楚）

黝鎛丙（新收 491）（楚）

塍

[illegible]鎛己（新收 494）（楚）

[illegible]鎛辛（新收 496）（楚）

[illegible]鐘甲（新收 482）（楚）

【春秋早期】

[illegible]侯簋（集成 4561）

[illegible]侯簋（集成 4562）

陳侯鼎（集成 2650）（陳）

陳侯簋器（集成 4603）（陳）

陳侯簋蓋（集成 4604）（陳）

陳侯簋器（集成 4604）（陳）

陳侯簋（集成 4606）（陳）

原氏仲簋（新收 935）（陳）

原氏仲簋（新收 936）（陳）

原氏仲簋（新收 937）（陳）

曹公盤（集成 10144）（曹）

【春秋晚期】

曹公簋（集成 4593）（曹）

【春秋時期】

陳伯元匜（集成 10267）（陳）

基

子璋鐘戊（集成 117）（許）

子璋鐘乙（集成 114）（許）

子璋鐘丙（集成 115）（許）

子璋鐘丁（集成 116）（許）

堵

[illegible]

【春秋中期】

子犯鐘甲 E（新收 1012）（晉）

子犯鐘乙 E（新收 1016）（晉）

【春秋晚期】

邵黛鐘一（集成 225）（晉）

邵黛鐘二（集成 226）（晉）

邵黛鐘四（集成 228）（晉）

邵黛鐘六（集成 230）（晉）

邵黛鐘七（集成 231）（晉）

邵黛鐘九（集成 233）（晉）

邵黛鐘十一（集成 235）（晉）

邵黛鐘十三（集成 237）（晉）

堂

【春秋時期】

虘匌丘堂匜（集成 10194）

杜

【春秋晚期】

邾公孫班鎛（集成 140）（邾）

杕氏壺（集成 9715）（燕）

封

[illegible]

【春秋中期】

魯少司寇封孫宅盤（集成 10154）（魯）

型 ⿰鼎刂

【春秋早期】

曾伯陭鉞（新收 1203）（曾）

城

【春秋晚期】

武城戈（集成 10966）（齊）

武城戈（集成 10900）（齊）

比城戟（新收 971）（晉）

黄城戈（新收 973）（晉）

奇字鐘（通鑑 15177）

⿱成土

【春秋前期】

郐諮尹征城（集成 425）（徐）

【春秋晚期】

成陽辛城里戈（集成 11154）（齊）

成陽辛城里戈（集成 11155）（齊）

黝鎛甲（新收 489）（楚）

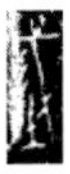

黝鎛乙（新收 490）（楚）

黝鎛丙（新收 491）（楚）

黝鎛戊（新收 493）（楚）

黝鎛庚（新收 495）（楚）

𩫨

【春秋晚期】

武城戈（集成 11024）（齊）

武城戈（集成 11025）（齊）

武城戟（集成 10967）（春秋時期）

墉 𩫖

【春秋早期】

䄫伯墉盤（集成 10130）

《說文》：「𩫖，古文墉。」

塞

【春秋早期】

塞公孫䂓父匜（集成 10276）

【春秋中期】

塞公屈顙戈（通鑑 16920）（楚）

⿰氵𡈼

【春秋晚期】

石鼓（獵碣・汧沔）（通鑑 19817）（秦）

⿱日𡈼

【春秋晚期】

拍敦（集成 4644）

⿸尹土

【春秋中期】

曾仲鄔君臚鎮墓獸方座（新收 521）（楚）

堇

【春秋晚期】

洹子孟姜壺（集成 9729）（齊）

洹子孟姜壺（集成 9729）（齊）

洹子孟姜壺（集成 9730）（齊）

越□堇戈（新收 1096）

里

【春秋晚期】

成陽辛城里戈（集成 11154）（齊）

成陽辛城里戈（集成 11155）（齊）

平陽高馬里戈（集成 11156）（齊）

石鼓（獵碣·作原）（通鑑 19821）（秦）

石鼓（獵碣·吾水）（通鑑 19824）（秦）

【春秋時期】

右伯君權（集成 10383）（齊）

釐

【春秋早期】

秦公鐘乙（集成 263）（秦）

秦公鐘戊（集成 266）（秦）

秦公鎛甲（集成 267）（秦）

秦公鎛乙（集成 268）（秦）

秦公鎛丙（集成 269）（秦）

秦公簋器（集成 4315）（秦）

野

⿸广⿱木里　⿸广⿰⿱木里予　埜

【春秋早期】

芮伯壺蓋（集成 9585）

芮伯壺器（集成 9585）

【春秋中期】

者⿰氵⿱咸皿鐘一（集成 193）（吳）

者⿰氵⿱咸皿鐘三（集成 195）（吳）

者⿰氵⿱咸皿鐘四（集成 196）（吳）

【春秋晚期】

邗王是埜戈（集成 11263）（吳）

田

【春秋晚期】

石鼓（獵碣·田車）（通鑑 19818）（秦）

【春秋時期】

雍之田戈（集成 11019）

疇

𠷎

【春秋時期】

鄀公匜（集成 10228）（鄀）

《說文》：「𠷎，疇或省。」

畯

【春秋早期】

秦子簋蓋（通鑑 5166）

畯

⿰田允

【春秋早期】

秦公鎛甲（集成267）（秦）

秦公鎛乙（集成268）（秦）

秦公鎛丙（集成269）（秦）

秦公鐘乙（集成263）（秦）

【春秋早期】

秦公簋器（集成4315）（秦）

戎生鐘庚（新收1619）（晉）

秦子鎛（通鑑15770）（秦）

畱

【春秋晚期】

足利次留元子鐘（通鑑15361）（徐）

畐

【春秋早期】

秦公鐘甲（集成262）（秦）

秦公鐘丁（集成265）（秦）

秦公鎛乙（集成268）（秦）

秦公鎛丙（集成269）（秦）

秦公簋器（集成4315）（秦）

【春秋中期】

欒書缶器（集成10008）（晉）

【春秋晚期】

晉公盆（集成10342）（晉）

畕

【春秋早期】

緊子丙車鼎蓋（集成2603）（黃）

緊子丙車鼎器（集成2603）（黃）

緊子丙車鼎蓋（集成2604）（黃）

緊子丙車鼎器（集成2604）（黃）

㠱伯子宩父盨蓋（集成4444）（紀）

伯[illegible]林鼎（集成2621）

畺

疆

【春秋早期】

伯亞臣鐳（集成9974）（黃）

蔡公子壺（集成9701）

【春秋早期】

秦公簋器（集成4315）（秦）

王孫壽甗（集成946）

【春秋中期】

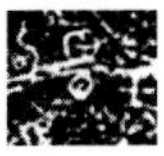
庚兒鼎（集成2716）（徐）

【春秋晚期】

楚屈子赤目簠器（新收1230）（楚）

黃

疆

⿰黑敫鎛甲（新收489）（楚）

⿰黑敫鎛乙（新收490）（楚）

⿰黑敫鎛丙（新收491）（楚）

⿰黑敫鎛戊（新收493）（楚）

⿰黑敫鎛庚（新收495）（楚）

蔡侯⿱䜌申尊（集成6010）（蔡）

蔡侯⿱䜌申盤（集成10171）（蔡）

晉公盆（集成10342）（晉）

吳王光鑑甲（集成10298）（吳）

敬事天王鐘甲（集成73）（楚）

敬事天王鐘丁（集成76）（楚）

敬事天王鐘己（集成78）（楚）

敬事天王鐘辛（集成80）（楚）

秦景公石磬（通鑑19787）（秦）

秦景公石磬（通鑑19788）（秦）

秦景公石磬（通鑑19789）（秦）

⿰黑敫鐘辛（新收488）（楚）

楚屈子赤目簠蓋（集成4612）（楚）

王子啓疆尊（通鑑11733）

【春秋前期】

郘諧尹征城（集成425）（徐）

【春秋時期】

鼄叔之伯鐘（集成87）（邾）

【春秋中期】

庚兒鼎（集成2715）（徐）

【春秋早期】

黃季鼎（集成2565）（黃）

黃子鼎（集成2566）（黃）

黃子鼎（集成2566）（黃）

黃子鼎（集成2567）（黃）

黃子鼎（集成2567）（黃）

黃子鬲（集成624）（黃）

黃子鬲（集成624）（黃）

黃子鬲（集成687）（黃）

黃子鬲（集成687）（黃）

黃子豆（集成4687）（黃）

黃子豆（集成4687）（黃）

黃子壺（集成9663）（黃）

黃子壺（集成9664）（黃）

黃子壺（集成9663）（黃）

黃子壺（集成9664）（黃）

黃子鐳（集成9966）（黃）

黃子鐳（集成9966）（黃）

黃子鐳（新收94）（黃）

黃子鐳（新收94）（黃）

黃子盤（集成 10122）（黃）

黃子盤（集成 10122）（黃）

黃子盉（集成 9445）（黃）

黃子盉（集成 9445）（黃）

黃子罐（集成 9987）（黃）

黃子器座（集成 10355）（黃）

黃子器座（集成 10355）（黃）

黃君孟戈（集成 11199）（黃）

黃君孟鼎（集成 2497）（黃）

黃君孟鼎（新收 90）（黃）

黃君孟壺（集成 9636）（黃）

黃君孟鐳（集成 9963）（黃）

黃君孟盤（集成 10104）（黃）

黃君孟匜（集成 10230）（黃）

曾伯霥簠蓋（集成 4632）（曾）

曾伯霥簠（集成 4631）（曾）

曾伯霥簠蓋（集成 4632）（曾）

曾伯霥簠（集成 4631）（曾）

曾侯簠（集成 4598）

曾子伯窞盤（集成 10156）（曾）

叔單鼎（集成 2657）（黃）

伯亞臣鐳（集成 9974）（黃）

黃太子伯克盤（集成 10162）（黃）

戎生鐘庚（新收 1619）（晉）

秦政伯喪戈（通鑑 17117）（秦）

【春秋中期】

克黃鼎（新收 500）（楚）

克黃鼎（新收 499）（楚）

伯遊父鐳（通鑑 14009）

【春秋晚期】

黃仲酉鼎（通鑑 2338）

黃仲酉簠（通鑑 5958）

克黃豆（通鑑 6157）

趙孟庎壺（集成 9678）（晉）

趙孟庎壺（集成 9679）（晉）

黃仲酉壺（通鑑 12328）（曾）

黃仲酉匜（通鑑 14987）（曾）

黃戠戈（集成 10901）

黃城戈（新收 973）（晉）

石鼓（獵碣・汧沔）（通鑑 19817）（秦）

哀成叔鼎（集成 2782）（鄭）

【春秋時期】

黃韋俞父盤（集成 10146）（黃）

黃太子伯克盆（集成 10338）（黃）

黈

【春秋早期】

叔家父簠（集成 4615）

男

【春秋早期】

寰侯簠（集成 4561）

寰侯簠（集成 4562）

郜公簠蓋（集成 4569）（郜）

【春秋中期】

公英盤（新收 1043）

【春秋晚期】

鞷子鼎（通鑑 2382）（齊）

鞷子鼎（通鑑 2382）（齊）

齊侯敦（集成 4645）（齊）

齊侯匜（集成 10283）（齊）

𪒠鎛庚（新收 495）（楚）

𪒠鎛乙（新收 490）（楚）

𪒠鎛戊（新收 493）（楚）

𪒠鐘戊（新收 485）（楚）

勞

【春秋中期】

𦅫鎛（集成 271）（齊）

【春秋晚期】

越郘盟辭鎛乙（集成 156）（越）

加

【春秋晚期】

蔡公子加戈（集成 11148）（蔡）

蔡加子戈（集成 11149）（蔡）

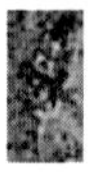
蔡公子加戈（通鑑 17220）（蔡）

勈　㦷

【春秋晚或戰國早期】

中央勇矛（集成 11566）

【春秋早期】

鄭戕句父鼎（集成 2520）（鄭）

【春秋晚期】

吳王光劍（通鑑 18070）

攻敔王光劍（集成 11654）（吳）

《說文》：「㦷，勇或从戈、用。」

恿

【春秋早期】

恿公戈（集成 11280）

《說文》：「恿，古文勇。从心。」

協 

【春秋早期】

秦公鐘甲（集成 262）（秦）

秦公鐘丁（集成 265）（秦）

秦公鎛甲（集成 267）（秦）

秦公鎛乙（集成 268）（秦）

秦公鎛丙（集成 269）（秦）

戎生鐘丁（新收 1616）（晉）

虢季鐘丙（新收 3）（虢）

旪

【春秋中期】

者𣻭鐘四（集成196）（吴）

【春秋晚期】

秦景公石磬（通鑑19803）（秦）

晉公盆（集成10342）（晉）

晉公盆（集成10342）（晉）

《說文》：「旪，古文協。从日、十。」

金

【春秋早期】

曾仲子敔鼎（集成 2564）（曾）

曾子仲諆鼎（集成 2620）（曾）

曾子仲宣鼎（集成 2737）（曾）

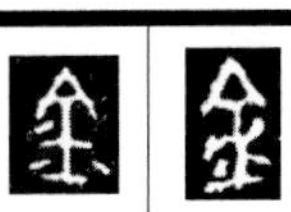
曾子軌鼎（集成 2757）（曾）

曾子單鬲（集成 625）（曾）

曾伯霥簠蓋（集成 4632）（曾）

曾伯霥簠（集成 4631）（曾）

曾伯霥簠蓋（集成 4632）（曾）

曾伯霥簠（集成 4631）（曾）

曾仲斿父方壺蓋（集成 9628）（曾）

曾仲斿父方壺蓋（集成 9629）（曾）

曾太保麐叔亟盆（集成 10336）（曾）

曾伯陭壺蓋（集成 9712）（曾）

曾侯子鎛甲（通鑑 15762）

曾侯子鎛乙（通鑑 15763）

曾侯子鎛丙（通鑑 15764）

曾侯子鎛丁（通鑑 15765）（秦）

戒偖生鼎（集成 2632）

戒偖生鼎（集成 2633）

伯歸臺鼎（集成 2644）（曾）

伯歸臺鼎（集成 2645）（曾）

徐王㯱鼎（集成 2675）（徐）

鄁公湯鼎（集成 2714）（鄁）

衛伯須鼎（新收 1198）

鄧公孫無嬰鼎（新收 1231）（鄧）

樊夫人龍嬴鬲（集成 675）（樊）

樊夫人龍嬴鬲（集成 676）（樊）

邕子良人甗（集成 945）

王孫壽甗（集成 946）

鄁公伯韭簋（集成 4016）（鄁）

鄁公伯韭簋蓋（集成 4017）（鄁）

鄁公伯韭簋器（集成 4017）（鄁）

叔朕簠（集成 4620）（戴）

叔朕簠（集成 4621）（戴）

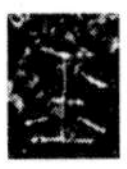
葬子䬼盞蓋（新收 1235）

樊君夒盆蓋（集成 10329）（樊）

樊君夒盆器（集成 10329）（樊）

上曾太子般殷鼎（集成 2750）（曾）

樊夫人龍嬴壺（集成 9637）（樊）

甫䀠鐳（集成 9972）

僉父瓶蓋（通鑑 14036）

僉父瓶器（通鑑 14036）

賸金氏孫盤（集成 10098）

番君伯歡盤（集成10136）（番）
番昶伯者君盤（集成10140）（番）
曾子伯窞盤（集成10156）（曾）
戎生鐘丁（新收1616）（晉）
楚大師登鐘丙（通鑑15507）（楚）
楚大師登鐘己（通鑑15510）（楚）
楚大師登鐘庚（通鑑15511）（楚）
楚大師登鐘辛（通鑑15512）（楚）
楚大師登鐘壬（通鑑15513）（楚）
嚣仲之子伯剌戈（集成11400）

【春秋中期】

以鄧鼎蓋（新收406）（楚）
以鄧鼎器（新收406）（楚）
鄬伯受簠蓋（集成4599）（鄬）
鄬伯受簠器（集成4599）（鄬）
上鄀府簠蓋（集成4613）（鄀）
上鄀府簠器（集成4613）（鄀）
長子𩰫臣簠器（集成4625）（晉）
何此簠（新收402）
仲改衛簠（新收399）
仲改衛簠（新收400）
欒書缶器（集成10008）（晉）
以鄧匜（新收405）
童麗君柏鐘（通鑑15186）
子犯鐘甲E（新收1012）（晉）
子犯鐘乙E（新收1016）（晉）
者𣸈鐘二（集成194）（吳）
者𣸈鐘四（集成196）（吳）
章子鄭戈（集成11295）

【春秋晚期】

何訇君党鼎（集成2477）
王子吳鼎（集成2717）（楚）
王子午鼎（集成2811）（楚）
王子午鼎（新收449）（楚）
王子午鼎（新收446）（楚）
王子午鼎（新收444）（楚）
王子午鼎（新收447）（楚）
王孫誥鐘一（新收418）（楚）
王孫誥鐘三（新收420）（楚）
王孫誥鐘四（集成421）（楚）
王孫誥鐘六（新收423）（楚）
王孫誥鐘十（新收427）（楚）
王孫誥鐘十二（新收429）（楚）
王孫誥鐘十三（新收430）（楚）
王孫誥鐘十五（新收434）（楚）
王孫誥鐘十七（新收435）（楚）
王孫誥鐘二十（新收433）（楚）
王孫誥鐘二十三（新收443）（楚）

王孫遺者鐘（集成261）（楚）	黬鎛甲（新收489）（楚）	黬鎛乙（新收490）（楚）	黬鎛乙（新收490）（楚）
黬鎛丙（新收491）（楚）	黬鎛己（新收494）（楚）	黬鎛辛（新收496）（楚）	姑馮昏同之子句鑃（集成424）（越）
配兒鉤鑃甲（集成426）（吳）	配兒鉤鑃甲（集成426）（吳）	配兒鉤鑃甲（集成426）（吳）	配兒鉤鑃乙（集成427）（吳）
夫䟸申鼎（新收1250）（舒）	聖靡公𤕌鼓座（集成429）	𨛭夫人嫘鼎（通鑑2386）	復公仲簋蓋（集成4128）
子季嬴青簠蓋（集成4594）（楚）	嘉子伯昜臚簠蓋（集成4605）	嘉子伯昜臚簠器（集成4605）	許子妝簠蓋（集成4616）（許）
許公買簠器（集成4617）（許）	欒子嚷豧簠（集成4618）（宋）	發孫虜簠（新收1773）	許公買簠蓋（通鑑5950）
許公買簠器（通鑑5950）	申文王之孫州𦮃簠（通鑑5960）	襄王孫盞（新收1771）	徐王義楚觶（集成6513）（徐）
趙孟庎壺（集成9678）（晉）	趙孟庎壺（集成9679）（晉）	復公仲壺（集成9681）	杕氏壺（集成9715）（燕）
鄭太子之孫與兵壺蓋（新收1980）	鄭太子之孫與兵壺器（新收1980）	唐子仲瀕兒瓶（新收1211）（唐）	孟滕姬缶器（新收417）
孟滕姬缶（集成10005）	孟滕姬缶（新收416）	寬兒缶甲（通鑑14091）	寬兒鼎（集成2722）（蘇）
者尚余卑盤（集成10165）	唐子仲瀕兒盤（新收1211）	邵子𦀚盤（新收1372）（羅）	吳王夫差盉（新收1475）（吳）
金盉（通鑑14780）	唐子仲瀕兒匜（新收1209）（唐）	徐王義楚盤（集成10099）（徐）	吳王夫差鑑（集成10294）（吳）

吳王夫差鑑（新收 1477）

吳王夫差鑑（集成 10296）（吳）

吳王光鑑甲（集成 10298）（吳）

吳王光鑑乙（集成 10299）（吳）

邾君鐘（集成 50）（邾）

鼄公牼鐘甲（集成 149）（邾）

鼄公牼鐘丙（集成 151）（邾）

鼄公華鐘（集成 245）（邾）

鄱子成周鐘甲（新收 283）

臧孫鐘乙（集成 94）（吳）

臧孫鐘丙（集成 95）（吳）

臧孫鐘辛（集成 100）（吳）

臧孫鐘壬（集成 101）（吳）

子璋鐘乙（集成 114）（許）

子璋鐘丙（集成 115）（許）

子璋鐘丁（集成 116）（許）

子璋鐘戊（集成 117）（許）

子璋鐘己（集成 118）（許）

吳王光鐘殘片之二十七（集成 224.15）（吳）

吳王光鐘殘片之三十（集成 224.7-224.40）（吳）

遷邟鐘三（新收 1253）（舒）

遷邟鐘三（新收 1253）（舒）

遷邟鐘六（新收 1256）（舒）

遷邟鐘六（新收 1256）（舒）

遷邟鎛甲（通鑑 15792）（舒）

遷邟鎛丙（通鑑 15794）（舒）

遷邟鎛丙（通鑑 15794）（舒）

遷邟鎛丁（通鑑 15795）（舒）

遷邟鎛丁（通鑑 15795）（舒）

余贎逐兒鐘乙（集成 184）（徐）

邾公孫班鎛（集成 140）（邾）

丁兒鼎蓋（新收 1712）（應）

侯古堆鎛甲（新收 276）

徐王義楚之元子柒劍（集成 11668）（徐）

沇兒鎛（集成 203）（徐）

次尸祭缶（新收 1249）（徐）

其次句鑃（集成 421）（越）

其次句鑃（集成 422）（越）

翏金戈（集成 11262）

翏金戈（集成 11262）

工吳王叡訽工吳劍（通鑑 18067）

郘大叔斧（集成 11788）（晉）

郤令尹者旨𨩂爐（集成 10391）（徐）

𪒠鐘己（新收 484）（楚）

𪒠鐘甲（新收 482）（楚）

𪒠鐘丙（新收 486）（楚）

工盧王姑發𦣯反之弟劍（新收 988）（吳）

錫 鐊 [illegible] 鋚 鑄 [illegible]

【春秋時期】

炌右盤（集成 10150）

金盉（新收 1628）

鄧公匜（集成 10228）（鄧）

鎬鼎（集成 2478）

鼄叔之伯鐘（集成 87）（邾）

童麗君柏簠（通鑑 5966）

彭子仲盆蓋（集成 10340）

巴金劍（集成 11580）

中子化盤（集成 10137）（楚）

【春秋或戰國時期】

自用命劍（集成 11610）

【春秋早期】

曾伯霥簠蓋（集成 4632）（曾）

【春秋早期】

曾伯霥簠（集成 4631）（曾）

【春秋早期】

曾伯陭壺蓋（集成 9712）（曾）

曾伯陭壺器（集成 9712）（曾）

【春秋晚期】

石鼓（獵碣・田車）（通鑑 19818）（秦）

【春秋早期】

芮公鼎（集成 2475）（芮）

芮公鬲（通鑑 2992）

芮公簋（集成 3707）

芮公簋（集成 3708）

芮公簋（集成 3709）

芮公壺（集成 9596）

芮公壺（集成 9597）

芮公壺（集成 9598）

芮太子鬲（通鑑 2991）

芮太子白壺器（集成 9645）

芮太子白壺（集成 9644）

鄭饔原父鼎（集成 2493）（鄭）

徐王韡鼎（集成 2675）（徐）

邾太宰欉子斟簠（集成 4623）（邾）

楚嬴盤（集成 10148）（楚）

楚嬴匜（集成 10273）（楚）

鑄侯求鐘（集成 47）（鑄）

曾伯陭鉞（新收 1203）（曾）

鄧公孫無嬰鼎（新收 1231）（鄧）

盥

 喬夫人鼎（集成 2284）	【春秋中期】	 以鄧匜（新收 405）	 以鄧鼎器（新收 406）（楚）
 以鄧鼎蓋（新收 406）（楚）	 欒書缶器（集成 10008）（晉）	 上鄀府簠器（集成 4613）（鄀）	 上鄀府簠蓋（集成 4613）（鄀）
 國差罎（集成 10361）（齊）	【春秋晚期】	 夫欧申鼎（新收 1250）（舒）	 夫欧申鼎（新收 1250）（舒）
 郳太宰簠蓋（集成 4624）（郳）	 唐子仲瀕兒瓶（新收 1211）（唐）	 唐子仲瀕兒盤（新收 1210）（唐）	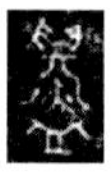 郘子敍盤（新收 1372）（羅）
 鼄公華鐘（集成 245）（郳）	 鼄公牼鐘甲（集成 149）（郳）	 鼄公牼鐘乙（集成 150）（郳）	 鼄公華鐘（集成 245）（郳）
 唐子仲瀕兒匜（新收 1209）（唐）	 篖叔之仲子平鐘丁（集成 175）（莒）	 篖叔之仲子平鐘己（集成 177）（莒）	 篖叔之仲子平鐘乙（集成 173）（莒）
 篖叔之仲子平鐘辛（集成 179）（莒）	 篖叔之仲子平鐘壬（集成 180）（莒）	 遷邟鐘三（新收 1253）（舒）	 遷邟鐘三（新收 1253）（舒）
 遷邟鐘六（新收 1256）（舒）	 遷邟鐘六（新收 1256）（舒）	 遷邟鎛丙（通鑑 15794）（舒）	 遷邟 鎛 丙 （通 鑑 15794）（舒）
 遷邟鎛丁（通鑑 15795）（舒）	 遷邟鎛丁（通鑑 15795）（舒）	 戠鎛辛（新收 496）（楚）	 其次句鑃（集成 422）（越）
 戠鎛己（新收 494）（楚）	戠鐘丙（新收 486）（楚）	 戠鐘己（新收 484）（楚）	 戠鐘甲（新收 482）（楚）
許子妝簠蓋（集成 4616）（許）	【春秋時期】	 公父宅匜（集成 10278）	 鑄簠（集成 4470）
【春秋早期】	 秦公鼎乙（新收 1339）（秦）	秦公壺乙（新收 1348）（秦）	秦公壺（通鑑 12320）（秦）

字頭	字形及出處
	【春秋時期】  公鑄壺（集成9513）（莒）
[illegible]	【春秋早期】  鑄叔簠蓋（集成4560）（鑄）  鑄子叔黑叵鼎（集成2587）（鑄） 【春秋晚期】
	 翏金戈（集成11262） 【春秋時期】  匽君壺（集成9680）
[illegible]	【春秋早期】  鑄公簠蓋（集成4574）（鑄）
[illegible]	 芮太子鼎（集成2448）（春秋早期） 【春秋晚期】  黝鎛甲（新收489）（楚）  郘夫人嫘鼎（通鑑2386）
[illegible]	【春秋早期】  取膚上子商匜（集成10253）（魯） 【春秋時期】  取膚上子商盤（集成10126）（魯）
[illegible]	【春秋晚期】  荊公孫敦（通鑑6070）
[illegible]	【春秋早期】  曾子軌鼎（集成2757）（曾）
[illegible]	【春秋晚期】  洹子孟姜壺（集成9729）（齊）  洹子孟姜壺（集成9730）（齊）  哀成叔鼎（集成2782）（鄭）
[illegible]	【春秋早期】  秦公鼎（新收1337）（秦）  秦公鼎（通鑑1999）（秦）  秦公簋甲（通鑑4903）
	 秦公簋丙（通鑑4905）
[illegible]	【春秋早期】  郳始逆母鬲（集成596）（郳）

鑪

【春秋早期】

鑄叔皮父簋（集成 4127）（鑄）

盧

【春秋早期】

秦公簋乙（通鑑 4904）

盧

【春秋中期】

上鄀公簠蓋（新收 401）（楚）

【春秋晚期】

曾子原彝簠（集成 4573）（曾）

其次句鑃（集成 421）（越）

黝鎛乙（新收 490）（楚）

黝鎛丙（新收 491）（楚）

鑪

【春秋早期】

𧰼山奢淲簠蓋（集成 4539）

𧰼山奢淲簠器（集成 4539）

𧰼山旅虎簠（集成 4540）

𩵦山旅虎簠蓋（集成 4541）

鑄叔簠器（集成 4560）（鑄）

臾

【春秋早期】

曾子伯誩鼎（集成 2450）（曾）

【春秋中期】

宜桐盂（集成 10320）（徐）

子諆盆蓋（集成 10335）（黃）

耳鑄公劍（新收 1981）

【春秋晚期】

玄夫戈（集成 11091）（蔡）

【春秋時期】

子季嬴青盆（集成 10339）

盧

【春秋早期】

微乘簠（集成 4486）

爐

【春秋晚期】

者尚余卑盤（集成 10165）

隓公胄敦（集成 4641）（鄀）

鑪

【春秋早期】

𩵦山旅虎簠器（集成 4541）

焬臣戈（集成 11334）

舋

【春秋晚期】

吳王夫差盉（新收1475）（吳）

鑄

【春秋早期】

鑄子叔黑臣簠器（集成4570）（鑄）

鑄子叔黑臣簠蓋（集成4570）（鑄）

鑄子叔黑臣盨（通鑑5666）（鑄）

鑄子叔黑臣簠器（集成4571）（鑄）

鍢

【春秋晚期】

余贎逐兒鐘乙（集成184）（徐）

[illegible]

【春秋晚期】

王子反戈（集成11122）

[illegible]

【春秋晚期】

蔡大司馬燮盤（通鑑14498）

鐘

【春秋早期】

鍾戈（通鑑17273）

鼄大宰欉子斁鐘（集成86）（邾）

【春秋晚期】

鼄君鐘（集成50）（邾）

鼄公牼鐘甲（集成149）（邾）

鼄公牼鐘乙（集成150）（邾）

鼄公牼鐘丙（集成151）（邾）

鼄公牼鐘丙（集成151）（邾）

鼄公華鐘（集成245）（邾）

鼄公華鐘（集成245）（邾）

鼄公牼鐘甲（集成149）（邾）

郘黛鐘一（集成225）（晉）

郘黛鐘二（集成226）（晉）

郘黛鐘四（集成228）（晉）

郘黛鐘六（集成230）（晉）

郘黛鐘六（集成230）（晉）

郘黛鐘七（集成231）（晉）

郘黛鐘七（集成231）（晉）

郘黛鐘九（集成233）（晉）

郘黛鐘十（集成234）（晉）

郘黛鐘十一（集成235）（晉）

郘黛鐘十三（集成237）（晉）

郘黛鐘十三（集成237）（晉）

遷邟鐘三（新收 1253）（舒）

遷邟鐘三（新收 1253）（舒）

遷邟鐘六（新收 1256）（舒）

遷邟鐘六（新收 56）（舒）

遷邟鎛甲（通鑑 15792）（舒）

遷邟鎛甲（通鑑 15792）（舒）

遷邟鎛丙（通鑑 15794）（舒）

遷邟鎛丁（通鑑 15795）（舒）

遷邟鎛丙（通鑑 15794）（舒）

遷邟鎛丁（通鑑 15795）（舒）

⿱竹膚叔之仲子平鐘甲（集成 172）

郲公孫班鎛（集成 140）（郲）

【春秋時期】

自鐘（集成 7）

⿰重金

【春秋晚期】

洹子孟姜壺（集成 9730）（齊）

洹子孟姜壺（集成 9729）（齊）

⿰東金

【春秋晚期】

⿱竹膚叔之仲子平鐘丁（集成 175）（莒）

⿱竹膚叔之仲子平鐘戊（集成 176）（莒）

⿱竹膚叔之仲子平鐘己（集成 177）（莒）

⿱竹膚叔之仲子平鐘庚（集成 178）（莒）

⿱竹膚叔之仲子平鐘辛（集成 179）（莒）

⿱竹膚叔之仲子平鐘壬（集成 180）（莒）

⿱竹膚叔之仲子平鐘壬（集成 180）（莒）

⿱竹膚叔之仲子平鐘丙（集成 174）（莒）

⿱竹膚叔之仲子平鐘甲（集成 172）（莒）

⿱竹膚叔之仲子平鐘丙（集成 174）（莒）

⿱竹膚叔之仲子平鐘乙（集成 173）（莒）

鑑

吳王光鑑乙（集成 10299）（吳）（春秋晚期）

智君子鑑（集成 10288）（晉）（春秋晚期）

智君子鑑（集成 10289）（晉）（春秋晚期）

吳王光鑑甲（集成 10298）（吳）（春秋晚期）

鐈

【春秋早期】

曾伯陭壺蓋（集成 9712）（曾）

曾伯陭壺器（集成 9712）（曾）

⿱鐈皿

【春秋晚期】

鄧子午鼎（集成 2253）

鑊

【春秋晚期】

哀成叔鼎（集成 2782）（鄭）

鎬

【春秋時期】

鎬鼎（集成2478）

鐉 巽

【春秋早期】

華母壺（集成9638）

《說文》：「巽，或省金。」

鈷

【春秋晚期】

配兒鉤鑃甲（集成426）（吳）

配兒鉤鑃乙（集成427）（吳）

鎣

【春秋晚期】

工⿸虍魚王之孫鎣（新收1283）（吳）

錡

【春秋晚期】

克黃豆（通鑑6157）

鈭

【春秋晚期】

工尹坡盞（通鑑6060）

鎮 ⿰金旲

【春秋早期】

秦公簋器（集成4315）（秦）

【春秋晚期】

秦景公石磬（通鑑19793）（秦）

錐 ⿰亻金

【春秋早期】

上曾太子般殷鼎（集成2750）（曾）

鑢 鋁

【春秋晚期】

丁兒鼎蓋（新收1712）（應）

余贎逐兒鐘乙（集成184）（徐）

配兒鉤鑃乙（集成427）（吳）

邵黛鐘二（集成226）（晉）

邵黛鐘四（集成228）（晉）

邵黛鐘六（集成230）（晉）

邵黛鐘七（集成231）（晉）

邵黛鐘九（集成233）（晉）

邵黛鐘十三（集成237）（晉）

玄鏐戈（集成10970）

玄鏐敓鋁戈（集成11136）（蔡）

玄鏐夫鋁戈（集成11138）（蔡）

玄鏐夫鋁戈（集成11139）

【春秋早期】

楚大師登鐘丁（通鑑 15508）（楚）

楚大師登鐘庚（通鑑 15511）（楚）

楚大師登鐘己（通鑑 15510）（楚）

楚大師登鐘辛（通鑑 15512）（楚）

陳大喪史仲高鐘（集成 355）（陳）（春秋中期）

陳大喪史仲高鐘（集成 353）（陳）（春秋中期）

楚王領鐘（集成 53）（楚）（春秋晚期）

【春秋早期】

楚大師登鐘丙（通鑑 15507）（楚）

【春秋晚期】

邾君鐘（集成 50）

洹子孟姜壺（集成 9730）（齊）

【春秋晚期】

郳子白鐸（新收 393）（郳）

鎛

【春秋早期】

秦子鎛（通鑑 15770）

【春秋中期】

𪎭鎛（集成 271）（齊）

【春秋晚期】

余贎逐兒鐘乙（集成 184）（徐）

【春秋早期】

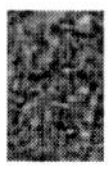
曾侯子鐘甲（通鑑 15142）

曾侯子鐘乙（通鑑 15143）

曾侯子鐘丙（通鑑 15144）

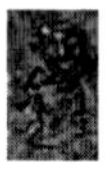
曾侯子鐘丁（通鑑 15145）

曾侯子鐘戊（通鑑 15146）

曾侯子鐘己（通鑑 15147）

曾侯子鐘庚（通鑑 15148）

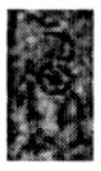
曾侯子鐘壬（通鑑 15150）

秦公鎛甲（集成 267）（秦）

秦公鎛乙（集成 268）（秦）

秦公鎛丙（集成 269）（秦）

秦公鐘乙（集成 263）（秦）

秦子鎛（通鑑 15770）

楚大師登鐘庚（通鑑 15511）（楚）

楚大師登鐘丁（通鑑 15508）（楚）

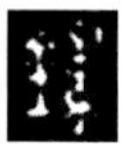
虢季鐘丙（新收 3）（虢）

芮公鐘鈎（集成 32）

楚屈叔沱戈（集成 11393）（楚）

戎生鐘丁（新收 1616）（晉）

鑄侯求鐘（集成47）（鑄）	楚大師登鐘辛（通鑑15512）（楚）	楚大師登鐘壬（通鑑15513）（楚）	楚大師登鐘己（通鑑15510）（楚）
【春秋中期】	陳大喪史仲高鐘（集成354）（陳）	者減鐘一（集成193）（吳）	者減鐘四（集成196）（吳）
者減鐘十（集成202）（吳）	子犯鐘甲E（新收1012）（晉）	鄬子受鐘辛（新收511）（楚）	鄬子受鐘戊（新收508）（楚）
鄬子受鐘乙（新收505）（楚）	【春秋晚期】	子璋鐘甲（集成113）（許）	子璋鐘乙（集成114）（許）
子璋鐘丙（集成115）（許）	子璋鐘丁（集成116）（許）	子璋鐘戊（集成117）（許）	子璋鐘己（集成118）（許）
吳王光鐘殘片之二（集成224.42）（吳）	吳王光鐘殘片之四（集成224.14）（吳）	吳王光鐘殘片之三十一（集成224.37-42）（吳）	徐王子旃鐘（集成182）（徐）
余贎逐兒鐘乙（集成184）（徐）	沇兒鎛（集成203）（徐）	蔡侯䜌歌鐘乙（集成211）（蔡）	蔡侯䜌歌鐘辛（集成216）（蔡）
蔡侯䜌行鐘丁（集成215）（蔡）	蔡侯䜌鎛丁（集成222）（蔡）	蔡侯䜌歌鐘甲（集成210）（蔡）	楚王領鐘（集成53）（楚）
𪒠鎛己（新收494）（楚）	𪒠鎛甲（新收489）（楚）	𪒠鎛乙（新收490）（楚）	𪒠鎛丙（新收491）（楚）
𪒠鎛辛（新收496）（楚）	𪒠鐘丙（新收486）（楚）	𪒠鐘己（新收484）（楚）	𪒠鐘甲（新收482）（楚）
王孫誥鐘一（新收418）（楚）	王孫誥鐘一（新收418）（楚）	王孫誥鐘二（新收419）（楚）	王孫誥鐘二（新收419）（楚）
王孫誥鐘三（新收420）（楚）	王孫誥鐘三（新收420）（楚）	王孫誥鐘四（集成421）（楚）	王孫誥鐘四（新收421）（楚）

王孫誥鐘五（新收422）（楚）

王孫誥鐘七（新收424）（楚）

王孫誥鐘十（新收427）（楚）

王孫誥鐘十（新收427）（楚）

王孫誥鐘十一（新收428）（楚）

王孫誥鐘十三（新收430）（楚）

王孫誥鐘十五（新收434）（楚）

王孫誥鐘十六（新收436）（楚）

王孫誥鐘十七（新收435）（楚）

王孫誥鐘十八（新收432）（楚）

王孫誥鐘二十三（新收443）（楚）

王孫誥鐘二十五（新收441）（楚）

王孫誥鐘二十（新收433）（楚）

王孫遺者鐘（集成261）（楚）

侯古堆鎛甲（新收276）

邾公鈓鐘（集成102）（邾）

王孫遺者鐘（集成261）（楚）

鄱子成周鐘乙（新收284）

鄱子成周鐘丙（新收285）

【春秋時期】

鐘伯侵鼎（集成2668）

⿰巳巳金劍（集成11580）

⿰童金

【春秋早期】

芮公鐘（集成31）

秦公鐘戊（集成266）

楚大師登鐘丙（通鑑15507）（楚）

【春秋中期】

季子康鎛丁（通鑑15788）

【春秋晚期】

臧孫鐘甲（集成93）（吳）

臧孫鐘乙（集成94）（吳）

臧孫鐘丙（集成95）（吳）

臧孫鐘戊（集成97）（吳）

臧孫鐘丁（集成96）（吳）

鐘

【春秋晚期】

邵黛鐘二（集成226）（晉）

邵黛鐘四（集成228）（晉）

邵黛鐘六（集成230）（晉）

邵黛鐘七（集成231）（晉）

邵黛鐘八（集成232）（晉）

邵黛鐘九（集成233）（晉）

⿰專童

【春秋早期】

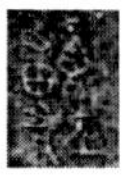
曾侯子鎛甲（通鑑15762）

曾侯子鎛乙（通鑑15763）

曾侯子鎛丙（通鑑15764）

鏐　錞　鎗　鎛

⿱亯皿　⿰金⿱亯皿

曾侯子鎛丁（通鑑 15765）

參見鎛字

【春秋早期】

戎生鐘戊（新收 1617）（晉）

【春秋晚期】

秦景公石磬（通鑑 19801）（秦）

【春秋晚期】

滕侯吳敦（集成 4635）（滕）

【春秋晚期】

隱公胄敦（集成 4641）（鄀）

【春秋晚期】

荊公孫敦（通鑑 6070）

【春秋晚期】

鼄公華鐘（集成 245）（邾）

鼄公牼鐘甲（集成 149）（邾）

鼄公牼鐘乙（集成 150）（邾）

鼄公牼鐘丙（集成 151）（邾）

郘黛鐘二（集成 226）（晉）

郘黛鐘四（集成 228）（晉）

郘黛鐘六（集成 230）（晉）

郘黛鐘七（集成 231）（晉）

郘黛鐘九（集成 233）（晉）

郘黛鐘十（集成 234）（晉）

郘黛鐘十三（集成 237）（晉）

少虡劍（集成 11696）（晉）

少虡劍（集成 17697）（晉）

遷邟鐘三（新收 1253）（舒）

遷邟鎛甲（通鑑 15792）（舒）

遷邟鎛丙（通鑑 15794）（舒）

遷邟鎛丁（通鑑 15795）（舒）

配兒鉤鑃乙（集成 427）（吳）

丁兒鼎蓋（新收 1712）（應）

玄鏐赤鏞戈（新收 1289）（吳）

玄鏐戈（通鑑 17238）

字頭	時代	字形	出處
鑾（⿰㐱金）	【春秋晚期】		⿱⺮膚叔之仲子平鐘甲（集成172）（莒）
			⿱⺮膚叔之仲子平鐘丙（集成174）（莒）
			⿱⺮膚叔之仲子平鐘壬（集成180）（莒）
鑾	【春秋晚期】		石鼓（獵碣・鑾車）（通鑑19819）（秦）
鑾	【春秋早期】		尹小叔鼎（集成2214）（虢）
鈷	【春秋早期】		秦政伯喪戈（通鑑17117）（秦）
			秦政伯喪戈（通鑑17118）（秦）
鈇	【春秋晚期】		叔尸鎛（集成285）（齊）
鋪	【春秋晚期】		少虡劍（集成17697）（晉）
			少虡劍（集成11696）（晉）
鈍	【春秋晚期】		聖靡公𩰫鼓座（集成429）
⿰金縣	【春秋晚期】		蔡大師⿰月興鼎（集成2738）（蔡）
⿰金鼉	【春秋晚期】		喬君鉦鋮（集成423）（許）
鍺	【春秋晚期】		鼄公牼鐘甲（集成149）（邾）
			鼄公牼鐘丙（集成151）（邾）
銿	【春秋早期】		戎生鐘戊（新收1617）（晉）
錛	【春秋晚期】		叔尸鐘（集成277）（齊）

⿰金會

【春秋晚期】

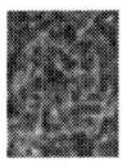

王子申匜（新收1675）（楚）

【春秋時期】

𢊁訇丘堂匜（集成10194）

鑃

【春秋晚期】

姑馮昏同之子句鑃（集成424）（越）

其次句鑃（集成421）（越）

其次句鑃（集成422）（越）

銉

【春秋晚期】

洹子孟姜壺（集成9730）（齊）

⿰金於

【春秋晚期】

吳王夫差矛（集成11534）（吳）

⿰金乇

【春秋晚期】

邾公⿰金乇鐘（集成102）（邾）

鋿

【春秋晚期】

篖叔之仲子平鐘甲（集成172）（莒）

⿰齒金

【春秋晚期】

篖叔之仲子平鐘丙（集成174）（莒）

篖叔之仲子平鐘戊（集成176）（莒）

篖叔之仲子平鐘壬（集成180）（莒）

鉙

【春秋晚期】

蔡太史卮（集成10356）（蔡）

唫

【春秋晚期】

哀成叔卮（集成4650）（晉）

鑄

【春秋早期】

曾伯霥簠蓋（集成4632）（曾）

曾伯霥簠（集成4631）（曾）

焻臣戈（集成11334）

【春秋晚期】

丁兒鼎蓋（新收1712）（應）

配兒鉤鑃乙（集成427）（吳）

鼄公華鐘（集成245）（邾）

篖叔之仲子平鐘甲（集成172）（莒）

遷邟鐘三（新收1253）（舒）

郘黛鐘二（集成226）（晉）

郘黛鐘四（集成228）（晉）

邵黛鐘六（集成230）（晉）

邵黛鐘七（集成231）（晉）

邵黛鐘九（集成233）（晉）

邵黛鐘十三（集成237）（晉）

遷邟鎛丙（通鑑15794）（舒）

遷邟鎛丁（通鑑15795）（舒）

玄鏐赤鏞戈（新收1289）（吳）

⿸虍金

【春秋晚期】

簷叔之仲子平鐘戊（集成176）（莒）

簷叔之仲子平鐘壬（集成180）（莒）

⿰金與

【春秋晚期】

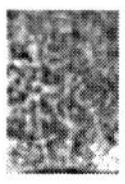
王子申匜（新收1675）（楚）

銑

【春秋晚期】

吳王光鑑甲（集成10298）（吳）

吳王光鑑甲（集成10298）（吳）

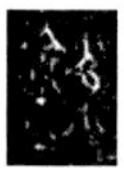
吳王光鑑乙（集成10299）（吳）

吳王光鑑乙（集成10299）（吳）

⿰金嚚

【春秋晚期】

邵黛鐘二（集成226）（晉）

邵黛鐘四（集成228）（晉）

邵黛鐘六（集成230）（晉）

邵黛鐘十三（集成237）（晉）

邵黛鐘九（集成233）（晉）

邵黛鐘十一（集成235）（晉）

邵黛鐘十二（集成236）（晉）

鈑

【春秋晚期】

敀孫宋鼎（新收1626）

⿰金杀

【春秋早期】

秦公鐘乙（集成263）（秦）

秦公鐘戊（集成266）（秦）

秦子鎛（通鑑15770）

秦公鎛甲（集成267）（秦）

秦公鎛乙（集成268）（秦）

秦公鎛丙（集成269）（秦）

処 處

【春秋晚期】

石鼓（獵碣·汧沔）（通鑑19817）（秦）

《說文》：「處，処或从虍聲。」

虎

【春秋晚期】

工𫿞太子姑發䎿反劍（集成 11718）（吳）

从几，虍聲。

⿱虍比

【春秋晚期】

郳君鐘（集成 50）（郳）

【春秋晚期】

鄭太子之孫與兵壺蓋（新收 1980）

鄭太子之孫與兵壺蓋（新收 1980）

【春秋早期】

太子車斧（新收 44）

【春秋晚期】

公子土斧壺（集成 9709）（齊）

郘大叔斧（集成 11788）（晉）

呂大叔斧（集成 11786）（晉）

呂大叔斧（集成 11787）（晉）

【春秋晚期】

䵼子斨戈（通鑑 17227）

子璋鐘乙（集成 114）（許）

子璋鐘丁（集成 116）（許）

子璋鐘己（集成 118）（許）

【春秋中期】

子犯鐘甲 E（新收 1012）（晉）

子犯鐘乙 B（新收 1021）（晉）

子犯鐘乙 E（新收 1016）（晉）

【春秋晚期】

王子午鼎（集成 2811）（楚）

王子午鼎（新收 449）（楚）

王子午鼎（新收 445）（楚）

王子午鼎（新收 446）（楚）

王子午鼎（新收 444）（楚）

王子午鼎（新收 447）（楚）

聽盂（新收 1072）

宋公差戈（集成 11289）（宋）

宋公差戈（集成 11281）（宋）

彭公之孫無所鼎（通鑑 2189）

無所簠（通鑑 5952）

司料盆蓋（集成 10326）

庚壺（集成 9733）（齊）

石鼓（獵碣・作原）（通鑑 19821）（秦）

蔡叔戟（通鑑 17313）

【春秋晚期】

余贎逯兒鐘丙（集成 185）（徐）

【春秋晚期】

邵大叔斧（集成 11788）（晉）

【春秋早期】

秦公簋蓋（集成 4315）（秦）

【春秋晚期】

司料盆蓋（集成 10326）

【春秋早期】

秦公簋器（集成 4315）（秦）

秦公簋蓋（集成 4315）

秦公簋蓋（集成 4315）（秦）

【春秋中期】

連迂鼎（集成 2084.1）（曾）

【春秋晚期】

鄬子孟升嬭鼎蓋（新收 523）（楚）

鄬子孟升嬭鼎器（新收 523）（楚）

【春秋前期】

𨚕諧尹征城（集成 425）（徐）

【春秋早期】
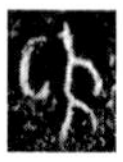
有司伯喪矛（通鑑 17680）

有司伯喪矛（通鑑 17681）

倗矛（新收 470）（楚）

【春秋時期】

郳稃權（集成 10381）

【春秋前期】

𨚕諧尹征城（集成 425）（徐）

【春秋早期】

緊子丙車鼎蓋（集成 2603）（黃）

緊子丙車鼎器（集成 2603）（黃）

緊子丙車鼎器（集成 2604）（黃）

緊子丙車鼎蓋（集成2604）（黃）

專車季鼎（集成2476）

鑄公簠蓋（集成4574）（鑄）

鄀子宿車盆（集成10337）（黃）

鄀季寬車壺蓋（集成9658）（黃）

鄀季寬車壺器（集成9658）

鄀季寬車盤（集成10109）（黃）

鄀季寬車匜（集成10234）（黃）

晉公戈（新收1866）（晉）

有司伯喪矛（通鑑17680）

有司伯喪矛（通鑑17681）

太子車斧（新收44）

【春秋中期】

子犯鐘甲D（新收1011）（晉）

子犯鐘乙D（新收1023）（晉）

【春秋晚期】

南君鴋鄒戈（通鑑17215）（楚）

許公戈（通鑑17217）

石鼓（通鑑19816）（秦）

石鼓（通鑑19816）（秦）

石鼓（獵碣・田車）（通鑑19818）（秦）

石鼓（獵碣・田車）（通鑑19818）（秦）

石鼓（獵碣・鑾車）（通鑑19819）（秦）

石鼓（獵碣・鑾車）（通鑑19819）（秦）

邵大叔斧（集成11788）（晉）

呂大叔斧（集成11786）（晉）

呂大叔斧（集成11787）（晉）

【春秋時期】

嫚妊車輨（集成12030）

許公戈（新收585）（許）

晉公車軎甲（集成12027）（晉）

晉公車軎乙（集成12028）（晉）

【春秋中期】

子犯鐘甲D（新收1011）（晉）

子犯鐘乙D（新收1023）（晉）

【春秋早期】

黃子鼎（集成2567）

【春秋早期】

焒臣戈（集成11334）

【春秋晚期】

庚壺（集成9733）（齊）

範 ⿰車㔾

【春秋中期】

子犯鬲（通鑑2939）

子犯鐘甲A（新收1008）（晉）

子犯鐘甲B（新收1009）（晉）

子犯鐘甲C（新收1010）（晉）

子犯鐘甲D（新收1011）（晉）

子犯鐘甲E（新收1012）（晉）

子犯鐘乙A（新收1020）（晉）

子犯鐘乙B（新收1021）（晉）

子犯鐘乙C（新收1022）（晉）

子犯鐘乙D（新收1023）（晉）

子犯鐘乙E（新收1016）（晉）

官

【春秋晚期】

國子中官鼎蓋（集成1935）

國子中官鼎（通鑑2336）

陵 ⿰阝⿱夌土

【春秋早期】

武⿰阝⿱夌土之王戈（新收1893）

陰

【春秋早期】

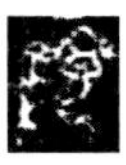
㠱伯子⿱宀延父盨蓋（集成4442）（紀）

㠱伯子⿱宀延父盨器（集成4442）（紀）

㠱伯子⿱宀延父盨蓋（集成4443）（紀）

㠱伯子⿱宀延父盨器（集成4443）（紀）

㠱伯子⿱宀延父盨蓋（集成4444）（紀）

㠱伯子⿱宀延父盨器（集成4444）（紀）

㠱伯子⿱宀延父盨器（集成4445）（紀）

【春秋晚期】

敬事天王鐘乙（集成74）（楚）

敬事天王鐘庚（集成79）（楚）

敬事天王鐘壬（集成81）（楚）

石鼓（獵碣・鑾車）（通鑑19819）（秦）

陽

【春秋早期】

㠱伯子⿱宀延父盨蓋（集成4443）（紀）

㠱伯子⿱宀延父盨器（集成4443）（紀）

㠱伯子⿱宀延父盨器（集成4444）（紀）

㠱伯子⿱宀延父盨蓋（集成4445）（紀）

㠱伯子⿱宀延父盨器（集成4445）（紀）

【春秋晚期】

敬事天王鐘乙（集成74）（楚）

敬事天王鐘庚（集成79）（楚）

敬事天王鐘壬（集成81）（楚）

吳王光鐘殘片之五（集成224.20）（吳）

倗戟（新收469）（楚）

陸 阿 阪 陛 陼

墬 揚 陽 陘

秦景公石磬（通鑑19778）（秦）

石鼓（獵碣・霝雨）（通鑑19820）（秦）

【春秋晚期】

平陽高馬里戈（集成11156）（齊）

平陽左庫戈（集成11017）（齊）

【春秋早期】

陽飤生匜（集成10227）

【春秋晚期】

成陽辛城里戈（集成11154）（齊）

成陽辛城里戈（集成11155）（齊）

【春秋晚期】

郳公鈺鐘（集成102）（郳）

【春秋晚期】

平阿左戈（新收1496）

【春秋晚期】

石鼓（獵碣・作原）（通鑑19821）（秦）

【春秋晚期】

蔡侯龖尊（集成6010）（蔡）

蔡侯龖盤（集成10171）（蔡）

【春秋早期】

宗婦鄁嬰鼎（集成2687）（鄁）

宗婦鄁嬰鼎（集成2689）（鄁）

宗婦鄁嬰鼎（集成2684）（鄁）

宗婦鄁嬰簋（集成4077）

宗婦鄁嬰簋蓋（集成4078）（鄁）

宗婦鄁嬰簋器（集成4078）（鄁）

宗婦鄁嬰簋蓋（集成4079）（鄁）

宗婦鄁嬰簋（集成4080）

宗婦鄁嬰簋（集成4084）（鄁）

宗婦鄁嬰簋蓋（集成4084）（鄁）

宗婦鄁嬰簋蓋（集成4085）（鄁）

宗婦鄁嬰簋（通鑑4576）

宗婦鄁嬰壺器（集成9699）（鄁）

宗婦鄁嬰壺蓋（集成9699）（鄁）

宗婦鄁嬰簋（通鑑4986）（鄁）（春秋時期）

四 阦 陳 除　　陳 陭

陞

【春秋早期】

曾伯陭壺蓋（集成 9712）（曾）

曾伯陭壺器（集成 9712）（曾）

曾伯陭鉞（新收 1203）（曾）

【春秋早期】

陳侯鬲（集成 705）（陳）

陳侯鬲（集成 706）（陳）

陳侯盤（集成 10157）（陳）

【春秋晚期】

陳豖戈（集成 10964）（齊）

陳散戈（集成 10963）（齊）

陳子山戈（集成 11084）（齊）

陳卯戈（集成 11034）（齊）

【春秋時期】

𥂵余敦（新收 1627）

【春秋晚期】

陳尔徒戈（通鑑 16896）（齊）

【春秋晚期】

石鼓（獵碣·作原）（通鑑 19821）（秦）

【春秋時期】

子陳□之孫鼎（集成 2285）

【春秋晚期】

石鼓（獵碣·田車）（通鑑 19818）（秦）

【春秋早期】

陳侯鼎（集成 2650）（陳）

曾子斿鼎（集成 2757）（曾）

【春秋中期】

鄬子受鐘甲（新收 504）（楚）

鄬子受鐘丙（新收 506）（楚）

鄬子受鐘己（新收 509）（楚）

鄬子受鎛甲（新收 513）（楚）

鄬子受鎛乙（新收 514）（楚）

鄬子受鎛丙（新收 515）（楚）

鄬子受鎛丁（新收 516）（楚）

鄬子受鎛庚（新收 519）（楚）

者𣱼鐘六（集成 198）（吳）

【春秋晚期】

郘黛鐘一（集成 225）（晉）

郘黛鐘四（集成 228）（晉）

邵黛鐘五（集成 229）（晉）

邵黛鐘六（集成 230）（晉）

邵黛鐘七（集成 231）（晉）

邵黛鐘九（集成 233）（晉）

邵黛鐘十一（集成 235）（晉）

邵黛鐘十二（集成 236）（晉）

邵黛鐘十三（集成 237）（晉）

徐王子旃鐘（集成 182）（徐）

三

【春秋早期】

秦公簋器（集成 4315）（秦）

秦子簋蓋（通鑑 5166）

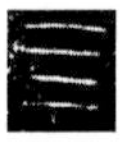
秦公鐘乙（集成 263）

秦公鎛甲（集成 267）（秦）

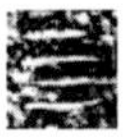
秦公鎛乙（集成 268）（秦）

秦公鎛丙（集成 269）

晉公戈（新收 1866）（晉）

【春秋中期】

子犯鐘乙 D（新收 1023）（晉）

𬹎鎛（集成 271）（齊）

國差罎（集成 10361）（齊）

【春秋晚期】

夫跌申鼎（新收 1250）（舒）

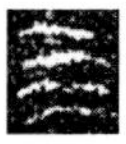
晉公盆（集成 10342）（晉）

晉公盆（集成 10342）（晉）

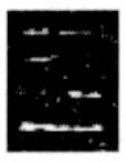
王孫誥鐘三（新收 420）（楚）

王孫誥鐘八（新收 425）（楚）

王孫誥鐘十（新收 427）（楚）

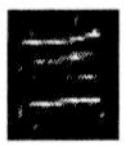
王孫誥鐘十二（新收 429）（楚）

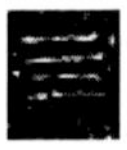
王孫誥鐘十三（新收 430）（楚）

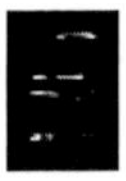
王孫誥鐘十五（新收 434）（楚）

王孫誥鐘二十一（新收 439）（楚）

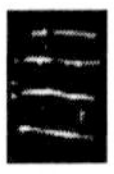
王孫誥鐘二十四（新收 440）（楚）

秦景公石磬（通鑑 19788）（秦）

秦景公石磬（通鑑 19778）（秦）

秦景公石磬（通鑑 19784）（秦）

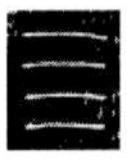
秦景公石磬（通鑑 19787）（秦）

【春秋時期】

交君子叕鼎（集成 2572）

【春秋早期】

伯亞臣鐳（集成 9974）（黃）

【春秋晚期】

石鼓（獵碣・田車）（通鑑 19818）（秦）

【春秋早期】

伯辰鼎（集成 2652）（徐）

申五氏孫矩甗（新收 970）（申）

鄭師𨘇父鬲（集成 731）（鄭）

 御侯戈（集成 11202）	【春秋中期】	 子犯鐘甲 A（新收 1008）（晉）	 子犯鐘乙 A（新收 1020）（晉）
 伯遊父鐳（通鑑 14009）	 𪐴鎛（集成 271）（齊）	【春秋晚期】	 鄭太子之孫與兵壺（新收 1980）
 鄘侯少子簋（集成 4152）（莒）	 吳王光鑑甲（集成 10298）（吳）	 吳王光鑑乙（集成 10299）（吳）	 蔡侯䜌歌鐘甲（集成 210）（蔡）
 蔡侯䜌歌鐘乙（集成 211）（蔡）	 蔡侯䜌鎛丁（集成 222）（蔡）	【春秋晚或戰國早期】	 中央勇矛（集成 11566）
【春秋早期】	 大師盤（新收 1464）	 晉公戈（新收 1866）（晉）	【春秋中期】
 上鄀府簠蓋（集成 4613）（鄀）	 上鄀府簠器（集成 4613）（鄀）	 伯遊父壺（通鑑 12304）	 伯遊父壺（通鑑 12305）
 伯遊父盤（通鑑 14501）	 子犯鐘乙 B（新收 1021）（晉）	【春秋晚期】	 鄭莊公之孫盧鼎（通鑑 2326）
 鄭莊公之孫盧鼎（新收 1237）（鄭）	 夫䟦申鼎（新收 1250）（舒）	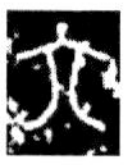 石鼓（獵碣・鑾車）（通鑑 19819）（秦）	【春秋時期】
 鼄叔之伯鐘（集成 87）（邾）			
【春秋早期】	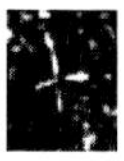 秦公簋蓋（集成 4315）（秦）	【春秋晚期】	 乙鼎（集成 2607）
【春秋早期】	 鄧公孫無嬰鼎（新收 1231）（鄧）	 叔原父甗（集成 947）（陳）	 曾伯霥簠蓋（集成 4632）（曾）
 曾伯霥簠（集成 4631）（曾）	【春秋中期】	 子犯鐘甲 E（新收 1012）（晉）	 子犯鐘乙 E（新收 1016）（晉）

鈽鎛（集成271）（齊）

鈽鎛（集成271）（齊）

【春秋晚期】

嘉子伯昜臚簠器（集成4605）

曾子原彝簠（集成4573）（曾）

嘉子伯昜臚簠蓋（集成4605）

余贎逑兒鐘甲（集成183）（徐）

余贎逑兒鐘丙（集成185）（徐）

聖靡公㼿鼓座（集成429）

【春秋時期】

子季嬴青盆（集成10339）

【春秋晚期】

石鼓（獵碣・鑾車）（通鑑19819）（秦）

【春秋早期】

魯侯鼎（新收1067）（魯）

魯仲齊甗（集成939）（魯）

魯伯大父簋（集成3974）（魯）

魯太宰原父簋（集成3987）（魯）

魯伯大父簋（集成3989）（魯）

魯司徒仲齊盨甲蓋（集成4440）（魯）

魯司徒仲齊盨甲器（集成4440）（魯）

魯司徒仲齊盨乙蓋（集成4441）（魯）

魯司徒仲齊盨乙器（集成4441）（魯）

魯伯悆盨蓋（集成4458）（魯）

魯伯悆盨器（集成4458）（魯）

魯伯俞父簠（集成4566）（魯）

魯伯俞父簠（集成4567）（魯）

魯伯俞父簠（集成4568）（魯）

魯侯簠（新收1068）（魯）

魯司徒仲齊盤（集成10116）（魯）

魯司徒仲齊匜（集成10275）（魯）

魯大司徒子仲白匜（集成10277）（魯）

陳侯鬲（集成706）（陳）

陳侯鬲（集成705）（陳）

原氏仲簠（新收935）（陳）

原氏仲簠（新收937）（陳）

陳侯壺器（集成9633）（陳）

陳侯壺蓋（集成9633）（陳）

陳侯壺蓋（集成9634）（陳）

陳侯壺器（集成9634）（陳）

陳公孫𡨦父瓶（集成9979）（陳）

陳侯盤（集成10157）（陳）

杞伯每刃鼎（集成2642）（杞）

杞伯每刃壺（集成9688）（杞）

戎生鐘庚（新收1619）（晉）

鑄子叔黑臣盨（通鑑5666）	鑄子叔黑臣盨（集成4423）（鑄）	鑄叔皮父簋（集成4127）（鑄）	鑄叔簠器（集成4560）（鑄）
鑄子叔黑臣簠蓋（集成4570）（鑄）	鑄子叔黑臣簠器（集成4571）（鑄）	鑄公簠蓋（集成4574）（鑄）	鑄子叔黑臣鼎（集成2587）（鑄）
虢季鼎（新收9）（虢）	虢季鼎（新收10）（虢）	虢季鼎（新收11）（虢）	虢季鼎（新收13）（虢）
虢季鼎（新收14）（虢）	虢季鼎（新收15）（虢）	虢季鬲（新收24）（虢）	虢季鬲（新收27）（虢）
虢季鬲（新收25）（虢）	虢季鬲（新收26）（虢）	虢季鬲（新收22）（虢）	虢季鬲（新收23）（虢）
自鼎（集成2430）	邿伯鼎（集成2601）（邿）	邿伯祀鼎（集成2602）（邿）	鄦奓魯生鼎（集成2605）（許）
緊子丙車鼎蓋（集成2603）（黃）	緊子丙車鼎器（集成2603）（黃）	緊子丙車鼎蓋（集成2604）（黃）	緊子丙車鼎器（集成2604）（黃）
番⿰永旦伯者君鼎（集成2617）（番）	番⿰永旦伯者君鼎（集成2618）（番）	番⿰永旦伯者君匜（集成10268）（番）	番⿰永旦伯者君匜（集成10269）（番）
⿰⿱罒耳阝公湯鼎（集成2714）（⿰⿱罒耳阝）	伯[illegible][illegible]林鼎（集成2621）	⿰永旦伯業鼎（集成2622）	鼄[illegible]白鼎（集成2640）（邾）
叔單鼎（集成2657）（黃）	戴叔朕鼎（集成2692）（戴）	曾子仲宣鼎（集成2737）（曾）	鄀公平侯鼎（集成2771）（鄀）
鄀公平侯鼎（集成2772）（鄀）	子耳鼎（通鑑2276）	蔡侯鼎（通鑑2372）	邾來隹鬲（集成670）（邾）
⿰永旦仲無龍鬲（集成713）	番君⿰酉正伯鬲（集成732）（番）	番君⿰酉正伯鬲（集成733）（番）	番君⿰酉正伯鬲（集成734）（番）

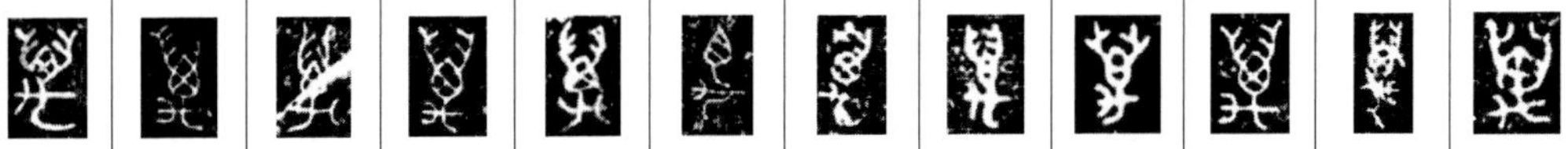

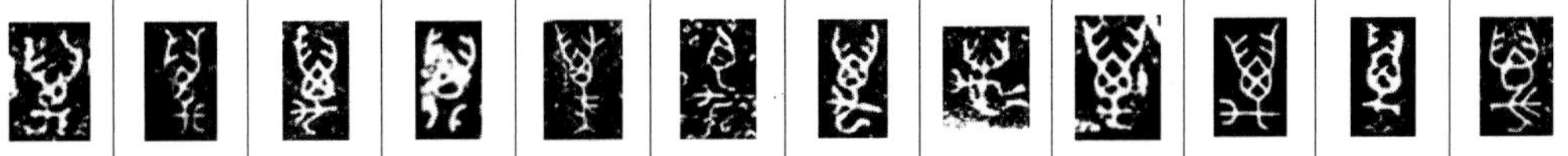

曾子奐伯鬲（集成742）（曾）	王孫壽甗（集成946）	叔原父甗（集成947）（陳）	邕子良人甗（集成945）
蘇公子癸父甲簋（集成4014）（蘇）	蘇公子癸父甲簋（集成4015）（蘇）	鄁公伯韭簋（集成4016）（鄁）	鄁公伯韭簋蓋（集成4017）（鄁）
鄁公伯韭簋器（集成4017）（鄁）	商丘叔簠（集成4557）（宋）	商丘叔簠（集成4558）（宋）	商丘叔簠蓋（集成4559）（宋）
商丘叔簠器（集成4559）（宋）	鑄叔簠蓋（集成4560）（鑄）	伯其父慶簠（集成4581）	郜公諴簠（集成4600）
考叔𢀛父簠蓋（集成4608）（楚）	考叔𢀛父簠蓋（集成4609）（楚）	叔朕簠（集成4621）（戴）	邾太宰欉子𣪘簠（集成4623）（邾）
虢碩父簠蓋（新收52）	虢碩父簠器（新收52）	蔡大善夫趣簠蓋（新收1236）（蔡）	蔡大善夫趣簠器（新收1236）（蔡）
邾公子害簠蓋（通鑑5964）	邾公子害簠器（通鑑5964）	𦭞子𪒠盞蓋（新收1235）	𦭞子𪒠盞蓋（新收1235）
郳子宿車盆（集成10337）（黃）	蔡公子壺（集成9701）	甫田鑘（集成9972）	甫伯官曾鑘（集成9971）
番昶伯盤（集成10094）	昶伯墉盤（集成10130）	綏君單盤（集成10132）（黃）	番君伯歡盤（集成10136）（番）
叔穀匜（集成10219）	番昶伯者君盤（集成10139）（番）	楚嬴盤（集成10148）（楚）	曾子伯窞盤（集成10156）（曾）
黃太子伯克盤（集成10162）（黃）	荀侯稽匜（集成10232）	綏君單匜（集成10235）（黃）	昶仲無龍匜（集成10249）
番伯酓匜（集成10259）（番）	楚嬴匜（集成10273）（楚）	鄭大內史叔上匜（集成10281）（鄭）	昶仲匜（通鑑14973）

皇與匜（通鑑 14976）	楚大師登鐘乙（通鑑 15506）（楚）	楚大師登鐘甲（通鑑 15505）（楚）	楚大師登鐘己（通鑑 15510）（楚）
秦子鎛（通鑑 15770）（秦）	楚大師登鐘辛（通鑑 15512）（楚）	秦公鐘乙（集成 263）（秦）	秦公鐘戊（集成 266）（秦）
秦公鎛甲（集成 267）（秦）	秦公鎛乙（集成 268）（秦）	秦公鎛丙（集成 269）（秦）	
【春秋中期】	魯大左司徒元鼎（集成 2593）（魯）	魯大左司徒元鼎（集成 2593）（魯）	魯大司徒厚氏元簠（集成 4689）（魯）
魯大司徒厚氏元簠蓋（集成 4690）（魯）	魯大司徒厚氏元簠器（集成 4690）（魯）	魯大司徒厚氏元簠蓋（集成 4691）（魯）	魯大司徒厚氏元簠器（集成 4691）（魯）
魯大司徒元盂（集成 10316）（魯）	魯少司寇封孫宅盤（集成 10154）（魯）	陳公子仲慶簠（集成 4597）（陳）	𪒠鎛（集成 271）（齊）
上鄀公簠蓋（新收 401）（楚）	上鄀公簠器（新收 401）（楚）	何次簠（新收 402）	何次簠蓋（新收 403）
何次簠器（新收 403）	何次簠蓋（新收 404）	叔師父壺（集成 9706）	伯遊父鐳（通鑑 14009）
子犯鐘甲 H（新收 1015）（晉）	子犯鐘乙 H（新收 1019）（晉）	長子𩰫臣簠蓋（集成 4625）（晉）	長子𩰫臣簠器（集成 4625）（晉）
【春秋前期】	郐諮尹征城（集成 425）（徐）	**【春秋晚期】**	喬君鉦鋮（集成 423）（許）
王子午鼎（集成 2811）（楚）	王子午鼎（新收 444）（楚）	王子午鼎（新收 445）（楚）	王子午鼎（新收 446）（楚）
鄭莊公之孫盧鼎（通鑑 2326）	尊父鼎（通鑑 2296）	樂子嚷豧簠（集成 4618）（宋）	邾太宰簠蓋（集成 4624）（邾）

堇　⿰堇月

復公仲簋蓋（集成 4128）

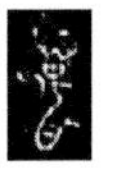
無所簠（通鑑 5952）

齊侯敦器（集成 4639）

晉公盆（集成 10342）（晉）

公子土斧壺（集成 9709）（齊）

者尚余卑盤（集成 10165）

簷叔之仲子平鐘乙（集成 173）（莒）

簷叔之仲子平鐘丁（集成 175）（莒）

簷叔之仲子平鐘己（集成 177）（莒）

簷叔之仲子平鐘壬（集成 180）（莒）

徐王子旃鐘（集成 182）（徐）

郳公孫班鎛（集成 140）（郳）

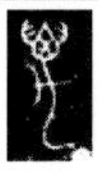
王孫遺者鐘（集成 261）（楚）

王孫遺者鐘（集成 261）（楚）

其次句鑃（集成 422）（越）

其次句鑃（集成 421）（越）

侯古堆鎛甲（新收 276）

侯古堆鎛乙（新收 277）

侯古堆鎛丙（新收 278）

侯古堆鎛戊（新收 279）

侯古堆鎛己（新收 280）

鄭莊公之孫盧鼎（新收 1237）（鄭）

夫欧申鼎（新收 1250）（舒）

【春秋時期】

曹伯狄簋殘蓋（集成 4019）（曹）

申公彭宇簠（集成 4610）（鄀）

申公彭宇簠（集成 4611）（鄀）

鄧伯吉射盤（集成 10121）（鄧）

匽公匜（集成 10229）（燕）

師麻孝叔鼎（集成 2552）

[illegible]右盤（集成 10150）

子季嬴青盆（集成 10339）

齊侯盤（集成 10123）（齊）

般仲柔盤（集成 10143）

番仲[illegible]匜（集成 10258）（番）

薛侯匜（集成 10263）（薛）

𢍰片昶豯鼎（集成 2571）

𢍰片昶豯鼎（集成 2570）

【春秋早期】

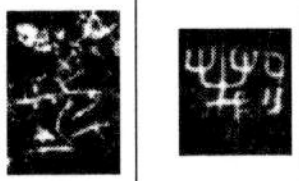
伯亞臣鐳（集成 9974）（黃）

【春秋晚期】

鼄公牼鐘甲（集成 149）（郳）

鼄公牼鐘丙（集成 151）（郳）

鼄公華鐘（集成 245）（郳）

宋君夫人鼎（通鑑 2343）

邾公釛鐘（集成 102）（邾）

【春秋早期】

秦公簋蓋（集成 4315）（秦）

【春秋早中期】

僆郭公子戈（新收 1129）（薛）

【春秋晚期】

郘黛鐘二（集成 226）（晉）

郘黛鐘四（集成 228）（晉）

郘黛鐘六（集成 230）（晉）

郘黛鐘七（集成 231）（晉）

郘黛鐘九（集成 233）（晉）

【春秋早期】

[illegible]司寇獸鼎（集成 2474）

【春秋晚期】

石鼓（獵碣·鑾車）（通鑑 19819）（秦）

【春秋晚期】

王子午鼎（集成 2811）（楚）

王子午鼎（新收 449）（楚）

王子午鼎（新收 445）（楚）

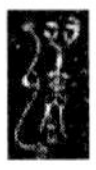
王子午鼎（新收 446）（楚）

王子午鼎（新收 444）（楚）

【春秋早期】

蘇公子癸父甲簋（集成 4014）（蘇）

蘇公子癸父甲簋（集成 4015）（蘇）

【春秋中期】

叔師父壺（集成 9706）

【春秋晚期】

秦景公石磬（通鑑 19784）（秦）

秦景公石磬（通鑑 19784）（秦）

【春秋早期】

上鄀公敄人簋蓋（集成 4183）（鄀）

鄭大內史叔上匜（集成 10281）（鄭）

戎生鐘甲（新收 1613）（晉）

【春秋中期】

何次簠（新收 402）

何次簠蓋（新收 403）

何次簠器（新收 403）

何次簠蓋（新收 404）

何次簠器（新收 404）

【春秋晚期】

乙鼎（集成 2607）

宋公䜌簠（集成 4589）（宋）

宋公䜌簠（集成 4590）（宋）

拍敦（集成 4644）

邵子栽盤（新收 1372）（羅）

鼄公牼鐘甲（集成 149）（邾）

鼄公牼鐘丙（集成 151）（邾）

鼄公牼鐘丁（集成 152）（邾）

鼄公華鐘（集成 245）（邾）

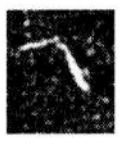
芮大攻戈（集成 11203）

【春秋時期】

侃孫奎母盤（集成 10153）

【春秋晚期】

鑄司寇厷鼎（新收 1817）

【春秋晚期】

鄺侯少子簋（集成 4152）（莒）

石鼓（獵碣・吾水）（通鑑 19824）（秦）

【春秋早期】

陳侯鼎（集成 2650）（陳）

叔原父甗（集成 947）（陳）

陳侯簋蓋（集成 4603）（陳）

陳侯簋器（集成 4603）（陳）

陳侯簋蓋（集成 4604）（陳）

陳侯簋（集成 4606）（陳）

陳侯簋（集成 4607）（陳）

原氏仲簠（新收 397）（陳）

原氏仲簠（新收 395）（陳）

原氏仲簠（新收 396）（陳）

陳侯盤（集成 10157）（陳）

陳子匜（集成 10279）（陳）

鄭師邍父鬲（集成 731）（鄭）

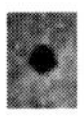
鄧公孫無嬰鼎（新收 1231）（鄧）

王孫壽甗（集成 946）

伯亞臣鐳（集成 9974）（黃）

黃太子伯克盤（集成 10162）（黃）

夆叔盤（集成 10163）（滕）

虢季鐘丙（新收 3）（虢）

考叔𢎿父簠蓋（集成 4608）（楚）

考叔𢎿父簠蓋（集成 4609）（楚）

考叔𢎿父簠器（集成 4609）

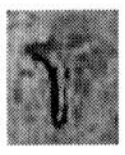
曾侯子鎛甲（通鑑 15762）

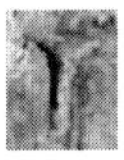
曾侯子鎛乙（通鑑 15763）

曾侯子鎛丙（通鑑 15764）

曾侯子鎛丁（通鑑 15765）

【春秋中期】	庚兒鼎（集成 2715）（徐）	庚兒鼎（集成 2716）（徐）	以鄧鼎蓋（新收 406）（楚）
以鄧鼎器（新收 406）（楚）	上鄀府簠蓋（集成 4613）（鄀）	上鄀府簠器（集成 4613）（鄀）	長子𩵦臣簠蓋（集成 4625）（晉）
長子𩵦臣簠器（集成 4625）（晉）	上鄀公簠蓋（新收 401）（楚）	仲改衛簠（新收 399）	仲改衛簠（新收 400）
盜叔壺（集成 9625）（曾）	盜叔壺（集成 9626）（曾）	伯遊父壺（通鑑 12304）	伯遊父壺（通鑑 12305）
伯遊父鐳（通鑑 14009）	伯遊父盤（通鑑 14501）	以鄧匜（新收 405）	童麗君柏鐘（通鑑 15186）
子犯鐘甲 A（新收 1008）（晉）	子犯鐘乙 A（新收 1020）（晉）	𬶍鎛（集成 271）（齊）	國差𦉜（集成 10361）（齊）
者𣿈鐘一（集成 193）（吳）	者𣿈鐘三（集成 195）（吳）	者𣿈鐘五（集成 197）（吳）	者𣿈鐘六（集成 198）（吳）
者𣿈鐘九（集成 201）（吳）	者𣿈鐘十（集成 202）（吳）	季子康鎛甲（通鑑 15785）	季子康鎛丙（通鑑 15787）
季子康鎛丁（通鑑 15788）	【春秋晚期】	王子午鼎（集成 2811）（楚）	王子午鼎（新收 447）（楚）
王子午鼎（新收 444）（楚）	王子午鼎（新收 446）（楚）	王子午鼎（新收 449）（楚）	王孫誥鐘二（新收 419）（楚）
王孫誥鐘三（新收 420）（楚）	王孫誥鐘五（新收 422）（楚）	王孫誥鐘六（新收 423）（楚）	王孫誥鐘八（新收 425）（楚）
王孫誥鐘十（新收 427）（楚）	王孫誥鐘十一（新收 428）（楚）	王孫誥鐘十二（新收 429）（楚）	王孫誥鐘十三（新收 430）（楚）

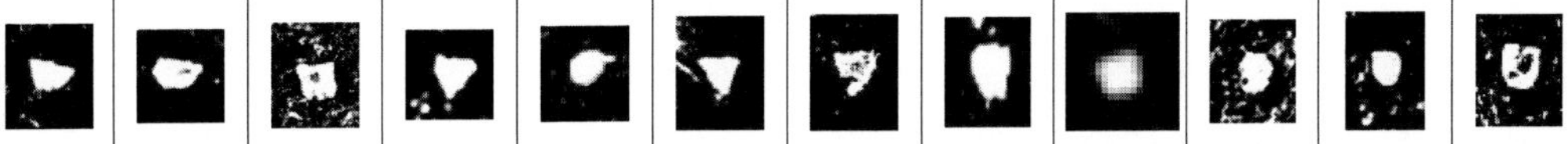
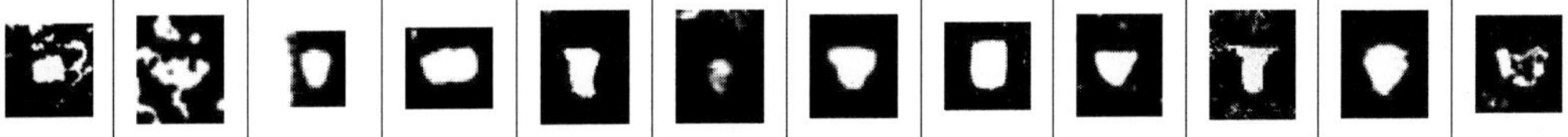

王孫誥鐘十五（新收434）（楚）
王孫誥鐘十七（新收435）（楚）
王孫誥鐘二十（新收433）（楚）
王孫誥鐘二十三（新收443）（楚）

王孫遺者鐘（集成261）（楚）
姑馮昏同之子句鑃（集成424）（越）
其次句鑃（集成421）（越）
其次句鑃（集成422）（越）

蔡侯簠甲蓋（新收1896）（蔡）
蔡侯簠甲器（新收1896）（蔡）
蔡侯盤（新收471）（蔡）
孟縢姬缶（集成10005）

孟縢姬缶器（新收417）
孟縢姬缶（新收416）
楚屈子赤目簠器（新收1230）（楚）
楚屈子赤目簠蓋（集成4612）（楚）

曾子□簠（集成4588）（曾）
夫欧申鼎（新收1250）（舒）
乙鼎（集成2607）
王子吳鼎（集成2717）（楚）

臧孫鐘甲（集成93）（吳）
臧孫鐘乙（集成94）（吳）
臧孫鐘丙（集成95）（吳）
臧孫鐘丁（集成96）（吳）

臧孫鐘戊（集成97）（吳）
臧孫鐘己（集成98）（吳）
臧孫鐘庚（集成99）（吳）
臧孫鐘辛（集成100）（吳）

臧孫鐘壬（集成101）（吳）
楚王領鐘（集成53）（楚）
沇兒鎛（集成203）（徐）
足利次留元子鐘（通鑑15361）（徐）

齊太宰歸父盤（集成10151）（齊）
蔡大司馬燮盤（通鑑14498）
蔡叔季之孫貫匜（集成10284）（蔡）
者尚余卑盤（集成10165）

鄧子盤（通鑑14518）
夆叔匜（集成10282）（滕）
鄀子成周鐘甲（新收283）
鄀子成周鐘乙（新收284）

子璋鐘甲（集成113）（許）
子璋鐘乙（集成114）（許）
子璋鐘丙（集成115）（許）
子璋鐘丁（集成116）（許）

子璋鐘戊（集成117）（許）
子璋鐘己（集成118）（許）
齊⿱𦥯革氏鐘（集成142）（齊）
余購逐兒鐘甲（集成183）（徐）

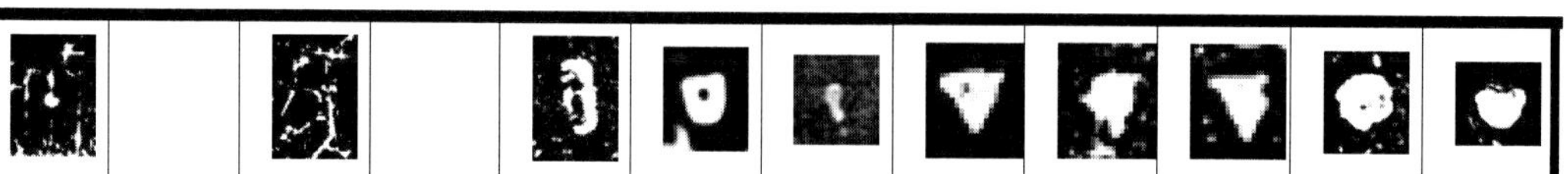

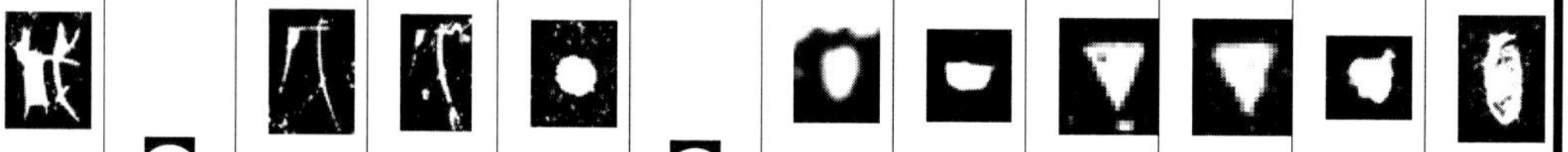

樂子嚷豧簠（集成 4618）（宋）	發孫虜簠（新收 1773）	許公買簠蓋（通鑑 5950）	許公買簠器（通鑑 5950）
丁兒鼎蓋（新收 1712）（應）	唐子仲瀕兒瓶（新收 1211）（唐）	晉公盆（集成 10342）（晉）	徐王義楚觶（集成 6513）（徐）
郘黛鐘二（集成 226）（晉）	遷邟鐘三（新收 1253）（舒）	郘黛鐘三（集成 227）（晉）	郘黛鐘四（集成 228）（晉）
郘黛鐘五（集成 229）（晉）	郘黛鐘六（集成 230）（晉）	郘黛鐘七（集成 231）（晉）	郘黛鐘八（集成 232）（晉）
郘黛鐘九（集成 233）（晉）	余贎逐兒鐘丙（集成 185）（徐）	郳公孫班鎛（集成 140）（郳）	蔡大師腆鼎（集成 2738）（蔡）
遷邟鎛甲（通鑑 15792）（舒）	遷邟鎛丙（通鑑 15794）（舒）	遷邟鎛丁（通鑑 15795）（舒）	侯古堆鎛甲（新收 276）
侯古堆鎛丙（新收 278）	侯古堆鎛己（新收 280）	許子妝簠蓋（集成 4616）（許）	【春秋時期】
鎬鼎（集成 2478）	童麗君柏簠（通鑑 5966）	黃太子伯克盆（集成 10338）（黃）	彭子仲盆蓋（集成 10340）
【春秋中期】	鄬子受鐘丙（新收 506）（楚）	鄬子受鐘己（新收 509）（楚）	鄬子受鎛甲（新收 513）（楚）
鄬子受鎛乙（新收 514）（楚）	鄬子受鎛丙（新收 515）（楚）	鄬子受鎛丁（新收 516）（楚）	鄬子受鎛戊（新收 517）（楚）
【春秋早期】	肅弃生鼎（集成 2524）	叔家父簠（集成 4615）	【春秋中期】
龢鎛（集成 271）（齊）	【春秋晚期】	哀成叔鼎（集成 2782）（鄭）	哀成叔豆（集成 4663）（晉）

鄦子成周鐘甲（新收283）

鄦子成周鐘丙（新收285）

吳王光鐘殘片之二十二（集成224.2）（吳）

吳王光鐘殘片之二十三（集成224.24）（吳）

蔡侯𬙊歌鐘甲（集成210）（蔡）

蔡侯𬙊歌鐘乙（集成211）（蔡）

蔡侯𬙊歌鐘丁（集成218）（蔡）

蔡侯𬙊鎛丁（集成222）（蔡）

沇兒鎛（集成203）（徐）

哀成叔卮（集成4650）（晉）

永祿鈹（通鑑18058）

成陽辛城里戈（集成11155）（齊）

成陽辛城里戈（集成11154）（齊）

【春秋時期】

匹君壺（集成9680）

【春秋早期】

己侯壺（集成9632）（紀）

番袒伯者君匜（集成10269）（番）

S鑿（集成11799）（秦）

【春秋中期】

宜桐盂（集成10320）（徐）

欒書缶蓋（集成10008）（晉）

欒書缶器（集成10008）（晉）

【春秋晚期】

鄭莊公之孫盧鼎（新收1237）（鄭）

鄭莊公之孫盧鼎（通鑑2326）

唐子仲瀕兒匜（新收1209）（唐）

【春秋時期】

S鼎（集成1241）

鐘伯侵鼎（集成2668）

【春秋早期】

靑仲之孫簋（集成4120）

㠱伯子𡪞父盨器（集成4442）（紀）

㠱伯子𡪞父盨蓋（集成4443）（紀）

㠱伯子𡪞父盨蓋（集成4444）（紀）

㠱伯子𡪞父盨器（集成4444）（紀）

㠱伯子𡪞父盨蓋（集成4445）（紀）

㠱伯子𡪞父盨器（集成4445）（紀）

郳太宰欉子甾簠（集成4623）（郳）

㠱伯𡪞父盤（集成10081）（紀）

㠱伯𡪞父匜（集成10211）（紀）

㠱甫人匜（集成10261）（紀）

㠱伯子𡪞父盨器（集成4443）（紀）

【春秋晚期】

次尸祭缶（新收1249）（徐）

期

【春秋早期】

- 鄧子仲無㠱戈（新收1234）

【春秋早期】

- 楚大師登鐘丙（通鑑15507）（楚）
- 楚大師登鐘丁（通鑑15508）（楚）
- 楚大師登鐘己（通鑑15510）（楚）
- 楚大師登鐘辛（通鑑15512）（楚）
- 楚嬴盤（集成10148）（楚）
- 楚嬴匜（集成10273）（楚）
- 塞公孫𢉖父匜（集成10276）
- 楚大師登鐘甲（通鑑15505）（楚）
- 戴叔朕鼎（集成2692）（戴）
- 叔朕簠（集成4620）（戴）
- 叔朕簠（集成4621）（戴）
- 曾伯霥簠蓋（集成4632）（曾）
- 曾伯霥簠（集成4631）（曾）
- 華母壺（集成9638）
- 蔡公子壺（集成9701）

【春秋中期】

- 庚兒鼎（集成2715）（徐）
- 庚兒鼎（集成2716）（徐）
- 郐諮尹征城（集成425）（徐）（春秋前期）

【春秋晚期】

- 𥮉叔之仲子平鐘壬（集成180）（莒）
- 𥮉叔之仲子平鐘丙（集成174）（莒）
- 蔡侯䜌歌鐘乙（集成211）（蔡）
- 蔡侯䜌歌鐘丁（集成218）（蔡）
- 蔡侯䜌鎛丁（集成222）（蔡）
- 沇兒鎛（集成203）（徐）
- 𥮉叔之仲子平鐘乙（集成173）（莒）
- 哀成叔鼎（集成2782）（鄭）
- 王子午鼎（集成2811）（楚）
- 王子午鼎（新收446）（楚）
- 王子午鼎（新收444）（楚）
- 曾子原彝簠（集成4573）（曾）
- 吳王光鑑甲（集成10298）（吳）
- 敬事天王鐘己（集成78）（楚）
- 敬事天王鐘丙（集成75）（楚）
- 敬事天王鐘丁（集成76）（楚）
- 吳王光鐘殘片之三（集成224.45）（吳）
- 敬事天王鐘甲（集成73）（楚）
- 敬事天王鐘辛（集成80）（楚）

【春秋時期】

- 黃韋俞父盤（集成10146）（黃）
- 公父宅匜（集成10278）
- 子季嬴青盆（集成10339）

辛

【春秋早期】

大師盤（新收 1464）

【春秋晚期】

簷太史申鼎（集成 2732）（莒）

鄬子大簠器（新收 541）（楚）

蔡侯䜌尊（集成 6010）（蔡）

唐子仲瀕兒盤（新收 1210）（唐）

成陽辛城里戈（集成 11155）（齊）

成陽辛城里戈（集成 11154）（齊）

【春秋時期】

申公彭宇簠（集成 4610）（鄀）

申公彭宇簠（集成 4611）（鄀）

辥

【春秋早期】

楚大師登鐘辛（通鑑 15512）（楚）

楚大師登鐘己（通鑑 15510）（楚）

宗婦鄁嫛簋蓋（集成 4084）（鄁）

宗婦鄁嫛簋（集成 4080）（鄁）

宗婦鄁嫛簋（集成 4081）（鄁）

宗婦鄁嫛簋（集成 4084）（鄁）

宗婦鄁嫛簋蓋（集成 4079）（鄁）

宗婦鄁嫛簋器（集成 4078）（鄁）

宗婦鄁嫛鼎（集成 2684）（鄁）

宗婦鄁嫛鼎（集成 2685）（鄁）

宗婦鄁嫛鼎（集成 2686）（鄁）

宗婦鄁嫛鼎（集成 2687）（鄁）

宗婦鄁嫛鼎（集成 2688）（鄁）

宗婦鄁嫛鼎（集成 2689）（鄁）

宗婦鄁嫛簋蓋（集成 4076）（鄁）

宗婦鄁嫛簋蓋（集成 4085）（鄁）

宗婦鄁嫛簋（集成 4086）（鄁）

宗婦鄁嫛簋（通鑑 4576）（鄁）

宗婦鄁嫛壺器（集成 9698）（鄁）

宗婦鄁嫛簋（集成 4077）（鄁）

宗婦鄁嫛簋蓋（集成 4078）（鄁）

【春秋晚期】

晉公盆（集成 10342）（晉）

辭

⿰辛旨 籀

【春秋早期】

楚大師登鐘丁（通鑑 15508）

【春秋早期】

戎生鐘甲（新收 1613）（晉）

戎生鐘乙（新收 1614）（晉）

【春秋中期】

⿱髟命鎛（集成 271）（齊）

⿱髟命鎛（集成 271）（齊）

鼄公牼鐘甲（集成 149）（邾）（春秋晚期）

鼄公牼鐘丙（集成 151）（邾）（春秋晚期）

辭

𤔲

【春秋早期】

召叔山父簠（集成4602）（鄭）

召叔山父簠（集成4601）（鄭）

戎生鐘乙（新收1614）（晉）

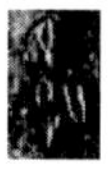
有司伯喪矛（通鑑17680）

魯司徒仲齊盨甲蓋（集成4440）（魯）

魯司徒仲齊盨甲器（集成4440）（魯）

司工單鬲（集成678）

㠱司寇獸鼎（集成2474）

魯大司徒子仲白匜（集成10277）（魯）

魯司徒仲齊匜（集成10275）（魯）

魯司徒仲齊盨乙器（集成4441）（魯）

魯司徒仲齊盨乙蓋（集成4441）（魯）

國子碩父鬲（新收49）

國子碩父鬲（新收48）

【春秋中期】

魯大司徒厚氏元簠（集成4689）（魯）

魯大司徒厚氏元簠蓋（集成4690）（魯）

魯大司徒厚氏元簠蓋（集成4691）（魯）

魯大司徒厚氏元簠器（集成4691）（魯）

魯少司寇封孫宅盤（集成10154）（魯）

魯大左司徒元鼎（集成2592）（魯）

魯大左司徒元鼎（集成2593）（魯）

魯大司徒厚氏元簠器（集成4690）（魯）

【春秋晚期】

洹子孟姜壺（集成9729）（齊）

洹子孟姜壺（集成9729）（齊）

洹子孟姜壺（集成9730）（齊）

洹子孟姜壺（集成9730）（齊）

洹子孟姜壺（集成9730）（齊）

洹子孟姜壺（集成9729）（齊）

蔡大司馬燮盤（通鑑14498）

司料盆蓋（集成10326）

司馬戈（集成11016）（郳）

《說文》：「𤔲，籀文辭。从司。」

壬

【春秋早期】

魯司徒仲齊盤（集成10116）（魯）

【春秋早期】

大司馬孛朮簠蓋（集成4505）

【春秋早期】

蔡大善夫趣簠蓋（新收1236）（蔡）

蔡大善夫趣簠器（新收1236）（蔡）

【春秋晚期】

寬兒鼎（集成 2722）（蘇）

吳王孫無土鼎蓋（集成 2359）（吳）

吳王孫無土鼎器（集成 2359）（吳）

寬兒缶甲（通鑑 14091）

丁兒鼎蓋（新收 1712）（應）

嘉子伯昜臚簠蓋（集成 4605）

蔡太史卮（集成 10356）（蔡）

嘉子伯昜臚簠器（集成 4605）

少虡劍（集成 11696）（晉）

少虡劍（集成 17697）（晉）

鄭太子之孫與兵壺（新收 1980）

鼄叔之伯鐘（集成 87）（邾）

【春秋早期】

鄀公平侯鼎（集成 2771）（鄀）

鄀公平侯鼎（集成 2772）（鄀）

蘇公子癸父甲簋（集成 4014）（蘇）

蘇公子癸父甲簋（集成 4015）（蘇）

【春秋晚期】

徐王子旃鐘（集成 182）（徐）

【春秋早期】

杞伯每刃鼎盖（集成 2494）

杞伯每刃鼎器（集成 2494）

杞伯每刃鼎（集成 2495）

杞子每刃鼎（集成 2428）

杞伯每刃鼎（集成 2642）（杞）

杞伯每刃簋（集成 3901）（杞）

杞伯每刃簋（集成 3899.1）

杞伯每刃簋蓋（集成 3898）（杞）

杞伯每刃簋（集成 3897）（杞）

杞伯每刃簋蓋（集成 3900）（杞）

杞伯每刃簋蓋（集成 3900）（杞）

杞伯每刃簋蓋（集成 3899.2）

杞伯每刃簋器（集成 3902）（杞）

杞伯每刃壺（集成 9688）（杞）

杞伯每刃壺（集成 9687）（杞）

㠱伯子⿱宀延父盨器（集成 4442）（紀）

㠱伯子⿱宀延父盨蓋（集成 4443）（紀）

㠱伯子⿱宀延父盨器（集成 4443）（紀）

㠱伯子⿱宀延父盨蓋（集成 4445）（紀）

㠱伯子⿱宀延父盨蓋（集成 4444）（紀）

㠱伯子⿱宀延父盨器（集成 4444）（紀）

㠱伯子⿱宀延父盨器（集成 4445）（紀）

魯大司徒子仲白匜（集成 10277）（魯）

魯司徒仲齊盨甲器（集成 4440）（魯）

魯司徒仲齊盨乙蓋（集成 4441）（魯）

魯司徒仲齊盨甲蓋（集成 4440）（魯）

魯司徒仲齊盨乙器（集成 4441）（魯）

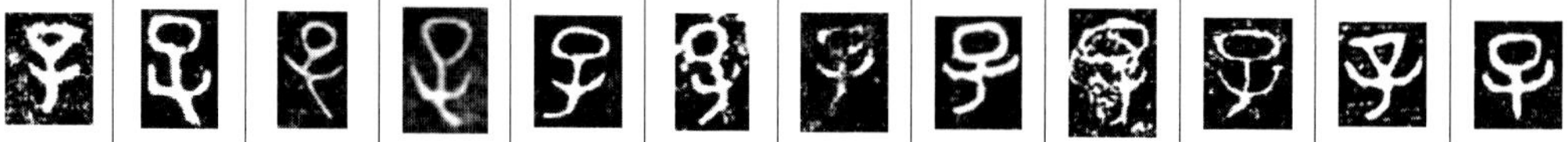

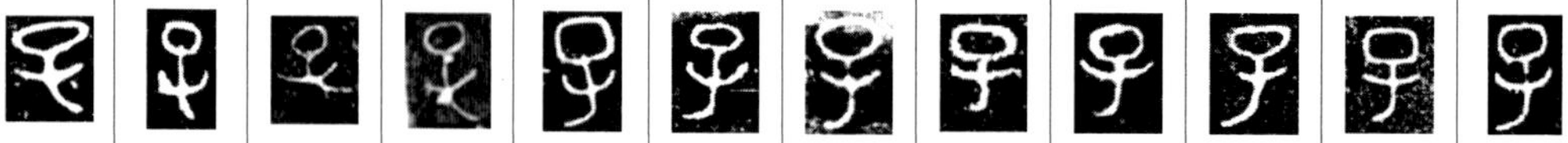

魯司徒仲齊匜（集成10275）（魯）	取膚上子商匜（集成10253）（魯）	取膚上子商匜（集成10253）（魯）	魯仲齊甗（集成939）（魯）
魯仲齊鼎（集成2639）（魯）	魯大司徒子仲白匜（集成10277）（魯）	鑄叔皮父簋（集成4127）（鑄）	鑄子叔黑臣盨（通鑑5666）
鑄子叔黑臣簠蓋（集成4570）（鑄）	鑄子叔黑臣簠器（集成4570）（鑄）	鑄子叔黑臣簠器（集成4571）（鑄）	鑄子撫匜（集成10210）（鑄）
鑄叔皮父簋（集成4127）（鑄）	鑄子叔黑臣鼎（集成2587）（鑄）	陳侯鬲（集成706）（陳）	齊趫父鬲（集成686）（齊）
高子戈（集成10961）（齊）	齊趫父鬲（集成685）（齊）	齊侯子行匜（集成10233）（齊）	叔原父甗（集成947）（陳）
叔原父甗（集成947）（陳）	陳子匜（集成10279）（陳）	陳侯鬲（集成705）（陳）	郳伯御戎鼎（集成2525）（郳）
郳友父鬲（新收1094）（郳）	鼄友父鬲（通鑑3010）	郳太宰欉子斟簠（集成4623）（郳）	郳公子害簠蓋（通鑑5964）
郳公子害簠器（通鑑5964）	郳公子害簠蓋（通鑑5964）	郳公子害簠器（通鑑5964）	鼄眘父鬲（集成717）（郳）
芮子仲殿鼎（通鑑2363）	芮太子鬲（通鑑2991）	芮太子鬲（通鑑2991）	芮公鬲（通鑑2992）
芮太子白鬲（通鑑3005）	芮太子白鬲（通鑑3007）	芮太子白鬲（通鑑3005）	芮太子白鬲（通鑑3007）
芮太子白簠（集成4537）	芮太子白簠（集成4538）	芮太子白簠（集成4537）	芮太子白簠（集成4538）
芮太子鼎（集成2448）	芮太子鼎（集成2449）	芮公鼎（集成2475）（芮）	芮太子白鼎（集成2496）

芮太子白鼎（集成2496）	芮子仲殿鼎（集成2517）	芮子仲殿鼎（集成2517）	芮子仲殿鼎（通鑑2363）
芮太子白壺（集成9644）	芮太子白壺（集成9644）	芮太子白壺蓋（集成9645）	芮太子白壺蓋（集成9645）
芮太子白壺器（集成9645）	芮太子白壺器（集成9645）	芮公鐘（集成31）	虢季鼎（新收10）（虢）
虢季鼎（新收11）（虢）	虢季鼎（新收12）（虢）	虢季鼎（新收13）（虢）	虢季鼎（新收15）（虢）
虢季鬲（新收24）（虢）	虢季鬲（新收25）（虢）	虢季鬲（新收26）（虢）	虢季鬲（新收22）（虢）
虢季鬲（新收23）（虢）	虢季鋪（新收37）（虢）	虢季鋪（新收36）（虢）	虢太子元徒戈（集成11116）（虢）
虢太子元徒戈（集成11117）（虢）	虢季氏子組鬲（集成662）（虢）	虢季氏子組鬲（集成662）（虢）	虢季氏子組鬲（通鑑2918）
虢季氏子組鬲（通鑑2918）	虢季鼎（新收9）（虢）	蘇公子癸父甲簋（集成4015）（蘇）	蘇冶妊鼎（集成2526）（蘇）
蘇公子癸父甲簋（集成4015）（蘇）	蘇公子癸父甲簋（集成4014）（蘇）	蘇公子癸父甲簋（集成4014）（蘇）	黃子壺（集成9664）（黃）
黃季鼎（集成2565）（黃）	黃子鼎（集成2566）（黃）	黃子鼎（集成2567）（黃）	黃子鬲（集成624）（黃）
黃子鬲（集成687）（黃）	黃子壺（集成9663）（黃）	黃君孟鼎（集成2497）（黃）	黃君孟盤（集成10104）（黃）
黃君孟鐳（集成9963）（黃）	黃子盤（集成10122）（黃）	黃子盉（集成9445）（黃）	黃君孟匜（集成10230）（黃）

曾侯仲子遊父鼎（集成2423）（曾）
曾侯仲子遊父鼎（集成2424）（曾）
曾者子鬷鼎（集成2563）
曾仲子敔鼎（集成2564）（曾）

曾者子鬷鼎（集成2563）（曾）
曾仲子敔鼎（集成2564）（曾）
曾子仲謱鼎（集成2620）（曾）
曾子仲謱鼎（集成2620）（曾）

曾子仲宣鼎（集成2737）（曾）
曾子仲宣鼎（集成2737）（曾）
曾子軌鼎（集成2757）（曾）
曾子單鬲（集成625）（曾）

曾侯簠（集成4598）
曾伯霥簠蓋（集成4632）（曾）
曾伯霥簠（集成4631）（曾）
曾太保䴡叔亟盆（集成10336）（曾）

曾伯陭壺蓋（集成9712）（曾）
曾伯陭壺器（集成9712）（曾）
曾子伯窞盤（集成10156）（曾）
曾子伯窞盤（集成10156）（曾）

曾侯子鐘乙（通鑑15143）
曾侯子鐘丙（通鑑15144）
曾侯子鐘丁（通鑑15145）
曾侯子鐘戊（通鑑15146）

曾侯子鐘己（通鑑15147）
曾侯子鐘庚（通鑑15148）
曾侯子鐘甲（通鑑15142）
曾侯子鐘辛（通鑑15149）

曾侯子鎛甲（通鑑15762）
曾侯子鎛乙（通鑑15763）
曾侯子鎛丙（通鑑15764）
曾侯子鎛丁（通鑑15765）

番昶伯者君匜（集成10268）（番）
番昶伯者君匜（集成10269）（番）
番伯酓匜（集成10259）（番）
番昶伯者君盤（集成10139）（番）

番昶伯者君盤（集成10140）（番）
番君酟伯鬲（集成733）（番）
番君酟伯鬲（集成734）（番）
番昶伯者君鼎（集成2617）（番）

番昶伯者君鼎（集成2618）（番）
鄭子石鼎（集成2421）（鄭）
鄭子石鼎（集成2421）（鄭）
番君伯𢿚盤（集成10136）（番）

郜造譴鼎（集成2422）（郜）
曾子伯誩鼎（集成2450）（曾）
鄭饔原父鼎（集成2493）（鄭）
鄭𦙶句父鼎（集成2520）（鄭）

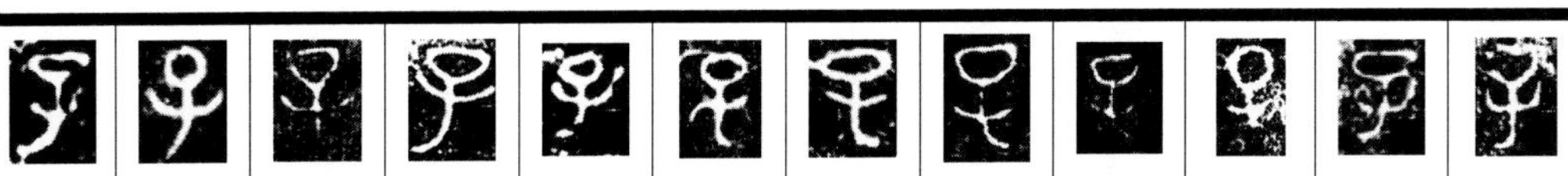

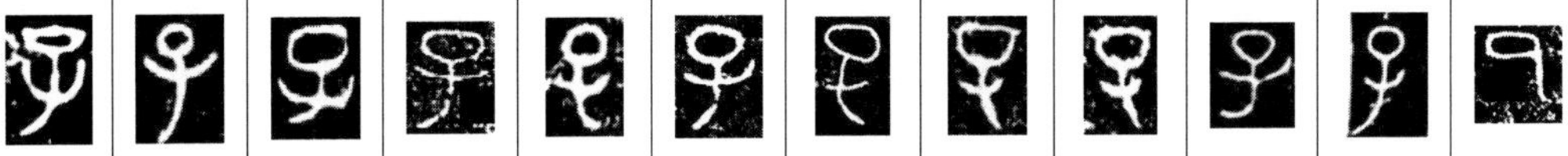

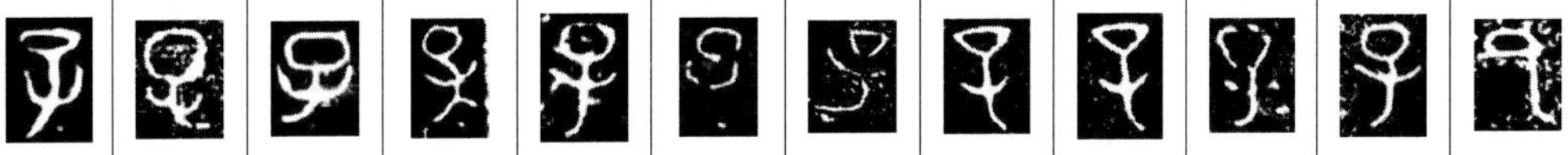

武生毀鼎（集成 2523）	戒偖生鼎（集成 2632）	戒偖生鼎（集成 2632）	𡩜弃生鼎（集成 2524）
邿伯鼎（集成 2601）（邿）	邿伯祀鼎（集成 2602）（邿）	鼄𪔀白鼎（集成 2640）（邾）	鼄𪔀白鼎（集成 2641）（邾）
伯[illegible][illegible]林鼎（集成 2621）	叔牙父鬲（集成 674）	叔鼎（集成 1926）（虢）	徐王擬鼎（集成 2675）（徐）
緊子丙車鼎蓋（集成 2603）（黃）	緊子丙車鼎器（集成 2603）（黃）	緊子丙車鼎蓋（集成 2603）（黃）	緊子丙車鼎器（集成 2603）（黃）
緊子丙車鼎蓋（集成 2604）（黃）	緊子丙車鼎器（集成 2604）（黃）	緊子丙車鼎蓋（集成 2604）（黃）	緊子丙車鼎器（集成 2604）（黃）
伯歸𡍮鼎（集成 2644）（曾）	伯歸𡍮鼎（集成 2644）（曾）	伯辰鼎（集成 2652）（徐）	叔單鼎（集成 2657）（黃）
叔單鼎（集成 2657）（黃）	上曾太子般殷鼎（集成 2750）（曾）	鄀公平侯鼎（集成 2771）（鄀）	鄀公平侯鼎（集成 2772）（鄀）
戴叔朕鼎（集成 2692）（戴）	鄁公湯鼎（集成 2714）（鄁）	衛伯須鼎（新收 1198）	鄧公孫無嬰鼎（新收 1231）（鄧）
子耳鼎（通鑑 2276）	子耳鼎（通鑑 2276）	袓仲無龍鬲（集成 713）	袓仲無龍鬲（集成 714）
寶登鼎（通鑑 2277）	醫子奠伯鬲（集成 742）（曾）	醫子奠伯鬲（集成 742）（曾）	繁伯武君鬲（新收 1319）
虎臣子組鬲（集成 661）（虢）	虎臣子組鬲（集成 661）（虢）	邕子良人甗（集成 945）	邕子良人甗（集成 945）
國子碩父鬲（新收 48）	國子碩父鬲（新收 48）	國子碩父鬲（新收 49）	國子碩父鬲（新收 49）

申五氏孫矩甗（新收970）（申）	鄁公伯韭簋器（集成4017）（鄁）	鄁公伯韭簋（集成4016）（鄁）	鄁公伯韭簋蓋（集成4017）（鄁）
伯高父甗（集成938）	邿譴簋乙（通鑑5277）	邿譴簋甲蓋（集成4040）（邿）	邿譴簋甲器（集成4040）（邿）
青仲之孫簋（集成4120）	青仲之孫簋（集成4120）	上鄀公敄人簋蓋（集成4183）（鄀）	冑簋（集成4532）
卓林父簋蓋（集成4018）（衛）	姅仲簠（集成4534）	寡侯簠（集成4561）	寡侯簠（集成4562）
鄀公簠蓋（集成4569）（鄀）	鑄公簠蓋（集成4574）（鑄）	鄀公諴簠（集成4600）	伯其父慶簠（集成4581）
走馬薛仲赤簠（集成4556）（薛）	象山奢淲簠蓋（集成4539）	象山奢淲簠器（集成4539）	象山旅虎簠（集成4540）
衛子叔旡父簠（集成4499）（衛）	龜山旅虎簠蓋（集成4541）	龜山旅虎簠器（集成4541）	薛子仲安簠器（集成4546）（薛）
商丘叔簠蓋（集成4559）	商丘叔簠器（集成4559）	商丘叔簠（集成4557）（宋）	商丘叔簠（集成4558）
薛子仲安簠蓋（集成4546）（薛）	薛子仲安簠器（集成4546）（薛）	薛子仲安簠（集成4547）（薛）	考叔𢼄父簠蓋（集成4609）（楚）
召叔山父簠（集成4601）（鄭）	召叔山父簠（集成4602）（鄭）	考叔𢼄父簠蓋（集成4608）（楚）	考叔𢼄父簠器（集成4609）（楚）
叔家父簠（集成4615）	叔朕簠（集成4620）（戴）	叔朕簠（集成4621）（戴）	虢碩父簠蓋（新收52）
虢碩父簠器（新收52）	蔡大善夫[illegible]簠蓋（新收1236）（蔡）	蔡大善夫[illegible]簠器（新收1236）（蔡）	葬子[illegible]盞蓋（新收1235）

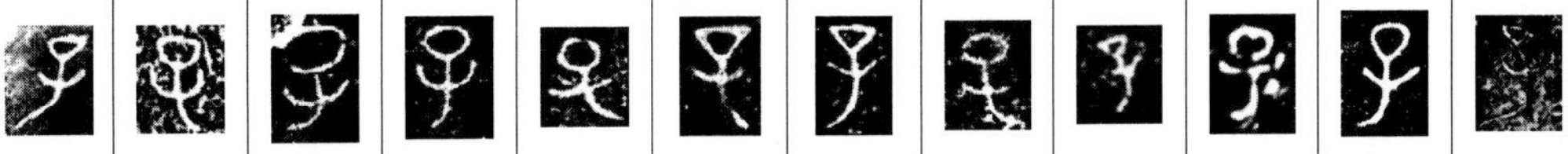

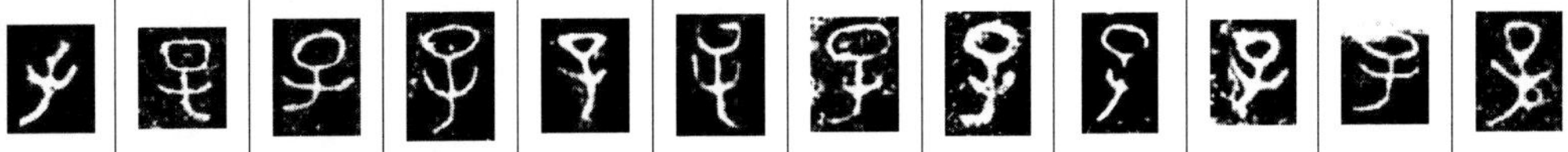

葬子⿰齒又盞蓋（新收 1235）	葬子⿰齒又盞蓋（新收 1235）	鄎子行盆蓋（集成 10330）（鄎）	鄎子行盆器（集成 10330）（鄎）
子叔嬴内君盆（集成 10331）	子叔嬴内君盆（集成 10331）	鄝子宿車盆（集成 10337）（黃）	蔡公子壺（集成 9701）
彭伯壺蓋（新收 315）（彭）	彭伯壺器（新收 315）（彭）	⿴囗昆君婦媿霝壺（通鑑 12349）	甫䀠鑘（集成 9972）
伯亞臣鑘（集成 9974）（黃）	伯亞臣鑘（集成 9974）（黃）	僉父瓶蓋（通鑑 14036）	僉父瓶器（通鑑 14036）
伯駟父盤（集成 10103）	鄝季寬車盤（集成 10109）（黃）	蘇冶妊盤（集成 10118）（蘇）	楚季苟盤（集成 10125）（楚）
干氏叔子盤（集成 10131）	干氏叔子盤（集成 10131）	綏君單盤（集成 10132）（黃）	皇與匜（通鑑 14976）
鑄侯求鐘（集成 47）（鑄）	袓仲無龍匜（集成 10249）	曹公盤（集成 10144）（曹）	楚嬴盤（集成 10148）（楚）
黃太子伯克盤（集成 10162）（黃）	黃太子伯克盤（集成 10162）（黃）	大師盤（新收 1464）	大師盤（新收 1464）
鄝季寬車匜（集成 10234）（黃）	綏君單匜（集成 10235）（黃）	樊君夔匜蓋（集成 10256）（樊）	㠱甫人匜（集成 10261）（紀）
鄩仲盤（集成 10135）（尋）	鄩仲盤（集成 10135）（尋）	鄩仲盤（集成 10135）（尋）	尋仲匜（集成 10266）（尋）
尋仲匜（集成 10266）（尋）	楚嬴匜（集成 10273）（楚）	𢦏伯匜（集成 10246）（戴）	袓伯墉盤（集成 10130）
鄭大内史叔上匜（集成 10281）（鄭）	鄭大内史叔上匜（集成 10281）（鄭）	戎生鐘乙（新收 1614）（晉）	戎生鐘辛（新收 1620）（晉）

- 太子車斧（新收44）
- 宮氏白子元戈（集成11118）（虢）
- 宮氏白子元戈（集成11118）（虢）
- 囂仲之子伯刺戈（集成11400）
- 秦公鐘甲（集成262）（秦）
- 秦公鐘丙（集成264）（秦）
- 秦公鎛甲（集成267）（秦）
- 秦公鎛乙（集成268）（秦）
- 秦子鎛（通鑑15770）
- 秦子鎛（通鑑15770）
- 秦公鎛丙（集成269）（秦）
- 秦子戈（集成11352）（秦）
- 秦子戈（集成11353）（秦）
- 鄧子仲無⿰其己戈（新收1234）
- 秦子簋蓋（通鑑5166）
- 秦子簋蓋（通鑑5166）
- 秦子簋蓋（通鑑5166）
- 宗婦鄁嬰鼎（集成2686）（鄁）
- 宗婦鄁嬰鼎（集成2687）（鄁）
- 宗婦鄁嬰鼎（集成2685）（鄁）
- 宗婦鄁嬰壺器（集成9698）（鄁）
- 宗婦鄁嬰簋蓋（集成4076）（鄁）
- 宗婦鄁嬰簋（集成4077）（鄁）
- 宗婦鄁嬰簋器（集成4078）（鄁）
- 宗婦鄁嬰簋蓋（集成4078）（鄁）
- 宗婦鄁嬰簋蓋（集成4079）（鄁）
- 宗婦鄁嬰簋（集成4080）（鄁）
- 宗婦鄁嬰簋（集成4081）（鄁）
- 宗婦鄁嬰簋（集成4084）（鄁）
- 宗婦鄁嬰簋蓋（集成4084）（鄁）
- 宗婦鄁嬰簋蓋（集成4085）（鄁）
- 宗婦鄁嬰簋（集成4086）（鄁）
- 宗婦鄁嬰簋（通鑑4576）（鄁）
- 宗婦鄁嬰鼎（集成2683）（鄁）
- 宗婦鄁嬰鼎（集成2684）（鄁）
- 番君⿰酉乏伯鬲（集成732）（番）
- 荀侯稽匜（集成10232）

【春秋前期】

- 𨛜諮尹征城（集成425）（徐）

【春秋中期】

- 魯大司徒厚氏元簠蓋（集成4690）（魯）
- 魯大司徒厚氏元簠器（集成4690）（魯）
- 魯大司徒厚氏元簠蓋（集成4691）（魯）
- 魯少司寇封孫宅盤（集成10154）（魯）
- 國差罎（集成10361）（齊）
- 𪎫鎛（集成271）（齊）
- 𪎫鎛（集成271）（齊）
- 𪎫鎛（集成271）（齊）

陳公子仲慶簠（集成 4597）（陳）	陳大喪史仲高鐘（集成 353）（陳）	陳大喪史仲高鐘（集成 354）（陳）	陳大喪史仲高鐘（集成 350）（陳）
陳公子仲慶簠（集成 4597）（陳）	子犯鬲（通鑑 2939）	子犯鐘甲 C（新收 1010）（晉）	子犯鐘甲 D（新收 1011）（晉）
子犯鐘甲 E（新收 1012）（晉）	子犯鐘乙 A（新收 1020）（晉）	子犯鐘乙 B（新收 1021）（晉）	子犯鐘乙 C（新收 1022）（晉）
子犯鐘乙 D（新收 1023）（晉）	者𣲕鐘一（集成 193）（吳）	者𣲕鐘二（集成 194）（吳）	者𣲕鐘三（集成 195）（吳）
者𣲕鐘四（集成 196）（吳）	者𣲕鐘五（集成 197）（吳）	者𣲕鐘七（集成 199）（吳）	者𣲕鐘八（集成 200）（吳）
者𣲕鐘八（集成 200）（吳）	者𣲕鐘九（集成 201）（吳）	鄬子受鼎（新收 528）	鄬子受鼎（新收 527）（楚）
鄬子受鎛甲（新收 513）（楚）	鄬子受鎛丙（新收 515）（楚）	鄬子受鎛丁（新收 516）（楚）	鄬子受鎛辛（新收 520）（楚）
鄬子受鐘丁（新收 507）（楚）	鄬子受鐘庚（新收 510）（楚）	鄬子受戟（新收 525）（楚）	王子嬰次爐（集成 10386）（楚）
鄝子妝戈（新收 409）（楚）	以鄧匜（新收 405）	何次簠（新收 402）	何次簠蓋（新收 403）
何次簠器（新收 403）	何次簠蓋（新收 404）	何次簠器（新收 404）	宜桐盂（集成 10320）（徐）
江叔螽鬲（集成 677）（江）	余子氽鼎（集成 2390）（徐）	䞿亥鼎（集成 2588）（宋）	欒書缶器（集成 10008）（晉）
曾子屖簠蓋（集成 4529）（曾）	曾子屖簠器（集成 4529）（曾）	庚兒鼎（集成 2716）（徐）	叔師父壺（集成 9706）

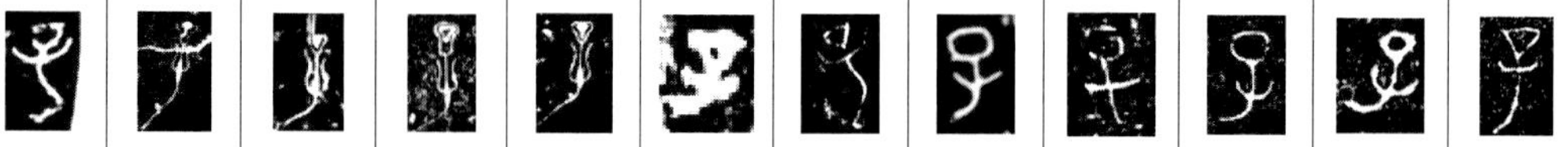

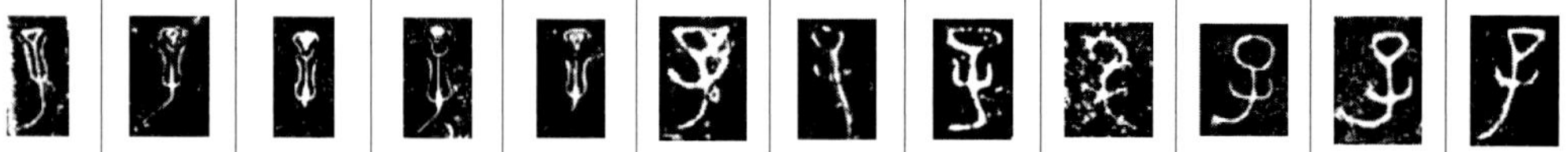

仲改衛簠（新收399）	仲改衛簠（新收400）	鄝伯受簠蓋（集成4599）（鄝）	鄝伯受簠器（集成4599）（鄝）
上鄀府簠蓋（集成4613）（鄀）	上鄀府簠器（集成4613）（鄀）	長子䵼臣簠蓋（集成4625）（晉）	長子䵼臣簠器（集成4625）（晉）
長子䵼臣簠蓋（集成4625）（晉）	長子䵼臣簠蓋（集成4625）（晉）	長子䵼臣簠器（集成4625）（晉）	長子䵼臣簠器（集成4625）（晉）
上鄀公簠蓋（新收401）（楚）	上鄀公簠器（新收401）（楚）	子諆盆蓋（集成10335）（黃）	子諆盆器（集成10335）（黃）
子諆盆器（集成10335）（黃）	伯遊父壺（通鑑12304）	伯遊父鑐（通鑑14009）	公英盤（新收1043）
公英盤（新收1043）	伯遊父盤（通鑑14501）	季子康鎛丙（通鑑15787）	季子康鎛丁（通鑑15788）
章子鄭戈（集成11295）	曾大工尹季䢅戈（集成11365）（曾）	鄴子誎臣戈（集成11253）	魯大司徒厚氏元簠器（集成4691）（魯）
魯大司徒厚氏元簠（集成4689）（魯）	【春秋晚期】	王子午鼎（集成2811）（楚）	王子午鼎（集成2811）（楚）
王子午鼎（新收445）（楚）	王子午鼎（新收446）（楚）	王子午鼎（新收444）（楚）	王子午鼎（新收447）（楚）
王子午鼎（新收447）（楚）	王子午鼎（新收446）（楚）	王子午鼎（新收445）（楚）	王子午鼎（新收447）（楚）
王子午鼎（新收449）（楚）	王子午鼎（新收445）（楚）	王子午鼎（新收446）（楚）	王子午鼎（集成2811）（楚）
王子午鼎（新收447）（楚）	鄬子倗尊缶（新收461）（楚）	鄬子受鬲（新收529）（楚）	𪑔鎛甲（新收489）（楚）

		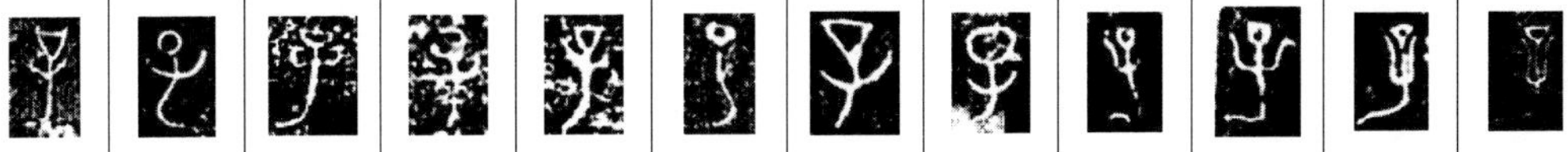	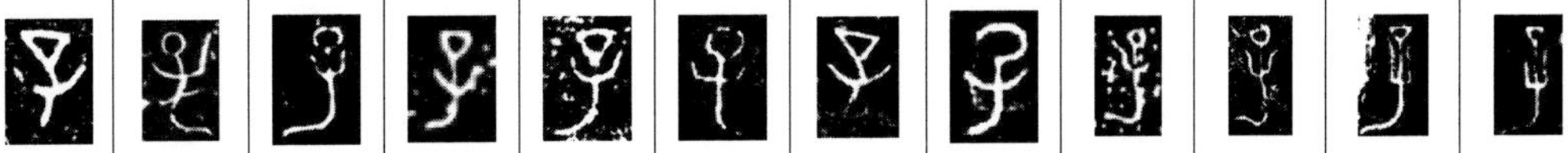
鼄鎛甲（新收489）（楚）	鼄鎛乙（新收490）（楚）	鼄鎛乙（新收490）（楚）	鼄鎛丙（新收491）（楚）
鼄鎛丁（新收492）（楚）	鼄鎛己（新收494）（楚）	鼄鎛庚（新收495）（楚）	鼄鎛甲（新收489）（楚）
蔡侯⿱⿰申申⿰申申歌鐘甲（集成210）（蔡）	蔡侯⿱⿰申申⿰申申歌鐘乙（集成211）（蔡）	蔡侯⿱⿰申申⿰申申歌鐘丁（集成218）（蔡）	蔡侯⿱⿰申申⿰申申歌鐘辛（集成216）（蔡）
蔡侯⿱⿰申申⿰申申盤（集成10171）（蔡）	蔡侯⿱⿰申申⿰申申盤（集成10171）（蔡）	蔡侯⿱⿰申申⿰申申鎛丁（集成222）（蔡）	蔡侯⿱⿰申申⿰申申鎛丁（集成222）（蔡）
蔡侯⿱⿰申申⿰申申尊（集成6010）（蔡）	番君召簠蓋（集成4585）（番）	番君召簠（集成4586）（番）	番君召簠（集成4582）（番）
蔡大師⿰月與鼎（集成2738）（蔡）	國子鼎器（集成1348）	國子鼎器蓋（集成1348）	國子中官鼎器（集成1935）
楚子超鼎（集成2231）（楚）	鄧子午鼎（集成2235）（鄧）	盅子𢦏鼎蓋（集成2286）	曾孫無期鼎（集成2606）（曾）
鄬子蒷臺鼎蓋（集成2498）	鄬子蒷臺鼎器（集成2498）	王子吳鼎（集成2717）（楚）	王子吳鼎（集成2717）（楚）
⿱⺮膚太史申鼎（集成2732）（莒）	與子具鼎（新收1399）	鄭莊公之孫盧鼎（新收1237）（鄭）	襄腫子湯鼎（新收1310）（楚）
夫⿰足欠申鼎（新收1250）（舒）	襄腫子湯鼎（新收1310）（楚）	伯怡父鼎乙（新收1966）	義子曰鼎（通鑑2179）
鄬子孟升嬭鼎蓋（新收523）（楚）	鄬子孟升嬭鼎器（新收523）（楚）	鄬子吳鼎蓋（新收533）（楚）	鄬子吳鼎器（新收533）（楚）
鄬子吳鼎蓋（新收532）（楚）	尊父鼎（通鑑2296）	鄭莊公之孫盧鼎（通鑑2326）	國子鼎（通鑑2334）

- ⿰阝睪子鼎（通鑑 2382）（齊）
- 歸父敦（集成 4640）（齊）
- 齊侯盂（集成 10318）（齊）
- 洹子孟姜壺（集成 9729）（齊）
- 洹子孟姜壺（集成 9729）（齊）
- 洹子孟姜壺（集成 9730）（齊）
- 羊子戈（集成 11090）（魯）
- 復公仲簋蓋（集成 4128）
- 慶孫之子蛛簠器（集成 4502）
- 曾子原彝簠（集成 4573）（曾）
- 子季嬴青簠蓋（集成 4594）（楚）
- 嘉子伯昜臚簠蓋（集成 4605）

- ⿰阝睪子鼎（通鑑 2382）（齊）
- 歸父敦（集成 4640）（齊）
- 洹子孟姜壺（集成 9729）（齊）
- 洹子孟姜壺（集成 9730）（齊）
- 洹子孟姜壺（集成 9729）（齊）
- 洹子孟姜壺（集成 9730）（齊）
- 羊子戈（集成 11089）（魯）
- 曾子遇簠（集成 4488）（曾）
- 慶孫之子蛛簠蓋（集成 4502）
- 宋公䜌簠（集成 4589）（宋）
- 王子臣俎（通鑑 6320）
- 嘉子伯昜臚簠蓋（集成 4605）

- ⿰阝睪子鼎（通鑑 2382）（齊）
- 齊侯敦（集成 4645）（齊）
- 洹子孟姜壺（集成 9730）（齊）
- 洹子孟姜壺（集成 9729）（齊）
- 洹子孟姜壺（集成 9729）（齊）
- 洹子孟姜壺（集成 9730）（齊）
- 陳子山戈（集成 11084）（齊）
- 曾子遇簠（集成 4489）（曾）
- 叔⿰牛犬父簠蓋（集成 4544）
- 宋公䜌簠（集成 4590）（宋）
- 王子申盞（集成 4643）（楚）
- 嘉子伯昜臚簠器（集成 4605）

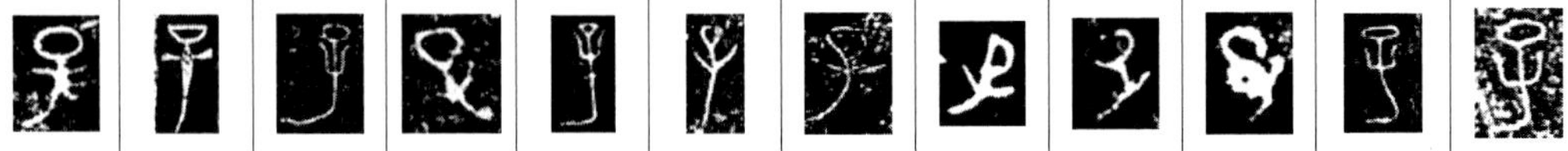

- ⿰阝睪子鼎（通鑑 2382）（齊）
- 齊侯盂（集成 10318）（齊）
- 洹子孟姜壺（集成 9730）（齊）
- 洹子孟姜壺（集成 9729）（齊）
- 洹子孟姜壺（集成 9730）（齊）
- 公子土斧壺（集成 9709）（齊）
- 鄶侯少子簋（集成 4152）（莒）
- 蔡公子義工簠（集成 4500）（蔡）
- 鄬子棗簠（集成 4545）
- 子季嬴青簠蓋（集成 4594）（楚）
- 子之弄鳥尊（集成 5761）
- 嘉子伯昜臚簠器（集成 4605）

楚屈子赤目簠蓋（集成4612）（楚）	楚屈子赤目簠蓋（集成4612）（楚）	楚屈子赤目簠器（新收1230）（楚）	楚屈子赤目簠器（新收1230）（楚）
曾簠（集成4614）	許子妝簠蓋（集成4616）（許）	許子妝簠蓋（集成4616）（許）	樂子嚷豧簠（集成4618）（宋）
樂子嚷豧簠（集成4618）（宋）	郳太宰簠蓋（集成4624）（郳）	郳太宰簠蓋（集成4624）（郳）	飤簠器（新收476）（楚）
飤簠器（新收477）（楚）	飤簠蓋（新收478）（楚）	飤簠器（新收478）（楚）	鄬子大簠蓋（新收541）（楚）
鄬子大簠器（新收541）（楚）	鄬子孟青嬭簠器（通鑑5947）	許公買簠蓋（通鑑5950）	許公買簠器（通鑑5950）
鄬子孟青嬭簠器（新收522）（楚）	楚子㚖鄴敦（集成4637）（楚）	蔿鬲（新收458）（楚）	晉公盆（集成10342）（晉）
徐王義楚觶（集成6513）（徐）	王子啓疆尊（通鑑11733）	復公仲壺（集成9681）	者尚余卑盤（集成10165）
孝子平壺（新收1088）（莒）	君子壺（新收992）（晉）	鄭太子之孫與兵壺蓋（新收1980）	𨙶子䆊缶（集成9995）
鄭太子之孫與兵壺蓋（新收1980）	鄭太子之孫與兵壺器（新收1980）	唐子仲瀕兒瓶（新收1211）（唐）	唐子仲瀕兒盤（新收1210）（唐）
唐子仲瀕兒匜（新收1209）（唐）	蔡侯盤（新收471）（蔡）	唐子仲瀕兒盤（新收1210）（唐）	蔡大司馬燮盤（通鑑14498）
邵子裁盤（新收1372）（羅）	吳王夫差盉（新收1475）（吳）	羅兒匜（新收1266）	王子申匜（新收1675）（楚）
智君子鑑（集成10288）（晉）	智君子鑑（集成10289）（晉）	鄬子倗浴缶器（新收459）	鄬子倗浴缶蓋（新收459）

- 鄬子倗浴缶蓋（新收460）
- 曹鰍尋員劍（新收1241）（吳）
- 配兒鉤鑃乙（集成427）（吳）
- 臧孫鐘甲（集成93）（吳）
- 臧孫鐘丙（集成95）（吳）
- 臧孫鐘戊（集成97）（吳）
- 臧孫鐘庚（集成99）（吳）
- 臧孫鐘壬（集成101）（吳）
- 子璋鐘丙（集成115）（許）
- 子璋鐘丁（集成116）（許）
- 子璋鐘庚（集成119）（許）
- 簷叔之仲子平鐘己（集成177）（莒）

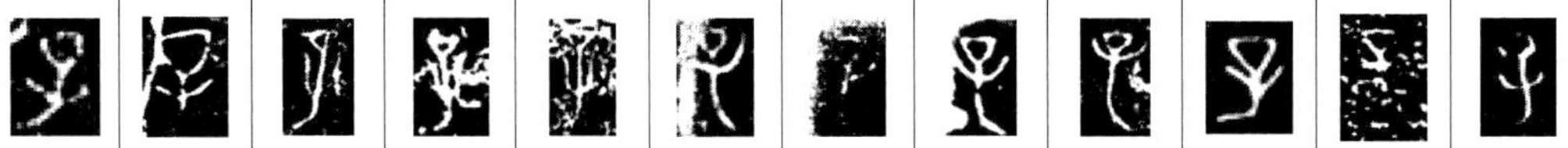

- 鄬子倗浴缶器（新收460）
- 工盧王姑發𦖞反之弟劍（新收988）（吳）
- 工太子姑發𦖞反劍（集成11718）（吳）
- 臧孫鐘甲（集成93）（吳）
- 臧孫鐘丁（集成96）（吳）
- 臧孫鐘己（集成98）（吳）
- 臧孫鐘辛（集成100）（吳）
- 子璋鐘甲（集成113）
- 子璋鐘丙（集成115）（許）
- 子璋鐘戊（集成117）（許）
- 簷叔之仲子平鐘甲（集成172）（莒）
- 簷叔之仲子平鐘辛（集成179）（莒）

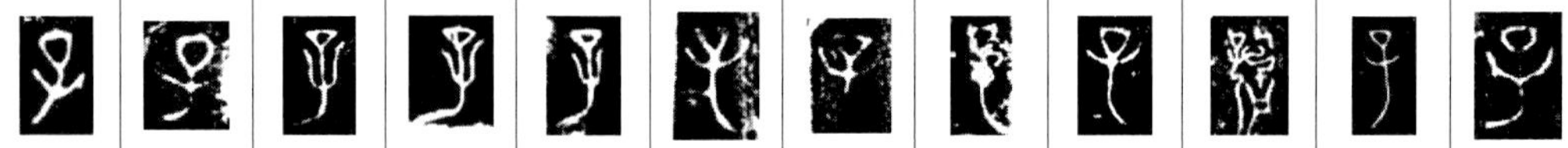

- 王子嬰次鐘（集成52）（楚）
- 姑馮昏同之子句鑃（集成424）（越）
- 越邾盟辭鎛乙（集成156）（越）
- 臧孫鐘乙（集成94）（吳）
- 臧孫鐘丁（集成96）（吳）
- 臧孫鐘己（集成98）（吳）
- 臧孫鐘辛（集成100）（吳）
- 子璋鐘乙（集成114）
- 子璋鐘丁（集成116）（許）
- 子璋鐘戊（集成117）（許）
- 簷叔之仲子平鐘甲（集成172）（莒）
- 簷叔之仲子平鐘壬（集成180）（莒）

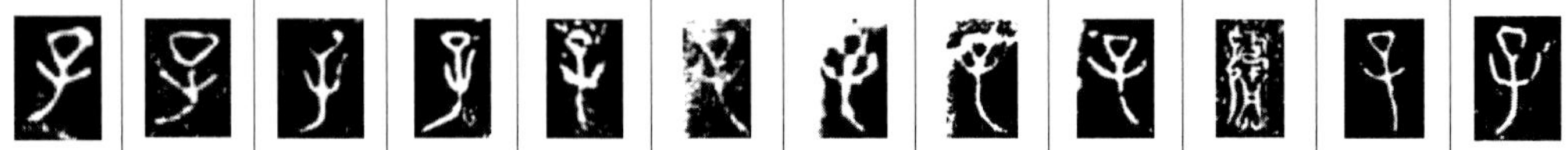

- 余贎逐兒鐘丙（集成185）（徐）
- 姑馮昏同之子句鑃（集成424）（越）
- 越邾盟辭鎛乙（集成156）（越）
- 臧孫鐘丙（集成95）（吳）
- 臧孫鐘戊（集成97）（吳）
- 臧孫鐘庚（集成99）（吳）
- 臧孫鐘壬（集成101）（吳）
- 子璋鐘乙（集成114）（許）
- 子璋鐘丁（集成116）（許）
- 子璋鐘己（集成118）（許）
- 簷叔之仲子平鐘丁（集成175）（莒）
- 簷叔之仲子平鐘壬（集成180）（莒）

敬事天王鐘乙（集成 74）（楚）	敬事天王鐘庚（集成 79）（楚）	敬事天王鐘壬（集成 81）（楚）	工盧王姑發罶反之弟劍（新收 988）（吳）
沇兒鎛（集成 203）（徐）	沇兒鎛（集成 203）（徐）	足利次留元子鐘（通鑑 15361）（徐）	徐王子旃鐘（集成 182）（徐）
徐王子旃鐘（集成 182）（徐）	遷沁鐘三（新收 1253）（舒）	遷沁鐘三（新收 1253）（舒）	遷沁鎛丙（通鑑 15794）（舒）
遷沁鎛丙（通鑑 15794）（舒）	遷沁鐘六（新收 1256）（舒）	遷沁鎛丁（通鑑 15795）（舒）	遷沁鎛丁（通鑑 15795）（舒）
其次句鑃（集成 421）（越）	其次句鑃（集成 422）（越）	喬君鉦鋮（集成 423）（許）	蔑子戈（集成 10898）
𢓜子戈（集成 10904）	𢓜子戈（集成 10905）	徹子戈（集成 11076）	𠭯子戈（集成 11080）
君子翮戟（集成 11088）	王子反戈（集成 11122）	徐王之子叚戈（集成 11282）（徐）	愓子斨戈（通鑑 17227）
鼄公華鐘（集成 245）（邾）	鼄公華鐘（集成 245）（邾）	邾公孫班鎛（集成 140）（邾）	王子□戈（通鑑 17318）
郘黛鐘二（集成 226）（晉）	郘黛鐘二（集成 226）（晉）	郘黛鐘四（集成 228）（晉）	郘黛鐘四（集成 228）（晉）
郘黛鐘六（集成 230）（晉）	郘黛鐘七（集成 231）（晉）	郘黛鐘八（集成 232）（晉）	郘黛鐘九（集成 233）（晉）
郘黛鐘九（集成 233）（晉）	郘黛鐘十（集成 234）（晉）	郘黛鐘十一（集成 235）（晉）	郘黛鐘十三（集成 237）（晉）
侯古堆鎛戊（新收 279）	鄱子成周鐘乙（新收 284）	鄝子白鐸（新收 393）（鄝）	次尸祭缶（新收 1249）（徐）

次尸祭缶（新收 1249）（徐）
吳季子之子逞劍（集成 11640）（吳）
越王之子勾踐劍（集成 11594）（越）
越王之子勾踐劍（集成 11595）（越）
蔡公子加戈（集成 11148）（蔡）
王子孜戈（集成 11207）（吳）
王子孜戈（集成 11208）（吳）
郘子劍（集成 11678）
子可期戈（集成 11072）
蔡公子果戈（集成 11145）（蔡）
蔡公子果戈（集成 11147）（蔡）
蔡公子加戈（通鑑 17220）（蔡）
蔡公子頒戈（通鑑 16877）
秦景公石磬（通鑑 19778）（秦）
秦景公石磬（通鑑 19779）（秦）
秦景公石磬（通鑑 19778）（秦）
石鼓（通鑑 19816）（秦）
石鼓（獵碣·汧沔）（通鑑 19817）（秦）
石鼓（獵碣·田車）（通鑑 19818）（秦）
石鼓（獵碣·霝雨）（通鑑 19820）（秦）
石鼓（獵碣·而師）（通鑑 19822）（秦）
鄬子倗尊缶（新收 462）（楚）
鄬子倗尊缶（通鑑 14067）（楚）

【春秋後期】

東姬匜（新收 398）（楚）
東姬匜（新收 398）（楚）
東姬匜（新收 398）（楚）
黝鐘戊（新收 485）（楚）
黝鐘甲（新收 482）（楚）
齊縈姬盤（集成 10147）（齊）
蔡子佗匜（集成 10196）（蔡）

【春秋時期】

鐘伯侵鼎（集成 2668）
曹伯狄簋殘蓋（集成 4019）（曹）
陳姬小公子盨蓋（集成 4379）（陳）
鄧伯吉射盤（集成 10121）（鄧）
申公彭宇簠（集成 4611）（鄀）
申公彭宇簠（集成 4610）（鄀）
敆余敦（新收 1627）
取膚上子商盤（集成 10126）（魯）
黃太子伯克盆（集成 10338）（黃）
黃太子伯克盆（集成 10338）（黃）
子季嬴青盆（集成 10339）
齊皇壺（集成 9659）（齊）
彭子仲盆蓋（集成 10340）
彭子仲盆蓋（集成 10340）
取膚上子商盤（集成 10126）（魯）
中子化盤（集成 10137）（楚）

季 㝅 字

般仲柔盤（集成10143）

黃韋俞父盤（集成10146）（黃）

番仲艾匜（集成10258）（番）

薛侯匜（集成10263）（薛）

陳伯元匜（集成10267）（陳）

大孟姜匜（集成10274）

大孟姜匜（集成10274）

公父宅匜（集成10278）

子⿰忄删子戈（集成10958）（齊）

子⿰忄删子戈（集成10958）（齊）

史孔卮（集成10352）

⿷匚从君壺（集成9680）

交君子叕鼎（集成2572）

師麻孝叔鼎（集成2552）

痵鼎（集成2569）

【春秋晚期】

吳王光鑑甲（集成10298）（吳）

余贎逐兒鐘甲（集成183）（徐）

余贎逐兒鐘乙（集成184）（徐）

【春秋早期】

叔㝅匜（集成10219）

陳子匜（集成10279）（陳）

【春秋早期】

魯太宰原父簋（集成3987）（魯）

魯伯大父簋（集成3974）（魯）

伯歸⿱叀土鼎（集成2645）（曾）

陳侯鬲（集成705）（陳）

陳侯鬲（集成706）

國子碩父鬲（新收48）

國子碩父鬲（新收49）

伯歸⿱叀土鼎（集成2644）（曾）

虢季鼎（新收9）（虢）

虢季鼎（新收10）（虢）

虢季鼎（新收11）（虢）

虢季鼎（新收12）（虢）

虢季鼎（新收13）（虢）

虢季鼎（新收14）（虢）

虢季鼎（新收15）（虢）

虢季鼎（新收15）（虢）

虢季鼎（新收13）（虢）

虢季鼎（新收12）（虢）

虢季鼎（新收11）（虢）

虢季鼎（新收10）（虢）

虢季鼎（新收9）（虢）

虢季鬲（新收23）（虢）

虢季鬲（新收22）（虢）

虢季鬲（新收26）（虢）	虢季鬲（新收25）（虢）	虢季鬲（新收27）（虢）	虢季鬲（新收24）（虢）
虢季簋蓋（新收16）（虢）	虢季簋器（新收16）（虢）	虢季簋蓋（新收17）（虢）	虢季簋器（新收17）（虢）
虢季簋蓋（新收18）（虢）	虢季簋器（新收18）（虢）	虢季簋器（新收19）（虢）	虢季簋器（新收20）（虢）
虢季盨器（新收32）（虢）	虢季盨蓋（新收33）（虢）	虢季盨器（新收33）（虢）	虢季盨蓋（新收31）（虢）
虢季盨器（新收31）（虢）	虢季盨蓋（新收34）（虢）	虢季盨器（新收34）（虢）	虢季簠蓋（新收35）（虢）
虢季鋪（新收36）（虢）	虢季鋪（新收37）（虢）	虢季方壺（新收38）（虢）	虢季盤（新收40）（虢）
虢季鐘乙（新收2）（虢）	虢季鐘丙（新收3）（虢）	虢季鐘戊（新收6）（虢）	虢季鐘庚（新收7）（虢）
虢季鐘庚（新收8）（虢）	虢季氏子組鬲（集成662）（虢）	虢季氏子組鬲（通鑑2918）	郳季寬車匜（集成10234）（黃）
郳季寬車壺蓋（集成9658）	郳季寬車盤（集成10109）（黃）	邛季之孫戈（集成11252）（江）	鑄侯求鐘（集成47）（鑄）
楚季苟盤（集成10125）（楚）	夆叔盤（集成10163）（滕）	弟大叔殘器（新收997）	虘北鼎（集成2082）
黃季鼎（集成2565）（黃）	黃季鼎（集成2565）（黃）	**【春秋中期】**	周王孫季怡戈（集成11309）（周）
宜桐盂（集成10320）（徐）	伯遊父鐳（通鑑14009）	季子康鎛乙（通鑑15786）	曾大工尹季詒戈（集成11365）（曾）

秄

【春秋晚期】

宋公䜌簠（集成4589）（宋）

宋公䜌簠（集成4590）（宋）

子季嬴青簠蓋（集成4594）（楚）

蔡叔季之孫⿱君貝匜（集成10284）（蔡）

工獻季生匜（集成10212）

夆叔匜（集成10282）（滕）

吳季子之子逞劍（集成11640）（吳）

【春秋時期】

子季嬴青盆（集成10339）

【春秋中期】

䜌書缶蓋（集成10008）（晉）

䜌書缶器（集成10008）（晉）

【春秋早期】

陳侯簠（集成4607）（陳）

齊趫父鬲（集成685）（齊）

魯伯大父簋（集成3988）（魯）

弗奴父鼎（集成2589）（費）

叔虎父簠（集成4592）（邾）

孟城瓶（集成9980）

毛叔盤（集成10145）（毛）

陳侯簠（集成4606）（陳）

黃君孟鼎（集成2497）（黃）

黃子鼎（集成2567）（黃）

黃子鬲（集成624）（黃）

黃君孟壺（集成9636）（黃）

黃君孟鐳（集成9963）（黃）

黃子鐳（集成9966）（黃）

黃君孟盤（集成10104）（黃）

黃君孟匜（集成10230）（黃）

黃子鐳（新收94）

黃子盤（集成10122）（黃）

黃子匜（集成10254）（黃）

黃子罐（集成9987）（黃）

黃子器座（集成10355）（黃）

齊趫父鬲（集成686）（齊）

⿱鼎木姬鬲（新收1070）

【春秋中期】

長子⿰貝毚臣簠蓋（集成4625）（晉）

長子⿰貝毚臣簠器（集成4625）（晉）

魯少司寇封孫宅盤（集成10154）（魯）

【春秋晚期】

鄬子孟升嬭鼎蓋（新收523）（楚）

孟縢姬缶（集成10005）（楚）

孟縢姬缶器（新收417）（楚）

盂

賈孫叔子屖盤（通鑑14516）	洹子孟姜壺（集成9730）（齊）	洹子孟姜壺（集成9729）（齊）	洹子孟姜壺（集成9729）（齊）
洹子孟姜壺（集成9730）（齊）	趙孟庎壺（集成9679）（晉）	齊侯敦（集成4645）（齊）	齊侯匜（集成10283）（齊）
復公仲簋蓋（集成4128）	許子妝簠蓋（集成4616）（許）	孟縢姬缶（新收416）（楚）	鄬子孟嬭青簠器（通鑑5947）
蔡侯簠甲蓋（新收1896）（蔡）	蔡侯簠甲器（新收1896）（蔡）	蔡侯簠乙（新收1897）（蔡）	鄬子孟青嬭簠器（新收522）（楚）
蔡侯䌛缶（集成10004）（蔡）	蔡侯䌛尊（集成5939）（蔡）	蔡侯䌛尊（集成6010）（蔡）	蔡大司馬燮盤（通鑑14498）
蔡叔季之孫君匜（集成10284）（蔡）	蔡侯䌛歌鐘甲（集成210）（蔡）	蔡侯䌛歌鐘乙（集成211）（蔡）	蔡侯䌛歌鐘丙（集成217）（蔡）
蔡侯䌛歌鐘丁（集成218）（蔡）	蔡侯䌛鎛丁（集成222）（蔡）	曾子原彝簠（集成4573）（曾）	曹公簠（集成4593）（曹）
倗夫人嫚鼎（通鑑2386）	【春秋時期】	大孟姜匜（集成10274）	陳伯元匜（集成10267）（陳）
齊侯盤（集成10123）（齊）			
【春秋早期】	魯大司徒子仲白匜（集成10277）（魯）	曹公盤（集成10144）（曹）	陳子匜（集成10279）（陳）
郜伯鼎（集成2601）（郜）	鑄公簠蓋（集成4574）（鑄）	曾孟嬴剈簠（新收1199）（曾）	【春秋時期】
曾孟嫋諫盆蓋（集成10332）（曾）	曾孟嫋諫盆器（集成10332）（曾）	匽君壺（集成9680）	

《說文》：「，古文孟。」			
【春秋早期】	 上鄀公敄人簋蓋（集成4183）（鄀）	【春秋中期】	 欒書缶器（集成 10008）（晉）
 欒書缶蓋（集成 10008）（晉）	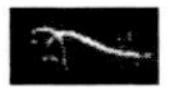 鄬子受鎛丁（新收 516）（楚）	 鄬子受鎛庚（新收 519）（楚）	 鄬子受鎛甲（新收 513）（楚）
 鄬子受鎛乙（新收 514）（楚）	 鄬子受鎛丙（新收 515）（楚）	 鄬子受鐘甲（新收 504）（楚）	 鄬子受鐘丙（新收 506）（楚）
 鄬子受鐘己（新收 509）（楚）			

【春秋早期】	 伯氏鼎（集成 2443）	 伯氏鼎（集成 2444）	 伯氏鼎（集成 2446）
 伯氏鼎（集成 2447）	 武生毀鼎（集成 2523）	 鄭叔猷父鬲（集成 579）（鄭）	 鄭井叔歆父鬲（集成581）（鄭）
 郳始逕母鬲（集成 596）（郳）	 國子碩父鬲（新收 48）	 國子碩父鬲（新收 48）	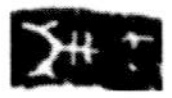 㜸姬鬲（新收 1070）
【春秋中期】	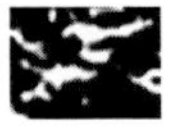 子犯鐘甲 D（新收 1011）（晉）	 子犯鐘乙 D（新收 1023）（晉）	【春秋晚期】
 洹子孟姜壺（集成 9730）			

【春秋早期】	 魯伯愈父鬲（集成 690）（魯）	 魯伯愈父鬲（集成 691）（魯）	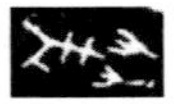 魯伯愈父鬲（集成 692）（魯）
 魯伯愈父鬲（集成 695）（魯）	 魯伯愈父鬲（集成 693）（魯）	 魯伯愈父鬲（集成 694）（魯）	

【春秋晚期】

叔尸鐘一（集成 272）（齊）

【春秋晚期】

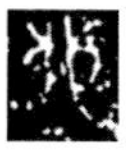
羅兒匜（新收 1266）

陳卯戈（集成 11034）（齊）

龔王之卯戈（通鑑 17216）（楚）

【春秋早期】

伯辰鼎（集成 2652）（徐）

【春秋晚期】

鼄公牼鐘丁（集成 152）（邾）

王子嬰次鐘（集成 52）（楚）

足利次留元子鐘（通鑑 15361）（徐）

鼄公牼鐘甲（集成 149）（邾）

鼄公牼鐘丙（集成 151）（邾）

鼄公牼鐘乙（集成 150）（邾）

【春秋早期】

[illegible]子鼎（通鑑 2382）（齊）

吳王光鑑甲（集成 10298）（吳）

足利次留元子鐘（通鑑 15361）（徐）

遷邟鐘三（新收 1253）（舒）

遷邟鎛甲（通鑑 15792）（舒）

遷邟鎛丙（通鑑 15794）（舒）

遷邟鎛丁（通鑑 15795）（舒）

攻敔王劍（集成 11665）（吳）

蔡侯䜌盤（集成 10171）（蔡）

【春秋時期】

申公彭宇簠（集成 4610）（鄀）

【春秋早期】

㠱伯子庭父盨器（集成 4443）（紀）

㠱伯子庭父盨蓋（集成 4443）（紀）

㠱伯子庭父盨蓋（集成 4443）（紀）

㠱伯子庭父盨蓋（集成 4443）（紀）

㠱伯子庭父盨器（集成 4443）（紀）

㠱伯子庭父盨器（集成 4443）（紀）

㠱伯子庭父盨蓋（集成 4444）（紀）

㠱伯子庭父盨蓋（集成 4444）（紀）

㠱伯子庭父盨器（集成 4444）（紀）

㠱伯子庭父盨器（集成 4444）（紀）

㠱伯子庭父盨器（集成 4445）（紀）

㠱伯子庭父盨器（集成 4445）（紀）

㠱伯子庭父盨器（集成 4445）（紀）

邾太宰欉子斟簠（集成 4623）（邾）

曾伯桼簠（集成 4631）（曾）

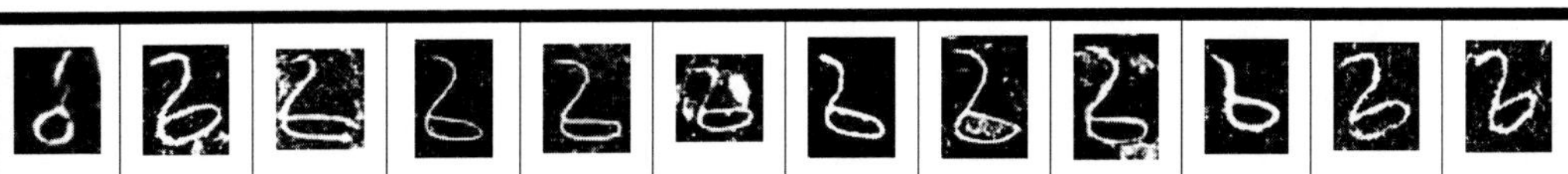

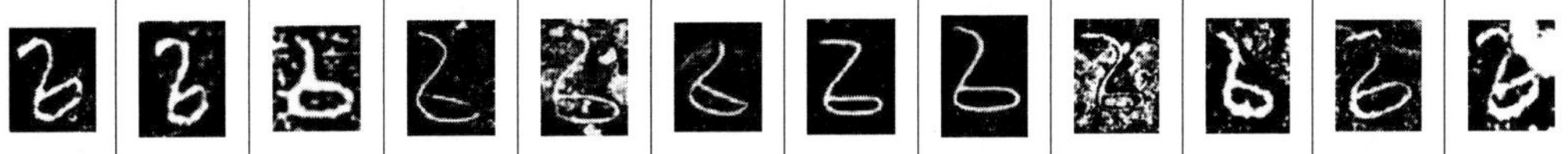

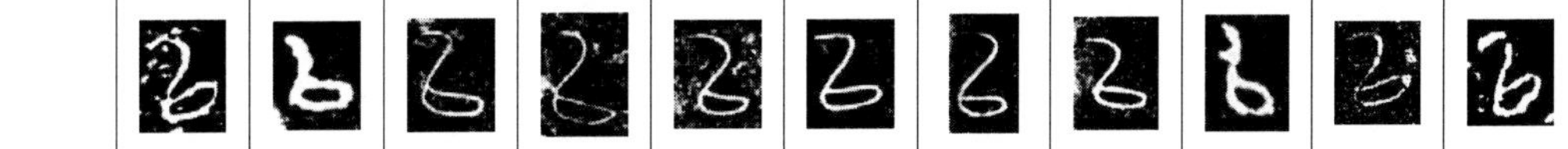

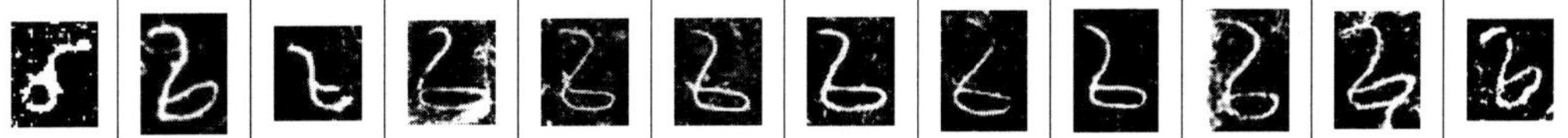

宗婦鄁嬰簋蓋（集成4079）（鄁）

宗婦鄁嬰簋（集成4080）（鄁）

宗婦鄁嬰簋器（集成4084）（鄁）

宗婦鄁嬰簋蓋（集成4084）（鄁）

宗婦鄁嬰壺器（集成9698）（鄁）

宗婦鄁嬰壺器（集成9699）（鄁）

宗婦鄁嬰鼎（集成2684）（鄁）

宗婦鄁嬰鼎（集成2685）（鄁）

曾伯霥簠蓋（集成4632）（曾）

曾伯霥簠蓋（集成4632）（曾）

曾伯霥簠（集成4631）（曾）

秦公鐘甲（集成262）（秦）

秦公鐘甲（集成262）（秦）

秦公鐘甲（集成262）（秦）

秦公鐘乙（集成263）（秦）

秦公鐘乙（集成263）（秦）

秦公鐘丙（集成264）（秦）

秦公鐘丁（集成265）（秦）

秦公鐘戊（集成266）（秦）

秦公鐘戊（集成266）（秦）

秦子鎛（通鑑15770）（秦）

秦公鎛甲（集成267）（秦）

秦公鎛甲（集成267）（秦）

秦公鎛甲（集成267）（秦）

秦公鎛甲（集成267）（秦）

秦公鎛乙（集成268）（秦）

秦公鎛乙（集成268）（秦）

秦公鎛乙（集成268）（秦）

秦公鎛乙（集成268）（秦）

秦公鎛乙（集成268）（秦）

秦公鎛丙（集成269）（秦）

秦公鎛丙（集成269）（秦）

秦公鎛丙（集成269）

秦公鎛丙（集成269）（秦）

秦公鎛丙（集成269）（秦）

秦公簋器（集成4315）（秦）

秦公簋器（集成4315）（秦）

叔朕簠（集成4621）（戴）

叔朕簠（集成4620）（戴）

叔朕簠（集成4622）（戴）

宗婦鄁嬰簋蓋（集成4078）（鄁）

宗婦鄁嬰簋器（集成4078）（鄁）

宗婦鄁嬰鼎（集成2686）（鄁）

宗婦鄁嬰鼎（集成2687）（鄁）

繁伯武君鬲（新收1319）

宗婦鄁嬰簋（集成4077）（鄁）

【春秋中期】

以鄧匜（新收405）

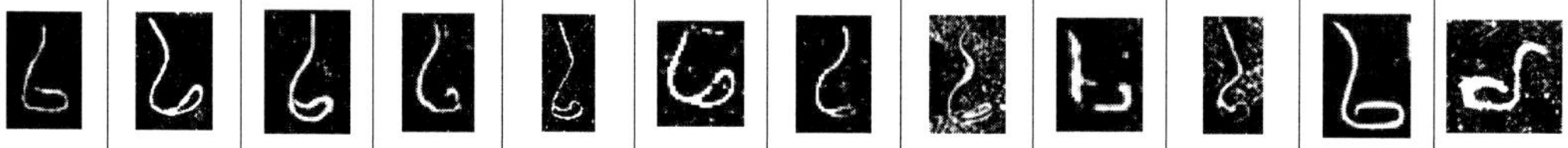

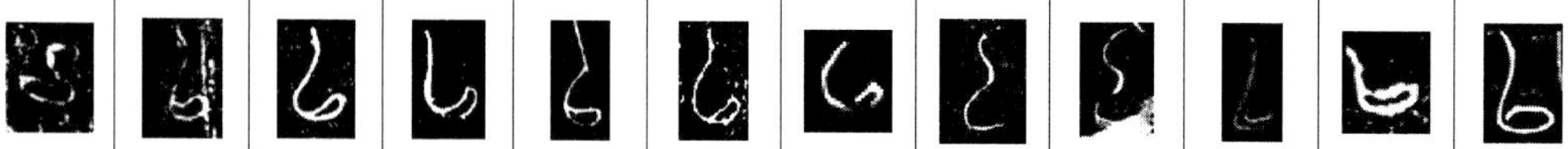

以鄧鼎蓋（新收406）（楚）	以鄧鼎器（新收406）（楚）	宜桐盂（集成10320）（徐）	欒書缶器（集成10008）（晉）
欒書缶器（集成10008）（晉）	欒書缶器（集成10008）（晉）	【春秋晚期】	徐王子旃鐘（集成182）（徐）
沇兒鎛（集成203）（徐）	沇兒鎛（集成203）（徐）	沇兒鎛（集成203）（徐）	⿰化阝夫人⿰女囂鼎（通鑑2386）
侯古堆鎛甲（新收276）	徐王子旃鐘（集成182）（徐）	徐王子旃鐘（集成182）（徐）	王子午鼎（集成2811）（楚）
王子午鼎（新收447）（楚）	王子午鼎（新收444）（楚）	王子午鼎（新收446）（楚）	王子午鼎（新收449）（楚）
王子午鼎（新收445）（楚）	王孫誥鐘一（新收418）（楚）	王孫誥鐘二（新收419）（楚）	王孫誥鐘二（新收419）（楚）
王孫誥鐘四（新收421）（楚）	王孫誥鐘四（新收421）（楚）	王孫誥鐘五（新收422）（楚）	王孫誥鐘六（新收423）（楚）
王孫誥鐘七（新收424）（楚）	王孫誥鐘九（新收426）（楚）	王孫誥鐘九（新收426）（楚）	王孫誥鐘十（新收427）（楚）
王孫誥鐘十（新收427）（楚）	王孫誥鐘十二（新收429）（楚）	王孫誥鐘十二（新收429）（楚）	王孫誥鐘十四（新收431）（楚）
王孫誥鐘十四（新收431）（楚）	王孫誥鐘十六（新收436）（楚）	王孫誥鐘十六（新收436）（楚）	王孫誥鐘十九（新收437）（楚）
王孫誥鐘十九（新收437）（楚）	王孫誥鐘二十五（新收441）（楚）	王孫誥鐘二十五（新收441）（楚）	𪒠鎛甲（新收489）（楚）
𪒠鎛乙（新收490）（楚）	姑馮昏同之子句鑃（集成424）（越）	郘大叔斧（集成11788）（晉）	聖靡公⿰牜奐鼓座（集成429）

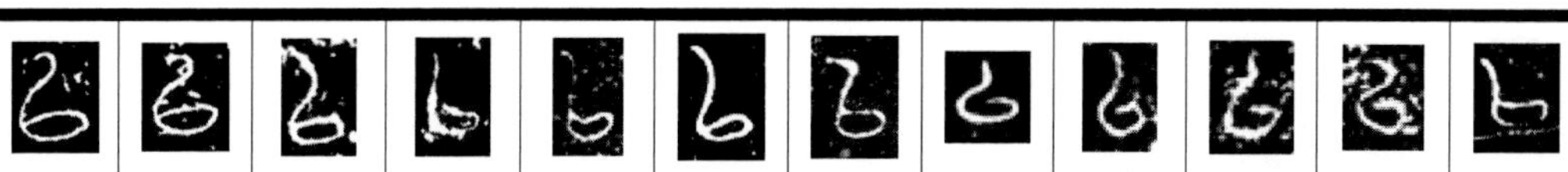

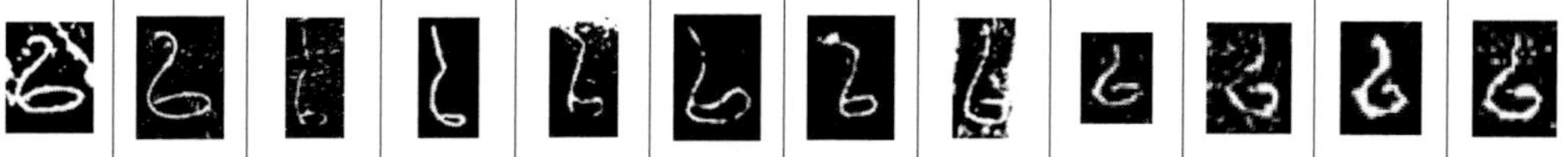

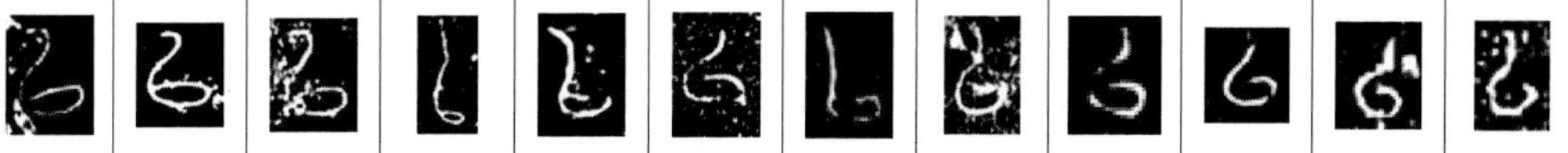

徐王子旃鐘（集成182）（徐）	邵黛鐘一（集成225）（晉）	邵黛鐘二（集成226）（晉）	邵黛鐘二（集成226）（晉）
邵黛鐘二（集成226）（晉）	邵黛鐘四（集成228）（晉）	邵黛鐘四（集成228）（晉）	邵黛鐘四（集成228）（晉）
邵黛鐘七（集成231）（晉）	邵黛鐘七（集成231）（晉）	邵黛鐘七（集成231）（晉）	邵黛鐘八（集成232）（晉）
邵黛鐘八（集成232）（晉）	邵黛鐘九（集成233）（晉）	邵黛鐘九（集成233）（晉）	邵黛鐘九（集成233）（晉）
邵黛鐘十一（集成235）（晉）	邵黛鐘十一（集成235）（晉）	杕氏壺（集成9715）（燕）	鄭莊公之孫盧鼎（通鑑2326）
敬事天王鐘乙（集成74）（楚）	敬事天王鐘乙（集成74）（楚）	敬事天王鐘戊（集成77）（楚）	敬事天王鐘己（集成78）（楚）
敬事天王鐘庚（集成79）（楚）	敬事天王鐘壬（集成81）（楚）	敬事天王鐘壬（集成81）（楚）	郳公鈓鐘（集成102）（郳）
子璋鐘甲（集成113）（許）	子璋鐘乙（集成114）（許）	子璋鐘丙（集成115）（許）	子璋鐘丁（集成116）（許）
子璋鐘戊（集成117）（許）	子璋鐘庚（集成119）（許）	許公買簠器（通鑑5950）	許公買簠蓋（通鑑5950）
齊睪氏鐘（集成142）（齊）	喬君鉦鋮（集成423）（許）	許公買簠器（集成4617）（許）	秦景公石磬（通鑑19792）（秦）
石鼓（通鑑19816）（秦）	秦景公石磬（通鑑19798）（秦）	秦景公石磬（通鑑19796）（秦）	石鼓（獵碣・汧沔）（通鑑19817）（秦）
石鼓（獵碣・霝雨）（通鑑19820）（秦）	石鼓（獵碣・霝雨）（通鑑19820）（秦）	石鼓（獵碣・田車）（通鑑19818）（秦）	秦景公石磬（通鑑19780）（秦）

午

【春秋時期】	宗婦鄁嬰簋（通鑑4986）	【春秋或戰國時期】	自用命劍（集成11610）
【春秋早期】	㠱伯子宊父盨蓋（集成4442）（紀）	㠱伯子宊父盨蓋（集成4444）（紀）	㠱伯子宊父盨器（集成4444）（紀）
【春秋早期】	楚嬴盤（集成10148）（楚）	楚嬴匜（集成10273）（楚）	楚大師登鐘甲（通鑑15505）（楚）
楚大師登鐘乙（通鑑15506）（楚）	楚大師登鐘丙（通鑑15507）（楚）	楚大師登鐘丁（通鑑15508）（楚）	楚大師登鐘己（通鑑15510）（楚）
楚大師登鐘辛（通鑑15512）（楚）	叔朕簠（集成4621）（戴）	叔朕簠（集成4620）（戴）	華母壺（集成9638）
曾伯霥簠（集成4631）（曾）	曾伯霥簠蓋（集成4632）（曾）	蔡公子壺（集成9701）	塞公孫寣父匜（集成10276）
【春秋晚期】	蔡太史卮（集成10356）（蔡）	少虡劍（集成11696）（晉）	少虡劍（集成17697）（晉）
王子午鼎（新收445）（楚）	王子午鼎（新收447）（楚）	王子午鼎（新收444）（楚）	王子午鼎（新收446）（楚）
王子午鼎（新收449）（楚）	王子午戟（新收468）（楚）	王子午鼎（集成2811）（楚）	丁兒鼎蓋（新收1712）（應）
鄘侯少子簋（集成4152）（莒）	申文王之孫州桒簠（通鑑5960）	篖叔之仲子平鐘乙（集成173）（莒）	篖叔之仲子平鐘丙（集成174）（莒）
篖叔之仲子平鐘壬（集成180）（莒）	配兒鉤鑃乙（集成427）（吳）	鄧子午鼎（集成2235）（鄧）	哀成叔鼎（集成2782）（鄭）
【春秋時期】	永寶用享盤（集成10058）	公父宅匜（集成10278）	子季嬴青盆（集成10339）

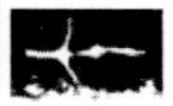 鼄叔之伯鐘（集成 87）（邾）			

未

【春秋早期】	 郜公平侯鼎（集成 2771）（郜）	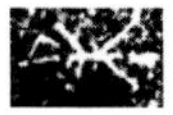 郜公平侯鼎（集成 2772）（郜）	【春秋中期】
 子犯鐘甲 A（新收 1008）（晉）	 子犯鐘乙 A（新收 1020）（晉）	【春秋晚期】	 唐子仲瀕兒匜（新收 1209）（唐）
【春秋或戰國時期】	 自用命劍（集成 11610）		

申

【春秋早期】	 戴叔朕鼎（集成 2692）（戴）	 蔡大善夫趣簠蓋（新收 1236）（蔡）	 蔡大善夫趣簠器（新收 1236）（蔡）
【春秋中期】	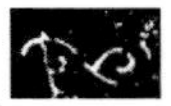 鄬子受鐘己（新收 509）（楚）	 鄬子受鎛甲（新收 513）（楚）	 鄬子受鎛乙（新收 514）（楚）
 鄬子受鎛丙（新收 515）（楚）	 鄬子受鎛丁（新收 516）（楚）	 鄬子受鎛戊（新收 517）（楚）	【春秋晚期】
 篖太史申鼎（集成 2732）（莒）	 夫跌申鼎（新收 1250）（舒）	 嘉子伯昜臚簠蓋（集成 4605）	 嘉子伯昜臚簠器（集成 4605）
 王子申盞（集成 4643）（楚）	 鄭太子之孫與兵壺（新收 1980）	 敬事天王鐘甲（集成 73）（楚）	 敬事天王鐘丙（集成 75）（楚）
 敬事天王鐘丁（集成 76）（楚）	 敬事天王鐘己（集成 78）（楚）	 敬事天王鐘辛（集成 80）（楚）	 石鼓（獵碣·吾水）（通鑑 19824）（秦）
 秦景公石磬（通鑑 19784）（秦）	【春秋晚期】	 黃韋俞父盤（集成 10146）（黃）	

【春秋晚期】	 寬兒鼎（集成 2722）（蘇）	 曾子原彝簠（集成 4573）（曾）	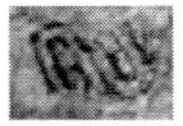 寬兒缶甲（通鑑 14091）

酉

寬兒缶乙（通鑑14092）

【春秋早期】

鄭師遼父鬲（集成731）（鄭）

【春秋中期】

宜桐盂（集成10320）（徐）

國差罎（集成10361）（齊）

【春秋晚期】

黃仲酉鼎（通鑑2338）

黃仲酉簠（通鑑5958）

晉公盆（集成10342）（晉）

徐王義楚觶（集成6513）（徐）

黃仲酉匜（通鑑14987）（曾）

簷叔之仲子平鐘甲（集成172）（莒）

簷叔之仲子平鐘丁（集成175）（莒）

簷叔之仲子平鐘己（集成177）（莒）

簷叔之仲子平鐘庚（集成178）（莒）

簷叔之仲子平鐘辛（集成179）（莒）

簷叔之仲子平鐘壬（集成180）（莒）

沇兒鎛（集成203）（徐）

十一年柏令戈（新收1182）

中央勇矛（集成11566）

醴

【春秋早期】

彭伯壺蓋（新收315）（彭）

【春秋早期】

曾伯陭壺蓋（集成9712）（曾）

曾伯陭壺器（集成9712）（曾）

酷

【春秋晚期】

滕侯吳戈（集成11123）（滕）

配

【春秋中期】

鄬子受鐘乙（新收505）（楚）

鄬子受鐘戊（新收508）（楚）

鄬子受鐘壬（新收512）（楚）

鄬子受鎛甲（新收513）（楚）

鄬子受鎛乙（新收514）（楚）

鄬子受鎛丙（新收515）（楚）

鄬子受鎛丁（新收516）（楚）

鄬子受鎛己（新收518）（楚）

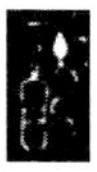
鄬子受鎛辛（新收520）（楚）

【春秋晚期】

蔡侯𩡧盤（集成10171）（蔡）

蔡侯𩡧尊（集成6010）（蔡）

拍敦（集成4644）

文公之母弟鐘（新收1479）

配兒鉤鑃甲（集成426）（吳）

配　酓　⿰酉監　⿰酉正　酋　尊

⿰阝尊　⿰阝酉　⿰阝奠

配兒鉤鑃乙（集成427）（吳）

秦景公石磬（通鑑19787）（秦）

【春秋晚期】

徐王義楚觶（集成6513）（徐）

【春秋晚或戰國早期】

王子台鼎（集成2289）

【春秋早期】

番伯酓匜（集成10259）（番）

【春秋晚期】

楚王酓忎匜（通鑑14986）

楚王酓審盞（新收1809）（楚）

楚王酓忎盤（通鑑14510）

【春秋晚期】

⿰酉監衼想簠蓋（新收534）（楚）

⿰酉監衼想簠器（新收534）（楚）

【春秋早期】

番君⿰酉正伯鬲（集成732）（番）

番君⿰酉正伯鬲（集成734）（番）

【春秋早期】

⿴囗昆君鼎（集成2502）

【春秋早期】

秦公壺乙（新收1348）（秦）

仲姜壺（通鑑12333）

【春秋晚期】

尊父鼎（通鑑2296）

【春秋中期】

江叔⿳夂䖵皿鬲（集成677）（江）

【春秋晚期】

曾仲姬壺（通鑑12329）（曾）

【春秋早期】

芮子仲殿鼎（集成2517）

鼄⿱非鳥白鼎（集成2640）（邾）

鼄⿱非鳥白鼎（集成2641）（邾）

隫

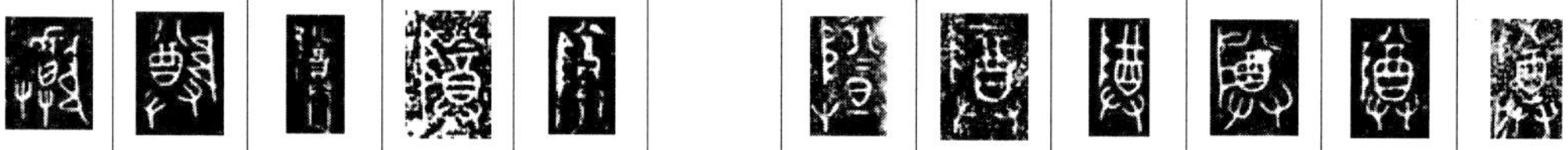

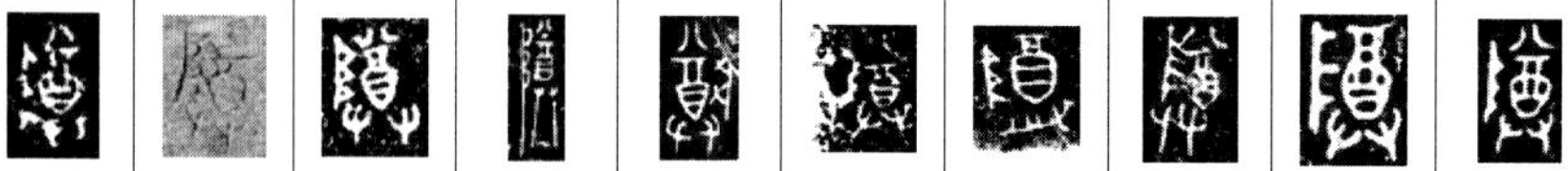

鄬甘摹鼎（新收 1091）

芮子仲𣪘鼎（通鑑 2363）

戴叔慶父鬲（集成 608）（戴）

叔牙父鬲（集成 674）

鼄子㝬伯鬲（集成 742）（曾）

蘇公子癸父甲簋（集成 4014）（蘇）

蘇公子癸父甲簋（集成 4015）（蘇）

鑄叔皮父簋（集成 4127）（鑄）

上鄀公敄人簋蓋（集成 4183）（鄀）

鄀公簠蓋（集成 4569）（鄀）

考叔㸒父簠蓋（集成 4608）（楚）

考叔㸒父簠蓋（集成 4609）（楚）

考叔㸒父簠器（集成 4609）（楚）

芮伯壺蓋（集成 9585）

芮伯壺器（集成 9585）

曾仲斿父方壺蓋（集成 9628）（曾）

曾仲斿父方壺蓋（集成 9629）（曾）

曾仲斿父方壺器（集成 9629）（曾）

蔡公子壺（集成 9701）

秦公壺甲（新收 1347）（秦）

楚季𡕝盤（集成 10125）（楚）

仲姜甗（通鑑 3339）

鄀公平侯鼎（集成 2772）（鄀）

自鼎（集成 2430）

伯遊父鐳（通鑑 14009）

【春秋晚期】

蔡侯𩡨方缶蓋（集成 9993）（蔡）

蔡侯𩡨方缶器（集成 9993）（蔡）

鄬子倗尊缶（新收 462）

鄬子倗尊缶（通鑑 14067）

鄬子倗尊缶（新收 461）

復公仲簋蓋（集成 4128）

競之定豆甲（通鑑 6146）

競之定豆乙（通鑑 6147）

競之定鬲乙（通鑑 2998）

競之定簋甲（通鑑 5226）

競之定簋乙（通鑑 5227）

蔡侯𩡨尊缶（集成 9994）（蔡）

【春秋時期】

曹伯狄簋殘蓋（集成 4019）（曹）

【春秋早期】

鄀公平侯鼎（集成 2771）（鄀）

仲姜鼎（通鑑 2361）

【春秋中期】

盜叔壺（集成 9626）（曾）

盜叔壺（集成 9625）（曾）

⿱⿰𨸏酉廾

【春秋早期】

仲姜簋（通鑑 4056）

⿰阝⿱尊皿

【春秋晚期】

倗尊缶蓋（集成 9988）（楚）

倗尊缶器（新收 414）（楚）

倗尊缶蓋（新收 415）（楚）

倗尊缶器（新收 415）（楚）

成

【春秋中期】

叔師父壺（集成 9706）

【春秋早期】

考叔䏔父簠器（集成 4609）（楚）

蔡子𠭯盞器（新收 1235）

伯亞臣鐳（集成 9974）（黃）

虢季鐘丙（新收 3）（虢）

夆叔盤（集成 10163）（滕）

戎生鐘甲（新收 1613）（晉）

大師盤（新收 1464）

黃太子伯克盤（集成 10162）（黃）

陳侯鼎（集成 2650）（陳）

陳侯簠（集成 4607）（陳）

陳侯盤（集成 10157）（陳）

叔原父甗（集成 947）（陳）

陳侯簠蓋（集成 4603）（陳）

陳侯簠器（集成 4603）（陳）

陳子匜（集成 10279）（陳）

陳侯簠蓋（集成 4604）（陳）

陳侯簠器（集成 4604）（陳）

陳侯簠（集成 4606）（陳）

原氏仲簠（新收 395）（陳）

原氏仲簠（新收 396）（陳）

原氏仲簠（新收 397）（陳）

考叔䏔父簠蓋（集成 4608）（楚）

考叔䏔父簠蓋（集成 4609）（楚）

曾侯子鎛甲（通鑑 15762）

曾侯子鎛乙（通鑑 15763）

曾侯子鎛丙（通鑑 15764）

曾侯子鎛丁（通鑑 15765）

鄧公孫無嬰鼎（新收 1231）（鄧）

王孫壽甗（集成 946）

晉公戈（新收 1866）（晉）

【春秋中期】

季子康鎛甲（通鑑 15785）

季子康鎛丙（通鑑 15787）

季子康鎛丁（通鑑 15788）

𪎭鎛（集成 271）（齊）

國差𦉜（集成 10361）（齊）

者𣳚鐘四（集成 196）（吳）

者𣳚鐘五（集成 197）（吳）

者𣳚鐘九（集成 201）（吳）

者𣳚鐘一（集成 193）（吳）

者𣳚鐘三（集成 195）（吳）

者𣳚鐘十（集成 202）（吳）

𧽊亥鼎（集成 2588）（宋）

上鄀府簠蓋（集成 4613）（鄀）

上鄀府簠器（集成 4613）（鄀）

長子𩓥臣簠蓋（集成 4625）（晉）

長子𩓥臣簠器（集成 4625）（晉）

上鄀公簠蓋（新收 401）（楚）

何次簠（新收 402）

何次簠蓋（新收 403）

何次簠器（新收 403）

何次簠蓋（新收 404）

何次簠器（新收 404）

仲改衛簠（新收 399）

仲改衛簠（新收 400）

伯遊父壺（通鑑 12304）

伯遊父壺（通鑑 12305）

伯遊父鐳（通鑑 14009）

伯遊父盤（通鑑 14501）

以鄧匜（新收 405）

庚兒鼎（集成 2715）（徐）

庚兒鼎（集成 2716）（徐）

以鄧鼎器（新收 406）（楚）

童麗君柏鐘（通鑑 15186）

【春秋晚期】

侯古堆鎛戊（新收 279）

侯古堆鎛己（新收 280）

侯古堆鎛甲（新收 276）

王子吳鼎（集成 2717）（楚）

蔡大師䑗鼎（集成 2738）（蔡）

乙鼎（集成 2607）

侯古堆鎛庚（新收 281）

侯古堆鎛乙（新收 277）

王子午鼎（集成 2811）（楚）

王子午鼎（新收 449）（楚）

王子午鼎（新收 445）（楚）

王子午鼎（新收 446）（楚）

王子午鼎（新收 444）（楚）

王子午鼎（新收 447）（楚）

王孫誥鐘一（新收418）（楚）

王孫誥鐘二（新收419）（楚）

王孫誥鐘三（新收420）（楚）

王孫誥鐘五（新收422）（楚）

王孫誥鐘六（新收423）（楚）

王孫誥鐘八（新收425）（楚）

王孫誥鐘九（新收426）（楚）

王孫誥鐘十一（新收428）（楚）

王孫誥鐘十二（新收429）（楚）

王孫誥鐘十三（新收430）（楚）

王孫誥鐘十七（新收435）（楚）

王孫誥鐘二十（新收433）（楚）

王孫誥鐘二十三（新收443）（楚）

王孫遺者鐘（集成261）（楚）

孟縢姬缶器（新收417）（楚）

孟縢姬缶蓋（新收417）（楚）

孟縢姬缶（集成10005）（楚）

其次句鑃（集成421）（越）

其次句鑃（集成422）（越）

姑馮昏同之子句鑃（集成424）（越）

簷太史申鼎（集成2732）（莒）

夫䟿申鼎（新收1250）（舒）

伯怡父鼎乙（新收1966）

義子曰鼎（通鑑2179）

曾子□簠（集成4588）（曾）

楚屈子赤目簠蓋（集成4612）（楚）

楚屈子赤目簠器（新收1230）（楚）

許子妝簠蓋（集成4616）（許）

樂子嚷豧簠（集成4618）（宋）

發孫虜簠（新收1773）

許公買簠器（通鑑5950）

蔡侯簠甲蓋（新收1896）（蔡）

蔡侯簠甲器（新收1896）（蔡）

蔡侯簠乙（新收1897）（蔡）

晉公盆（集成10342）（晉）

唐子仲瀕兒瓶（新收1211）（唐）

郘黛鐘二（集成226）（晉）

郘黛鐘三（集成227）（晉）

郘黛鐘四（集成228）（晉）

郘黛鐘六（集成230）（晉）

郘黛鐘八（集成232）（晉）

郘黛鐘九（集成233）（晉）

余贎逐兒鐘丙（集成185）（徐）

余贎逐兒鐘甲（集成183）（徐）

蔡侯𩰫盤（集成10171）（蔡）

蔡侯盤（新收471）（蔡）

蔡大司馬燮盤（通鑑14498）

唐子仲瀕兒盤（新收1210）（唐）

齊太宰歸父盤（集成10151）（齊）	者尚余卑盤（集成10165）	邵子栽盤（新收1372）（羅）	鄧子盤（通鑑14518）
夆叔匜（集成10282）（滕）	蔡叔季之孫君匜（集成10284）（蔡）	楚王領鐘（集成53）（楚）	鄱子成周鐘甲（新收283）
鄱子成周鐘乙（新收284）	鄱子成周鐘丙（新收285）	徐王子旃鐘（集成182）（徐）	沇兒鎛（集成203）（徐）
臧孫鐘甲（集成93）（吳）	臧孫鐘乙（集成94）（吳）	臧孫鐘丙（集成95）（吳）	臧孫鐘戊（集成97）（吳）
臧孫鐘己（集成98）（吳）	臧孫鐘辛（集成100）（吳）	臧孫鐘壬（集成101）（吳）	臧孫鐘丁（集成96）（吳）
臧孫鐘庚（集成99）（吳）	子璋鐘甲（集成113）	子璋鐘乙（集成114）（許）	子璋鐘丙（集成115）（許）
子璋鐘丁（集成116）（許）	子璋鐘戊（集成117）（許）	子璋鐘己（集成118）（許）	遷邟鐘三（新收1253）（舒）
遷邟鎛甲（通鑑15792）（舒）	遷邟鎛丙（通鑑15794）（舒）	遷邟鎛丁（通鑑15795）（舒）	齊鞷氏鐘（集成142）（齊）
鼄公華鐘（集成245）（邾）	鼄公牼鐘甲（集成149）（邾）	邾公孫班鎛（集成140）（邾）	【春秋中後期】
東姬匜（新收398）（楚）	【春秋時期】	彭子仲盆蓋（集成10340）	黃太子伯克盆（集成10338）（黃）
鎬鼎（集成2478）	鐘伯侵鼎（集成2668）	童麗君柏簠（通鑑5966）	

春秋金文未識字

【春秋早期】黃君孟鼎（集成 2497）（黃）

【春秋早期】[illegible]魯宰兩鼎（集成 2591）（魯）

【春秋早期】伯[illegible]林鼎（集成 2621）

【春秋早期】伯[illegible]林鼎（集成 2621）

【春秋早期】戒偖生鼎（集成 2632）戒偖生鼎（集成 2633）

【春秋早期】戒偖生鼎（集成 2632）戒偖生鼎（集成 2633）

【春秋早期】戒偖生鼎（集成 2633）

【春秋早期】徐王𦢓鼎（集成 2675）

【春秋早期】曾子仲宣鼎（集成 2737）

【春秋早期】[illegible]壺蓋（通鑑 12244）[illegible]壺器（通鑑 12244）

【春秋早期】郳湯伯茬匜（集成 10188）長湯伯茬匜（集成 10208）

【春秋早期】		寷侯簠（集成 4561）
		寷侯簠（集成 4562）
【春秋早期】		[illegible]甗（通鑑 3330）
【春秋早期】		青仲之孫簋（集成 4120）
【春秋早期】		青仲之孫簋（集成 4120）
【春秋早期】		青仲之孫簋（集成 4120）
【春秋早期】		青仲之孫簋（集成 4120）
【春秋早期】		[illegible]簋（通鑑 4996）
【春秋早期】		苜父匜（集成 10236）
【春秋早期】		楚大師登鐘辛（通鑑 15512）
【春秋早期】		事孫□丘戈（集成 11069）
【春秋早期】		黃君孟戈（集成 11199）
【春秋早期】		曾仲之孫戈（集成 11254）

【春秋早期】

楚屈叔沱戈（集成 11393）

【春秋早期】

囂仲之子伯剌戈（集成 11400）

【春秋早期】

囂仲之子伯剌戈（集成 11400）

【春秋中期】

宜桐盂（集成 10320）

【春秋中期】

國差罎（集成 10361）（齊）

【春秋晚期】

鄧尹疾鼎蓋（集成 2234）

【春秋早期】

郐諮尹征城（集成 425）

【春秋晚期】

何訽君党鼎（集成 2477）

【春秋晚期】

酅侯少子簋（集成 4152）（莒）

【春秋晚期】

簠（集成 4475）

【春秋晚期】

王子啓疆尊（通鑑 11733）

【春秋晚期】

王子啓疆尊（通鑑 11733）

【春秋早期】		喓叔椲鬲（集成677）
【春秋晚期】		洹子孟姜壺（集成9730）（齊）
		洹子孟姜壺（集成9729）（齊）
【春秋晚期】		競孫不欲壺（通鑑12344）（楚）
【春秋晚期】		齊太宰歸父盤（集成10151）（齊）
【春秋晚期】		文母盉（通鑑14737）
【春秋晚期】		文母盉（通鑑14737）
【春秋晚期】		奇字鐘（通鑑15177）
【春秋晚期】		奇字鐘（通鑑15177）
【春秋晚期】		奇字鐘（通鑑15177）
【春秋晚期】		奇字鐘（通鑑15177）
【春秋晚期】		鄱子成周鐘丙（通鑑15249）
【春秋晚期】		齊鞷氏鐘（集成142）（齊）

【春秋晚期】		齊鞏氏鐘（集成 142）（齊）
【春秋晚期】		司馬戈（集成 11016）（邾）
【春秋晚期】	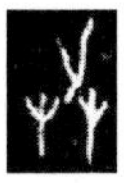	蔡子佗匜（集成 10196）（蔡）
【春秋晚期】		邾公孫班鎛（集成 140）
【春秋晚期】		邾公孫班鎛（集成 140）
【春秋晚期】		越邾盟辭鎛甲（集成 155）（越）
【春秋晚期】		越邾盟辭鎛甲（集成 155）（越）
【春秋晚期】		越邾盟辭鎛甲（集成 155）（越）
【春秋晚期】		越邾盟辭鎛甲（集成 155）（越）
【春秋晚期】		越邾盟辭鎛甲（集成 155）（越）
【春秋晚期】		越邾盟辭鎛甲（集成 155）（越）
【春秋晚期】		越邾盟辭鎛甲（集成 155）（越）

【春秋晚期】		越邾盟辭鎛乙（集成156）（越）
【春秋晚期】	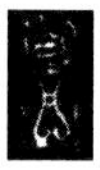	越邾盟辭鎛甲（集成155）（越）
【春秋晚期】		越邾盟辭鎛乙（集成156）（越）
【春秋晚期】		越邾盟辭鎛乙（集成156）（越）
【春秋晚期】		越邾盟辭鎛乙（集成156）（越）
【春秋晚期】		越邾盟辭鎛乙（集成156）（越）
【春秋晚期】		越邾盟辭鎛乙（集成156）（越）
【春秋晚期】		越邾盟辭鎛乙（集成156）（越）
【春秋晚期】		⿰类阝戈（集成11027）
【春秋晚期】		侯古堆鎛甲（新收276）
【春秋晚期】		⿰彳戔子戈（集成10905）
【春秋晚期】		⿰彳戔子戈（集成10904）

【春秋晚期】		□昜戈（集成 10903）
【春秋晚期】		郘子戈（集成 11080）
【春秋晚期】		受戈（集成 11157）
【春秋晚期】		受戈（集成 11157）
【春秋晚期】		芮大攺戈（集成 11203）
【春秋早期】		伯辰鼎（集成 2652）（徐）
【春秋晚期】		喬君鉦鋮（集成 423）
【春秋晚期】		蘡子戈（集成 10898）
【春秋中期】		子犯鐘甲 C（新收 1010）（晉）
		子犯鐘乙 C（新收 1022）（晉）
【春秋時期】		衛量（集成 10369）
【春秋時期】		衛量（集成 10369）
【春秋早期】		曾者子𩱧鼎（集成 2563）

【春秋早期】

戒偖生鼎（集成 2632）

戒偖生鼎（集成 2633）

【春秋早期】

叔朕簠（集成 4622）（戴）

【春秋早期】

郳郭公子戈（通鑑 16958）（薛）

【春秋早期】

芮子仲殿鼎（集成 2517）

芮子仲殿鼎（通鑑 2363）

【春秋早期】

俟仲[爿+射]子削（集成 11816）

【春秋晚期】

齊侯敦（集成 4645）（齊）

【春秋晚期】

齊侯匜（集成 10283）（齊）

【春秋晚期】

何訇君党鼎（集成 2477）

【春秋晚期】

婁君盂（集成 10319）

【春秋中期】

者[氵+盛]鐘六（集成 198）

【春秋時期】

𢍬片昶豯鼎（集成 2571）

【春秋早期】

繁伯武君鬲（新收 1319）

【春秋早期】		黃太子伯克盤（集成10162）
【春秋中期】		國差罎（集成 10361）（齊）
【春秋早期】		薛比戈（通鑑 16975（薛）
【春秋早期】		番伯勺孫自鬲（集成630）
【春秋時期】		燕車軎（通鑑 19015）
【春秋時期】		燕車軎（通鑑 19015）
【春秋時期】		工劍（集成 11575）
【春秋晚期】		曹鱍尋員劍（通鑑17995）
【春秋時期】		仝用十[illegible]戈（集成11071）
【春秋前期】		郳諮尹征城（集成 425）

春秋金文合文

無彊

【春秋早期】

邿伯祀鼎（集成2602）

永寶

【春秋早期】

邿伯祀鼎（集成2602）

賓樂

【春秋早期】

曾大師賓樂與鼎（通鑑2279）

公子

【春秋早期】

曹公子沱戈（集成11120）

二百

【春秋中期】

𦅫鎛（集成271）（齊）

【春秋晚期】

庚壺（集成9733）（齊）

弍日

【春秋晚期】

競之定鬲甲（通鑑2997）

競之定鬲丙（通鑑2999）

競之定簋甲（通鑑5226）

競之定豆甲（通鑑6146）

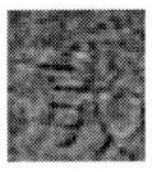

競之定簋乙（通鑑5227）

競之定豆乙（通鑑6147）

小子

【春秋晚期】

晉公盆（集成10342）

上帝

【春秋晚期】

秦景公石磬（通鑑19792）（秦）

秦景公石磬（通鑑19793）（秦）

八月

【春秋晚期】

秦景公石磬（通鑑19784）（秦）

鑄其

【春秋晚期】

簷叔之仲子平鐘甲（集成172）

工帀	【春秋晚期】		上洛左庫戈（新收 1183）
			十一年柏令戈（新收 1182）
小魚	【春秋晚期】		石鼓（獵碣・汧沔）（通鑑 19817）（秦）
五日	【春秋晚期】		石鼓（獵碣・作原）（通鑑 19821）（秦）
吉丁	【春秋早期】		黃太子伯克盤（集成 10162）
亞離□	【春秋早期】		亞離□鐳（集成 9959）
吉日	【春秋早期】		考叔㸓父簠蓋（集成 4608）
孝孫	【春秋晚期】		鄦侯少子簋（集成 4152）

附錄　春秋有銘器物表

序號	器物名	編號	有反書（∨）
以下春秋早期			
1	叔鼎	集成 1926	
2	虖北鼎	集成 2082	
3	史宋鼎	集成 2203	
4	尹小叔鼎	集成 2214	
5	喬夫人鼎	集成 2284	
6	𡔖侯之孫𨻰鼎	集成 2287	
7	魯內小臣床生鼎	集成 2354	
8	芮公鼎	集成 2387	
9	芮公鼎	集成 2389	∨
10	江小仲母生鼎	集成 2391	∨
11	鄭子石鼎	集成 2421	
12	郙造譴鼎	集成 2422	
13	曾侯仲子游父鼎	集成 2423	
14	曾侯仲子游父鼎	集成 2424	
15	郳討鼎	集成 2426	∨
16	杞子每刃鼎	集成 2428	∨
17	自鼎	集成 2430	通篇反書
18	伯氏鼎	集成 2443	∨

19	伯氏鼎	集成 2444	v
20	伯氏鼎	集成 2445	v
21	伯氏鼎	集成 2446	v
22	伯氏鼎	集成 2447	v
23	芮太子鼎	集成 2448	v
24	芮太子鼎	集成 2449	v
25	曾子伯誩鼎	集成 2450	
26	吳買鼎	集成 2452	
27	[illegible]司寇獸鼎	集成 2474	v
28	芮公鼎	集成 2475	v
29	專車季鼎	集成 2476	v
30	鄭饔原父鼎	集成 2493	v
31	杞伯每刃鼎	集成 2494	v
32	杞伯每刃鼎	集成 2495	v
33	芮太子白鼎	集成 2496	v
34	黃君孟鼎	集成 2497	v
35	[illegible]君鼎	集成 2502	v
36	芮子仲殿鼎	集成 2517	v
37	考祉君季鼎	集成 2519	v
38	鄭戚句父鼎	集成 2520	
39	武生毀鼎	集成 2522	
40	武生毀鼎	集成 2523	
41	[illegible]弃生鼎	集成 2524	
42	郳伯禦戎鼎	集成 2525	v
43	蘇冶妊鼎	集成 2526	
44	曾伯從寵鼎	集成 2550	
45	曾者子[illegible]鼎	集成 2563	
46	曾仲子敔鼎	集成 2564	v
47	黃季鼎	集成 2565	
48	黃子鼎	集成 2566	v
49	黃子鼎	集成 2567	
50	鑄子叔黑𦣞鼎	集成 2587	
51	弗奴父鼎	集成 2589	

52	[illegible]魯宰兩鼎	集成 2591	v
53	郜伯鼎	集成 2601	
54	郜伯祀鼎	集成 2602	
55	緊子丙車鼎	集成 2603	v
56	緊子丙車鼎	集成 2604	v
57	鄦奓魯生鼎	集成 2605	
58	番昶伯者君鼎	集成 2617	v
59	番昶伯者君鼎	集成 2618	v
60	曾子仲謱鼎	集成 2620	
61	伯𢀛林鼎	集成 2621	v
62	昶伯業鼎	集成 2622	通篇反書
63	戒偖生鼎	集成 2632	v
64	戒偖生鼎	集成 2633	v
65	魯仲齊鼎	集成 2639	
66	鼄[illegible]白鼎鼎	集成 2640	
67	鼄[illegible]白鼎鼎	集成 2641	v
68	杞伯每刃鼎	集成 2642	v
69	伯氏始氏鼎	集成 2643	
70	伯歸臺鼎	集成 2644	v
71	伯歸臺鼎	集成 2645	v
72	叔夜鼎	集成 2646	
73	陳侯鼎	集成 2650	
74	伯辰鼎	集成 2652	
75	叔單鼎	集成 2657	v
76	鄭伯氏士叔皇父鼎	集成 2667	
77	叔液鼎	集成 2669	
78	徐王擤鼎	集成 2675	v
79	宗婦鄁嬰鼎	集成 2683	
80	宗婦鄁嬰鼎	集成 2684	
81	宗婦鄁嬰鼎	集成 2685	
82	宗婦鄁嬰鼎	集成 2686	
83	宗婦鄁嬰鼎	集成 2687	
84	宗婦鄁嬰鼎	集成 2688	

85	宗婦鄁嬰鼎	集成 2689	
86	戴叔朕鼎	集成 2692	
87	鄁公湯鼎	集成 2714	通篇反書
88	曾子仲宣鼎	集成 2737	
89	上曾太子般殷鼎	集成 2750	
90	鄀公諴鼎	集成 2753	
91	曾子𨊠鼎	集成 2757	v
92	鄀公平侯鼎	集成 2771	v
93	鄀公平侯鼎	集成 2772	通篇反書
94	晉姜鼎	集成 2826	
95	兒慶鼎	新收 1095	
96	衛伯須鼎	新收 1198	v
97	鄧公孫無嬰鼎	新收 1231	
98	曾亙嫚鼎	新收 1201	
99	曾亙嫚鼎	新收 1202	
100	魯侯鼎	新收 1067	
101	虢季鼎	新收 9	v
102	虢季鼎	新收 10	v
103	虢季鼎	新收 11	
104	虢季鼎	新收 12	v
105	虢季鼎	新收 13	v
106	虢季鼎	新收 14	v
107	虢季鼎	新收 15	v
108	秦公鼎甲	通鑑 1994	
109	秦公鼎乙	新收 1339	
110	秦公鼎 A	新收 1340	
111	秦公鼎 B	新收 1341	
112	秦公鼎	新收 1337	
113	秦公鼎	新收 1337	
114	秦公鼎	通鑑 1999	
115	鄙甘𦎫鼎	新收 1091	
116	佫侯慶鼎	通鑑 2096	
117	圃公鼎	新收 1463	

118	子耳鼎	通鑑 2276	
119	寶登鼎	通鑑 2277	v
120	曾大師賓樂與鼎	通鑑 2279	v
121	黃君孟鼎	新收 90	
122	樊夫人龍嬴鼎	新收 296	
123	仲姜鼎	通鑑 2361	v
124	芮子仲殿鼎	通鑑 2363	v
125	蔡侯鼎	通鑑 2372	v
126	秦公鼎丙	通鑑 2373	
127	秦公鼎丁	通鑑 2374	
128	秦公鼎戊	通鑑 2375	
129	爲甫人鼎	通鑑 2376	
130	虢姜鼎	通鑑 2384	
131	鄭叔猷父鬲	集成 579	
132	鄭井叔猷父鬲	集成 580	
133	鄭井叔歡父鬲	集成 581	
134	伯斁鬲	集成 592	通篇反書
135	衛夫人鬲	集成 595	v
136	郳始逆母鬲	集成 596	v
137	宋釁父鬲	集成 601	
138	戴叔慶父鬲	集成 608	
139	王鬲	集成 611	
140	黃子鬲	集成 624	
141	曾子單鬲	集成 625	v
142	番伯丂孫自鬲	集成 630	
143	虢季氏子組鬲	集成 661	v
144	虢季氏子組鬲	集成 662	v
145	郲來佳鬲	集成 670	通篇反書
146	叔牙父鬲	集成 674	v
147	樊夫人龍嬴鬲	集成 675	v
148	樊夫人龍嬴鬲	集成 676	v
149	司工單鬲	集成 678	通篇反書
150	齊趫父鬲	集成 685	

151	齊趫父鬲	集成 686	
152	黃子鬲	集成 687	v
153	魯伯愈父鬲	集成 690	
154	魯伯愈父鬲	集成 691	
155	魯伯愈父鬲	集成 692	
156	魯伯愈父鬲	集成 693	
157	魯伯愈父鬲	集成 694	
158	魯伯愈父鬲	集成 695	
159	陳侯鬲	集成 705	v
160	陳侯鬲	集成 706	v
161	魯宰駟父鬲	集成 707	v
162	昶仲無龍鬲	集成 713	v
163	昶仲無龍鬲	集成 714	v
164	鼄昝父鬲	集成 717	
165	鄭師邍父鬲	集成 731	
166	番君配伯鬲	集成 732	v
167	番君配伯鬲	集成 733	v
168	番君配伯鬲	集成 734	v
169	鑄子叔黑臣鬲	集成 735	
170	醫子奠伯鬲	集成 742	v
171	邾友父鬲	新收 1094	
172	虢季氏子組鬲	通鑑 2918	v
173	曾伯鬲	新收 1217	v
174	虢季鬲	新收 24	
175	虢季鬲	新收 28	
176	虢季鬲	新收 27	
177	虢季鬲	新收 25	
178	虢季鬲	新收 26	
179	虢季鬲	新收 22	
180	虢季鬲	新收 29	
181	虢季鬲	新收 23	
182	國子碩父鬲	新收 48	
183	國子碩父鬲	新收 49	

184	虢宮父鬲	新收 50	∨
185	虢宮父鬲	通鑑 2937	∨
186	衛夫人鬲	新收 1700	
187	繁伯武君鬲	新收 1319	∨
188	⿱孰示姬鬲	新收 1070	
189	衛夫人鬲	新收 1701	∨
190	芮太子鬲	通鑑 2991	通篇反書
191	芮公鬲	通鑑 2992	∨
192	郳友父鬲	通鑑 2993	
193	芮太子白鬲	通鑑 3005	通篇反書
194	芮太子白鬲	通鑑 3007	∨
195	郳友父鬲	通鑑 3008	
196	郳友父鬲	通鑑 3010	
197	尌仲甗	集成 933	
198	伯高父甗	集成 938	
199	魯仲齊甗	集成 939	
200	曾子仲謱甗	集成 943	
201	邕子良人甗	集成 945	通篇反書
202	王孫壽甗	集成 946	通篇反書
203	叔原父甗	集成 947	
204	申五氏孫矩甗	新收 970	
205	⿱口大甗	新收 1328	
206	仲姜甗	通鑑 3339	∨
207	仲姜簋	通鑑 4056	通篇反書
208	鄧公牧簋	集成 3590	
209	鄧公牧簋	集成 3591	
210	芮公簋	集成 3707	∨
211	芮公簋	集成 3708	∨
212	芮公簋	集成 3709	∨
213	杞伯每刃簋	集成 3897	∨ 通篇反書
214	杞伯每刃簋	集成 3898	∨
215	杞伯每刃簋蓋	集成 3901	∨
216	杞伯每刃簋器	集成 3899.1	∨
217	杞伯每刃簋蓋	集成 3900	∨

218	杞伯每刃簋蓋	集成 3899.2	v
219	杞伯每刃簋	集成 3902	v
220	魯伯大父簋	集成 3974	
221	魯太宰原父簋	集成 3987	
222	魯伯大父簋	集成 3988	
223	魯伯大父簋	集成 3989	v
224	蘇公子癸父甲簋	集成 4014	
225	蘇公子癸父甲簋	集成 4015	
226	鄁公伯韭簋	集成 4016	通篇反書
227	鄁公伯韭簋	集成 4017	通篇反書
228	卓林父簋蓋	集成 4018	
229	邿譴簋甲	集成 4040	
230	宗婦鄁嫛簋蓋	集成 4076	
231	宗婦鄁嫛簋	集成 4077	
232	宗婦鄁嫛簋	集成 4078	
233	宗婦鄁嫛簋蓋	集成 4079	
234	宗婦鄁嫛簋	集成 4080	
235	宗婦鄁嫛簋蓋	集成 4081	
236	宗婦鄁嫛簋	集成 4084	
237	宗婦鄁嫛簋蓋	集成 4082	
238	宗婦鄁嫛簋器	集成 4572	
239	宗婦鄁嫛簋蓋	集成 4083	
240	宗婦鄁嫛簋蓋	集成 4085	
241	宗婦鄁嫛簋器	集成 4086	
242	宗婦鄁嫛簋蓋	集成 4087	
243	眚仲之孫簋	集成 4120	v
244	鑄叔皮父簋	集成 4127	
245	上鄀公敄人簋蓋	集成 4183	v
246	秦公簋	集成 4315	
247	虢季簋	新收 16	
248	虢季簋	新收 17	v
249	虢季簋	新收 18	
250	虢季簋蓋	新收 19	v

251	虢季簋蓋	新收 20	v
252	虢季簋蓋	新收 21	v
253	秦公簋甲	通鑑 4903	
254	秦公簋乙	通鑑 4904	
255	秦公簋丙	通鑑 4905	
256	秦公簋	新收 1342	
257	[illegible]簋	新收 1698	
258	秦子簋蓋	通鑑 5166	
259	芮公簋	通鑑 5218	v
260	秦公簋 A	新收 1343	
261	秦公簋	新收 1344	
262	秦公簋	通鑑 5267	
263	郝譴簋乙	通鑑 5277	
264	爲甫人盨	集成 4406	
265	鑄子叔黑臣盨	集成 4423	
266	魯司徒仲齊盨甲	集成 4440	
267	魯司徒仲齊盨乙	集成 4441	
268	曩伯子窢父盨	集成 4442	
269	曩伯子窢父盨	集成 4443	
270	曩伯子窢父盨	集成 4444	v
271	曩伯子窢父盨	集成 4445	
272	魯伯悆盨	集成 4458	
273	薛比戈	新收 1128	
274	虢季盨	新收 33	通篇反書
275	虢季盨	新收 32	v
276	虢季盨	新收 31	通篇反書
277	虢季盨	新收 34	v
278	鑄子叔黑臣盨	通鑑 5666	
279	微乘簠	集成 4486	
280	樊君靡簠	集成 4487	v
281	衛子叔旡父簠	集成 4499	
282	京叔姬簠	集成 4504	
283	大司馬孛朮簠	集成 4505	

284	魯士⿸厂孚父簠	集成 4517	
285	魯士⿸厂孚父簠	集成 4518	
286	魯士⿸厂孚父簠	集成 4519	
287	魯士⿸厂孚父簠	集成 4520	
288	伯⿸㫃魚父簠	集成 4525	
289	吳王御士尹氏叔緐簠	集成 4527	v
290	冑簠	集成 4532	
291	妦仲簠	集成 4534	v
292	伯壽父簠	集成 4535	
293	芮太子白簠	集成 4537	通篇反書
294	芮太子白簠	集成 4538	通篇反書
295	𢑚山奢淲簠	集成 4539	通篇反書
296	𢑚山旅虎簠	集成 4540	v
297	[illegible]山旅虎簠	集成 4541	v
298	薛子仲安簠	集成 4546	
299	薛子仲安簠	集成 4547	
300	薛子仲安簠	集成 4548	
301	走馬薛仲赤簠	集成 4556	
302	商丘叔簠	集成 4557	
303	商丘叔簠	集成 4558	
304	商丘叔簠	集成 4559	
305	鑄叔簠	集成 4560	v
306	夐侯簠	集成 4561	
307	夐侯簠	集成 4562	
308	魯伯俞父簠	集成 4566	
309	魯伯俞父簠	集成 4567	
310	魯伯俞父簠	集成 4568	
311	鄀公簠蓋	通鑑 5850	
312	鑄子叔黑臣簠	集成 4570	
313	鑄子叔黑臣簠	集成 4571	
314	鑄公簠蓋	集成 4574	
315	伯其父慶簠	集成 4581	
316	叔虎父簠	集成 4592	v

317	曾侯簠	集成 4598	
318	鄀公諴簠	集成 4600	
319	召叔山父簠	集成 4601	v
320	召叔山父簠	集成 4602	
321	陳侯簠	集成 4603	
322	陳侯簠	集成 4604	
323	陳侯簠	集成 4606	
324	陳侯簠	集成 4607	
325	考叔㸔父簠	集成 4608	v
326	考叔㸔父簠	集成 4609	
327	叔家父簠	集成 4615	
328	叔朕簠	集成 4620	
329	叔朕簠	集成 4621	
330	叔朕簠	集成 4622	
331	邾太宰欉子斟簠	集成 4623	v
332	曾伯霥簠蓋	集成 4632	v
333	曾伯霥簠器	集成 4631	v
334	曾孟嬴剈簠	新收 1199	
335	虢季簠	新收 35	
336	虢碩父簠	新收 52	
337	魯侯簠	新收 1068	
338	邦召簠	新收 1042	
339	蔡大善夫𧽊簠	新收 1236	
340	原氏仲簠	新收 395	v
341	原氏仲簠	新收 396	v
342	原氏仲簠	新收 397	v
343	邾公子害簠	通鑑 5964	
344	𦽆子𩜹盞	新收 1235	
345	曾仲斿父鋪	集成 4673	
346	曾仲斿父鋪	集成 4674	
347	虢季鋪	新收 36	
348	虢季鋪	新收 37	
349	黃君孟豆	集成 4686	

350	黃子豆	集成 4687	通篇反書
351	吞盆	集成 10323	
352	曾太保慶盆	通鑑 6256	
353	樊君夔盆	集成 10329	通篇反書
354	郳子行盆	集成 10330	v
355	子叔嬴內君盆	集成 10331	v
356	杞伯每刃盆	集成 10334	v
357	郳子宿車盆	集成 10337	通篇反書
358	曾太保麠叔亟盆	集成 10336	通篇反書
359	芮伯壺	集成 9585	
360	右走馬嘉壺	集成 9588	
361	芮公壺	集成 9596	通篇反書
362	芮公壺	集成 9597	通篇反書
363	芮公壺	集成 9598	通篇反書
364	曾仲斿父方壺	集成 9628	
365	曾仲斿父方壺	集成 9629	
366	己侯壺	集成 9632	
367	陳侯壺	集成 9633	
368	陳侯壺	集成 9634	
369	黃君孟壺	集成 9636	
370	樊夫人龍嬴壺	集成 9637	v
371	華母壺	集成 9638	
372	江君婦和壺	集成 9639	通篇反書
373	芮太子白壺	集成 9644	通篇反書
374	芮太子白壺	集成 9645	通篇反書
375	侯母壺	集成 9657	v
376	郳季寬車壺	集成 9658	通篇反書
377	黃子壺	集成 9663	v
378	黃子壺	集成 9664	v
379	杞伯每刃壺蓋	集成 9687	v
380	杞伯每刃壺	集成 9688	通篇反書
381	宗婦鄁嬰壺	集成 9698	
382	宗婦鄁嬰壺蓋	集成 9699	通篇反書

383	蔡公子壺	集成 9701	
384	曾伯陭壺	集成 9712	
385	虢季方壺	新收 38	
386	虢季方壺	新收 39	v
387	幻伯隹壺	新收 1200	
388	番叔壺	新收 297	v
389	[illegible]壺	新收 1044	v
390	薛侯壺	新收 1131	
391	秦公壺甲	新收 1347	
392	秦公壺甲	新收 1348	
393	彭伯壺	新收 315	
394	彭伯壺	新收 316	
395	秦公壺	通鑑 12320	
396	魯侯壺	通鑑 12323	
397	魯侯壺	通鑑 12324	通篇反書
398	仲姜壺	通鑑 12333	v
399	[illegible]君婦媿霝壺	通鑑 12349	v
400	亞離[illegible]鑘	集成 9959	
401	曾伯文鑘	集成 9961	
402	黃君孟鑘	新收 92	
403	黃子鑘	集成 9966	
404	黃子鑘	新收 94	v
405	甫睸鑘	集成 9972	v
406	甫伯官曾鑘	集成 9971	v
407	伯亞臣鑘	集成 9974	v
408	陳公孫[illegible]父瓶	集成 9979	v
409	僉父瓶	通鑑 14036	
410	孟城瓶	集成 9980	v
411	封仲盤	集成 10056	
412	㠱伯𡨦父盤	集成 10081	
413	樊夫人龍嬴盤	集成 10082	
414	魯伯厚父盤	集成 10086	
415	魯伯者父盤	集成 10087	

416	虢⿰女量改盤	集成 10088	
417	鄭伯盤	集成 10090	v
418	番昶伯盤	集成 10094	
419	賠金氏孫盤	集成 10098	
420	伯駟父盤	集成 10103	
421	黃君孟盤	集成 10104	
422	郯季寬車盤	集成 10109	通篇反書
423	魯伯愈父盤	集成 10114	
424	魯司徒仲齊盤	集成 10116	v
425	蘇冶妊盤	集成 10118	
426	黃子盤	集成 10122	
427	楚季哶盤	集成 10125	
428	昶伯墉盤	集成 10130	通篇反書
429	幹氏叔子盤	集成 10131	
430	綏君單盤	集成 10132	
431	鄩仲盤	集成 10135	v
432	番君伯歡盤	集成 10136	v
433	番昶伯者君盤	集成 10139	v
434	番昶伯者君盤	集成 10140	v
435	曹公盤	集成 10144	
436	毛叔盤	集成 10145	
437	楚嬴盤	集成 10148	v
438	曾子伯誩盤	集成 10156	
439	陳侯盤	集成 10157	
440	黃太子伯克盤	集成 10162	通篇反書
441	夆叔盤	集成 10163	
442	大師盤	新收 1464	
443	虢季盤	新收 40	
444	虢宮父盤	新收 51	v
445	魯伯厚父盤	通鑑 14505	
446	伯歸臺盤	通鑑 14512	通篇反書
447	匽君婦媿霝盉	集成 9434	通篇反書
448	黃子盉	集成 9445	v

449	魯士商𠭯匜	集成 10187	
450	郘湯伯茬匜	集成 10188	
451	曾子白沓匜	集成 10207	
452	樊夫人龍嬴匜	集成 10209	通篇反書
453	鑄子撫匜	集成 10210	v
454	㠱伯𡪢父匜	集成 10211	
455	叔黑𦣝匜	集成 10217	
456	叔穀匜	集成 10219	
457	魯伯敢匜	集成 10222	
458	賠金氏孫匜	集成 10223	
459	黃君孟匜	集成 10230	v
460	荀侯稽匜	集成 10232	通篇反書
461	齊侯子行匜	集成 10233	v
462	郟季寬車匜	集成 10234	通篇反書
463	綏君單匜	集成 10235	
464	苩父匜	集成 10236	v
465	魯伯愈父匜	集成 10244	
466	菷子匜	集成 10245	
467	伯匜	集成 10246	通篇反書
468	袒仲無龍匜	集成 10249	通篇反書
469	取膚上子商匜	集成 10253	
470	黃子匜	集成 10254	
471	杞伯每刃匜	集成 10255	v
472	樊君夔匜	集成 10256	v
473	番伯酓匜	集成 10259	v
474	㠱甫人匜	集成 10261	v
475	尋仲匜	集成 10266	v
476	番袒伯者君匜	集成 10268	v
477	番袒伯者君匜	集成 10269	v
478	楚嬴匜	集成 10273	v
479	魯司徒仲齊匜	集成 10275	
480	塞公孫脂父匜	集成 10276	通篇反書
481	魯大司徒子仲白匜	集成 10277	

482	陳子匜	集成 10279	
483	鄭大內史叔上匜	集成 10281	
484	昶仲匜	通鑑 14973	
485	皇與匜	通鑑 14976	
486	蘇公匜	新收 1465	通篇反書
487	孟嬴匜	通鑑 14981	
488	虢□□□父匜	通鑑 14990	v
489	虢宮父匜	通鑑 14991	v
490	天尹鐘	集成 5	
491	天尹鐘	集成 6	
492	芮公鐘	集成 31	
493	曾侯子鐘甲	通鑑 15142	
494	曾侯子鐘乙	通鑑 15143	
495	曾侯子鐘丙	通鑑 15144	
496	曾侯子鐘丁	通鑑 15145	
497	曾侯子鐘戊	通鑑 15146	
498	曾侯子鐘己	通鑑 15147	
499	曾侯子鐘庚	通鑑 15148	
500	曾侯子鐘辛	通鑑 15149	
501	曾侯子鐘壬	通鑑 15150	
502	鑄侯求鐘	集成 47	
503	鄀公敄人鐘	集成 59	
504	戎生鐘甲	新收 1613	
505	戎生鐘乙	新收 1614	
506	戎生鐘丙	新收 1615	v
507	戎生鐘丁	新收 1616	v
508	戎生鐘戊	新收 1617	
509	戎生鐘己	新收 1618	
510	戎生鐘庚	新收 1619	
511	戎生鐘辛	新收 1620	
512	鼄大宰儠子敓鐘	集成 86	
513	虢季鐘甲	新收 1	
514	虢季鐘乙	新收 2	
515	虢季鐘丙	新收 3	

516	虢季鐘丁	新收 4	
517	虢季鐘戊	新收 5	
518	虢季鐘己	新收 6	
519	虢季鐘庚	新收 7	
520	虢季鐘辛	新收 8	
521	楚大師登鐘甲	通鑑 15505	v
522	楚大師登鐘乙	通鑑 15506	v
523	楚大師登鐘丙	通鑑 15507	v
524	楚大師登鐘丁	通鑑 15508	v
525	楚大師登鐘己	通鑑 15510	通篇反書
526	楚大師登鐘庚	通鑑 15511	v
527	楚大師登鐘辛	通鑑 15512	通篇反書
528	楚大師登鐘壬	通鑑 15513	通篇反書
529	秦公鐘甲	集成 262	
530	秦公鐘乙	集成 263	
531	秦公鐘丙	集成 264	
532	秦公鐘丁	集成 265	
533	秦公鐘戊	集成 266	
534	曾侯子鎛甲	通鑑 15762	
535	曾侯子鎛乙	通鑑 15763	
536	曾侯子鎛丙	通鑑 15764	
537	曾侯子鎛丁	通鑑 15765	
538	秦子鎛	通鑑 15770	
539	秦公鎛甲	集成 267	
540	秦公鎛乙	集成 268	
541	秦公鎛丙	集成 269	
542	戈戈	集成 10734	
543	京戈	集成 10808	
544	元戈	集成 10809	
545	公戈	集成 10813	
546	武戈	集成 10814	
547	武戈	集成 10815	通篇反書
548	薛戈	集成 10817	
549	⿱竹命戈	集成 10820	

550	元用戈	集成 10891	
551	大罾戈	集成 10892	
552	鑾左庫戈	集成 10959	
553	鑾左庫戈	集成 10960	
554	高子戈	集成 10961	
555	元用戈	集成 11013	
556	子備嶂戈	集成 11021	
557	器湩侯戈	集成 11065	
558	畀戈	集成 11066	v
559	事孫□丘戈	集成 11069	
560	虢太子元徒戈	集成 11116	v
561	虢太子元徒戈	集成 11117	v
562	宮氏白子元戈	集成 11118	
563	宮氏白子元戈	集成 11119	
564	曹公子沱戈	集成 11120	
565	曾侯䣄伯戈	集成 11121	v
566	司馬朢戈	集成 11131	v
567	黃君孟戈	集成 11199	
568	衛公孫呂戈	集成 11200	
569	□□伯戈	集成 11201	v
570	郜侯戈	集成 11202	通篇反書
571	邛季之孫戈	集成 11252	通篇反書
572	曾仲之孫戈	集成 11254	v
573	恿公戈	集成 11280	
574	焆臣戈	集成 11334	
575	梁伯戈	集成 11346	
576	秦子戈	集成 11352	
577	秦子戈	集成 11353	
578	楚屈叔沱戈	集成 11393	
579	囂仲之子伯剌戈	集成 11400	通篇反書
580	吳叔戈	新收 978	通篇反書
581	晉公戈	新收 1866	
582	雩戈	新收 993	

583	子備璋戈	新收 1540	
584	秦子戈	新收 1530	
585	淳于戈	新收 1110	
586	淳于公戈	新收 1109	
587	秦政伯喪戈	通鑑 17117	
588	秦政伯喪戈	通鑑 17118	
589	用戈	新收 990	
590	用戈	新收 1204	
591	鄧公孫無忋戈	新收 1233	
592	鄧子仲無忋戈	新收 1234	
593	仲山父戈	新收 1558	
594	叔元果戈	新收 1694	
595	武墜之王戈	新收 1893	
596	鍾戈	通鑑 17273	
597	爲用戈	通鑑 17288	
598	元矛	集成 11412	
599	秦子矛	集成 11547	
600	有司伯喪矛	通鑑 17680	
601	有司伯喪矛	通鑑 17681	
602	曾伯陭鉞	新收 1203	
603	俣仲嫐子削	集成 11816	
604	壽元斧	新收 1127	
605	太子車斧	新收 44	
606	S 鑿	集成 11799	
607	梁姬罐	新收 45	通篇反書
608	黃子罐	集成 9987	
609	黃子器座	集成 10355	v
610	芮公鐘鈎	集成 32	
611	芮公鐘鈎	集成 33	
612	弟大叔殘器	新收 991	
以下春秋中期			
613	瑀戎鼎	集成 1955	
614	連迁鼎	集成 2083	通篇反書

615	連迁鼎	集成 2084.2	通篇反書
616	鄧鰟鼎	集成 2085	
617	卑梁君光鼎	集成 2283	
618	洛叔鼎	集成 2355	
619	蛊鼎	集成 2356	v
620	餘子氽鼎	集成 2390	
621	鄧公乘鼎蓋	集成 2573	
	鄧公乘鼎器	集成 2573	v
622	趫亥鼎	集成 2588	
623	魯大左司徒元鼎	集成 2592	
624	魯大左司徒元鼎	集成 2593	
625	庚兒鼎	集成 2715	
626	庚兒鼎	集成 2716	v
627	以鄧鼎	新收 406	v
628	克黃鼎	新收 500	
629	克黃鼎	新收 527	
630	克黃鼎	新收 499	
631	鄬子受鼎	新收 528	
632	連迁鼎	通鑑 2350	v
633	連迁鼎	集成 2084.1	v
634	江叔螽鬲	集成 677	v
635	子犯鬲	通鑑 2939	
636	曾子屖簠	集成 4528	v
637	曾子屖簠	集成 4529	
638	陳公子仲慶簠	集成 4597	
639	鄝伯受簠	集成 4599	
640	上鄀府簠	集成 4613	v
641	長子⿰貝毚臣簠	集成 4625	
642	上鄀公簠	新收 401	v
643	何此簠	新收 402	
644	何此簠	新收 403	
645	何此簠	新收 404	
646	仲改衛簠	新收 399	

647	仲改衛簠	新收 400	
648	魯大司徒厚氏元鋪	集成 4689	
649	魯大司徒厚氏元鋪	集成 4690	
650	魯大司徒厚氏元鋪	集成 4691	
651	魯大司徒元盂	集成 10316	
652	宜桐盂	集成 10320	
653	子諆盆	集成 10335	v
654	盜叔壺	集成 9625	v
655	盜叔壺	集成 9626	通篇反書
656	叔師父壺	集成 9706	
657	伯遊父壺	通鑑 12304	v
658	伯遊父壺	通鑑 12305	通篇反書
659	伯遊父鐳	通鑑 14009	
660	欒書缶	集成 10008	
661	魯少司寇封孫宅盤	集成 10154	
662	公典盤	新收 1043	
663	伯遊父盤	通鑑 14501	v
664	以鄧匜	新收 405	v
665	鄬子受鐘甲	新收 504	
666	鄬子受鐘乙	新收 505	
667	鄬子受鐘丙	新收 506	
668	鄬子受鐘丁	新收 507	
669	鄬子受鐘戊	新收 508	
670	鄬子受鐘己	新收 509	
671	鄬子受鐘庚	新收 510	
672	鄬子受鐘辛	新收 511	
673	鄬子受鐘壬	新收 512	
674	童麗君柏鐘	通鑑 15186	通篇反書
675	子犯鐘甲 A	新收 1008	
676	子犯鐘甲 B	新收 1009	
677	子犯鐘甲 C	新收 1010	v
678	子犯鐘甲 D	新收 1011	
679	子犯鐘甲 E	新收 1012	

680	子犯鐘甲 F	新收 1013	
681	子犯鐘甲 G	新收 1014	
682	子犯鐘甲 H	新收 1015	
683	子犯鐘乙 A	新收 1020	
684	子犯鐘乙 B	新收 1021	
685	子犯鐘乙 C	新收 1022	v
686	子犯鐘乙 D	新收 1023	
687	子犯鐘乙 E	新收 1016	
688	子犯鐘乙 F	新收 1017	
689	子犯鐘乙 G	新收 1018	
690	陳大喪史仲高鐘	集成 350	
691	陳大喪史仲高鐘	集成 351	
692	陳大喪史仲高鐘	集成 352	
693	陳大喪史仲高鐘	集成 353	
694	陳大喪史仲高鐘	集成 354	
695	陳大喪史仲高鐘	集成 355	
696	者𣱼鐘一	集成 193	
697	者𣱼鐘二	集成 194	
698	者𣱼鐘三	集成 195	
699	者𣱼鐘四	集成 196	
700	者𣱼鐘五	集成 197	
701	者𣱼鐘六	集成 198	
702	者𣱼鐘七	集成 199	
703	者𣱼鐘八	集成 200	
704	者𣱼鐘九	集成 201	
705	者𣱼鐘十	集成 202	
706	鄝子受鎛甲	新收 513	
707	鄝子受鎛乙	新收 514	
708	鄝子受鎛丙	新收 515	
709	鄝子受鎛丁	新收 516	
710	鄝子受鎛戊	新收 517	
711	鄝子受鎛己	新收 518	
712	鄝子受鎛庚	新收 519	

713	鄬子受鎛辛	新收 520	
714	季子康鎛甲	通鑑 15785	v
715	季子康鎛乙	通鑑 15786	v
716	季子康鎛丙	通鑑 15787	v
717	季子康鎛丁	通鑑 15788	v
718	季子康鎛戊	通鑑 15789	v
719	黺鎛	集成 271	
720	盜叔戈	集成 11067	
721	楚屈叔佗戈	集成 11198	
722	鄝子誄臣戈	集成 11253	v
723	章子鄭戈	集成 11295	v
724	周王孫季紉戈	集成 11309	v
725	曾大工尹季䜌戈	集成 11365	v
726	以鄧戟	新收 407	
727	以鄧戟	新收 408	
728	鄝子妝戈	新收 409	
729	趙明戈	新收 972	
730	塞公屈顥戈	通鑑 16920	
731	鄬子受戟	新收 524	
732	鄬子受戟	新收 525	
733	童麗公柏戟	通鑑 17314	
734	耳鑄公劍	新收 1981	
735	郗郭公子戈	新收 1129	
736	國差罎	集成 10361	v
737	王子嬰次爐	集成 10386	
738	卲器蓋	集成 19289	
739	曾仲鄬君腱鎮墓獸方座	新收 521	
740	伯遊父巵	通鑑 19234	
以下春秋晚期			
741	國子中官鼎	集成 1935	
742	蔡侯𤔲鼎	集成 2215	
743	蔡侯𤔲鼎	集成 2216	
744	蔡侯𤔲鼎	集成 2217	

745	蔡侯𤕌殘鼎	集成 2218	
746	蔡侯𤕌殘鼎	集成 2219	
747	蔡侯𤕌殘鼎	集成 2220	
748	蔡侯𤕌殘鼎蓋	集成 2221	
749	蔡侯𤕌殘鼎蓋	集成 2222	ˇ
750	蔡侯𤕌殘鼎蓋	集成 2223	
751	蔡侯𤕌殘鼎蓋	集成 2224	
752	蔡侯𤕌殘鼎蓋	集成 2225	
753	蔡侯𤕌殘鼎蓋	集成 2226	
754	楚子超鼎	集成 2231	
755	鄧尹疾鼎器	集成 2234	ˇ
756	鄧子午鼎	集成 2235	
757	盅子臧鼎蓋	集成 2286	
758	卲王之諻鼎	集成 2288	
759	王子臺鼎	集成 2289	
760	楚叔之孫倗鼎	新收 410	ˇ
761	吳王孫無土鼎	集成 2359	
762	何訇君党鼎	集成 2477	
763	鄝子蒷𡍬鼎	集成 2498	ˇ
764	曾孫無期鼎	集成 2606	ˇ
765	乙鼎	集成 2607	
766	王子吳鼎	集成 2717	
767	寬兒鼎	集成 2722	
768	𥳑太史申鼎	集成 2732	ˇ
769	蔡大師腆鼎	集成 2738	
770	哀成叔鼎	集成 2782	
771	王子午鼎	集成 2811	
772	𩛥孫宋鼎	新收 1626	
773	楚叔之孫倗鼎	集成 2357	ˇ
774	楚叔之孫倗鼎	新收 411	
775	倗鼎	新收 451	
776	倗鼎	新收 454	
777	倗鼎	新收 450	

778	倗鼎	新收 455	
779	倗鼎	新收 452	
780	倗之⿺辶盧鼎	新收 456	
781	王子午鼎	新收 449	
782	王子午鼎	新收 448	
783	王子午鼎	新收 445	
784	王子午鼎	新收 446	
785	王子午鼎	新收 444	
786	王子午鼎	新收 447	
787	倗鼎	新收 474	
788	楚叔之孫倗鼎	新收 473	
789	齊侯鼎	通鑑 1974	
790	曾大師奠鼎	新收 501	
791	丁兒鼎蓋	新收 1712	v
792	與子具鼎	新收 1399	v
793	楚旒鼎	新收 1197	
794	鄭莊公之孫盧鼎	新收 1237	
795	曾孫定鼎	新收 1213	v
796	夫跌申鼎	新收 1250	
797	襄腄子湯鼎	新收 1310	
798	伯怡父鼎甲	新收 1692	
799	伯怡父鼎乙	新收 1966	
800	義子曰鼎	通鑑 2179	
801	彭公之孫無所鼎	通鑑 2189	
802	闇尹⿰月敕鼎	新收 503	
803	鄎子孟升嬭鼎	新收 523	
804	鄎子吳鼎	新收 533	
805	鄎子吳鼎	新收 532	
806	尊父鼎	通鑑 2296	
807	鄭莊公之孫盧鼎	通鑑 2326	v
808	君鼎甲	通鑑 2330	
809	君鼎乙	通鑑 2331	
810	君鼎丙	通鑑 2332	

811	君鼎丁	通鑑 2333	
812	國子鼎	通鑑 2334	
813	國子鼎	通鑑 2335	
814	國子中官鼎	通鑑 2336	
815	曾侯邚鼎	通鑑 2337	
816	黃仲酉鼎	通鑑 2338	v
817	宋君夫人鼎	通鑑 2343	
818	宋左太師睪鼎	通鑑 2364	
819	轝子鼎	通鑑 2382	
820	⿰亻邓夫人嬬鼎	通鑑 2386	
821	鬳鬲	新收 458	
822	鄬子受鬲	新收 529	
823	競之定鬲甲	通鑑 2997	
824	競之定鬲乙	通鑑 2998	
825	競之定鬲丙	通鑑 2999	
826	競之定鬲丁	通鑑 3000	
827	競之定鬲戊	通鑑 3001	
828	競之定鬲己	通鑑 3002	
829	競之定鬲庚	通鑑 3003	
830	競之定鬲辛	通鑑 3004	
831	陳樂君歖甗	新收 1073	v
832	蔡侯𤕌簋	集成 3592	v
833	蔡侯𤕌簋	集成 3595	v
834	蔡侯𤕌簋	集成 3597	v
835	蔡侯𤕌簋	集成 3598	v
836	蔡侯𤕌簋	集成 3599	v
837	卲王之諻簋	集成 3634	
838	卲王之諻簋	集成 3635	
839	復公仲簋蓋	集成 4128	v
840	鄦侯少子簋	集成 4152	
841	鄬子倗簋	新收 457	
842	競之定簋甲	通鑑 5226	
843	競之定簋乙	通鑑 5227	

844	君簋甲	通鑑 5228	
845	君簋乙	通鑑 5229	
846	君簋丙	通鑑 5230	
847	君簋丁	通鑑 5231	
848	倗簠器	集成 4471	
849	倗簠蓋	新收 412	
850	□之簠蓋	集成 4472	
851	[illegible]簠	集成 4475	
852	曾子遡簠	集成 4488	
853	曾子遡簠	集成 4489	
854	蔡侯[illegible]簠	集成 4490	
855	蔡侯[illegible]簠	集成 4491	
856	蔡侯[illegible]簠	集成 4492	
857	蔡侯[illegible]簠	集成 4493	
858	蔡公子義工簠	集成 4500	
859	王孫[illegible]簠	集成 4501	
860	慶孫之子峠簠	集成 4502	
861	叔牀父簠蓋	集成 4544	
862	鄬子棗簠	集成 4545	˅
863	曾子原彝簠	集成 4573	
864	番君召簠	集成 4582	
865	番君召簠	集成 4583	
866	番君召簠	集成 4584	
867	番君召簠蓋	集成 4585	
868	番君召簠	集成 4586	
869	曾子□簠	集成 4588	˅
870	宋公䜌簠	集成 4590	
871	曾孫史夷簠	集成 4591	
872	曹公簠	集成 4593	˅
873	子季嬴青簠	集成 4594	˅
874	嘉子伯昜臚簠	集成 4605	˅
875	楚屈子赤目簠蓋	集成 4612	通篇反書
876	楚屈子赤目簠器	新收 1230	˅

877	曾簠	集成 4614	通篇反書
878	國子鼎	集成 1348	
879	許子妝簠蓋	集成 4616	
880	許公買簠	集成 4617	
881	樂子嚷豧簠	集成 4618	
882	郝太宰簠蓋	集成 4624	v
883	倗簠	新收 413	
884	飤簠	新收 475	
885	飤簠	新收 476	v
886	飤簠	新收 477	
887	飤簠	新收 478	
888	楚子棄疾簠	新收 314	
889	發孫虜簠	新收 1773	v
890	叔姜簠	新收 1212	
891	曾都尹定簠	新收 1214	
892	曾子義行簠	新收 1265	
893	鄬子大簠	新收 541	
894	鄬子孟孎青簠	通鑑 5947	
895	醓祋想簠	新收 534	
896	曾侯邚簠	通鑑 5949	
897	許公買簠	通鑑 5950	
898	無所簠	通鑑 5952	
899	蔡侯簠甲	新收 1896	v
900	蔡侯簠乙	新收 1897	
901	曾孟嬶朱姬簠	新收 530	
902	鄬子孟青嬭簠	新收 522	
903	黃仲酉簠	通鑑 5958	
904	可簠	通鑑 5959	
905	申文王之孫州桒簠	通鑑 5960	
906	蔡侯龖簠	通鑑 5967	
907	蔡侯龖簠	通鑑 5968	
908	仲姬彥敦	新收 502	
909	楚王酓審盞	新收 1809	

910	滕侯昊敦	集成 4635	
911	許子敦	通鑑 6058	
912	⿰貝兮於嚽盞	集成 4636	
913	工尹坡盞	通鑑 6060	
914	楚子涩鄴敦	集成 4637	
915	慍兒盞	新收 1374	
916	齊侯敦	集成 4638	
917	齊侯敦	集成 4639	
918	歸父敦	集成 4640	
919	陯公胄敦	集成 4641	
920	襄王孫盞	新收 1771	
921	荊公孫敦	集成 4642	
922	荊公孫敦	通鑑 6070	
923	王子申盞	集成 4643	
924	拍敦	集成 4644	
925	齊侯敦	集成 4645	v
926	⿹勹司方豆	集成 4662	v
927	哀成叔豆	集成 4663	
928	競之定豆甲	通鑑 6146	
929	競之定豆乙	通鑑 6147	
930	克黃豆	通鑑 6157	v
931	聽盂	新收 1072	
932	齊侯盂	集成 10318	
933	婁君盂	集成 10319	v
934	司料盆蓋	集成 10326	
935	晉公盆	集成 10342	
936	王子臣俎	通鑑 6320	
937	義楚鍴	集成 6462	
938	徐王⿱𠂉巾又觶	集成 6506	
939	徐王⿱𠂉巾又觶	集成 6513	
940	子之弄鳥尊	集成 5761	
941	蔡侯𤔲尊	集成 5939	
942	蔡侯𤔲尊	集成 6010	

943	王子啓疆尊	通鑑 11733	v
944	之壺	集成 9494	
945	蔡侯𪒠方壺	集成 9573	
946	蔡侯𪒠方壺	集成 9574	
947	趙孟庎壺	集成 9678	
948	趙孟庎壺	集成 9679	
949	復公仲壺	集成 9681	
950	公子土斧壺	集成 9709	
951	杕氏壺	集成 9715	
952	洹子孟姜壺	集成 9729	v
953	洹子孟姜壺	集成 9730	
954	庚壺	集成 9733	
955	孝子平壺	新收 1088	
956	君子壺	新收 992	
957	⿱艹⿰阝畐伯詹多壺	新收 379	
958	鄭太子之孫與兵壺	新收 1980	
959	曾仲姬壺	通鑑 12329	
960	可方壺	通鑑 12331	
961	競孫不欲壺	通鑑 12344	通篇反書
962	蔡侯𪒠瓶	集成 9976	v
963	唐子仲瀕兒瓶	新收 1210	
964	盥缶	通鑑 14051	
965	倗缶	新收 480	
966	倗缶	新收 479	
967	倗尊缶蓋	集成 9988	
968	倗尊缶器	新收 414	
969	倗尊缶	新收 415	
970	蔡侯朱缶	集成 9991	
971	蔡侯𪒠盥缶	集成 9992	
972	蔡侯𪒠方缶	通鑑 14062	
973	蔡侯𪒠尊缶	集成 9994	
974	⿰巾阝子⿱宀彭缶	集成 9995	
975	鄬子倗尊缶	新收 462	

976	鄬子倗尊缶	通鑑 14067	
977	蔡侯龖缶	集成 10004	
978	鄬子倗浴缶	新收 459	
979	鄬子倗浴缶	新收 460	
980	孟縢姬缶	新收 417	
981	孟縢姬缶蓋	集成 1005	
982	孟縢姬缶器	新收 416	
983	蕬兒缶	新收 1187	v
984	次屍祭缶	新收 1249	
985	寬兒缶甲	通鑑 14091	
986	寬兒缶乙	通鑑 14092	
987	蔡侯龖盤	集成 10072	
988	徐王義楚盤	集成 10099	
989	齊太宰歸父盤	集成 10151	v
990	齊侯盤	集成 10159	
991	者尙餘卑盤	集成 10165	v
992	蔡侯龖盤	集成 10171	
993	倗盤	新收 463	
994	蔡侯盤	新收 471	
995	唐子仲瀕兒盤	新收 1211	
996	攻吳大叔盤	新收 1264	通篇反書
997	蔡大司馬燮盤	通鑑 14498	
998	郘子裁盤	新收 1372	
999	楚王酓恷盤	通鑑 14510	
1000	可盤	通鑑 14511	
1001	曾姬盤	通鑑 14515	
1002	賈孫叔子屖盤	通鑑 14516	
1003	鄧子盤	通鑑 14518	通篇反書
1004	楚叔之孫途盉	集成 9426	
1005	文母盉	新收 1624	
1006	工盧王之孫鎣	新收 1283	
1007	吳王夫差盉	新收 1475	v
1008	金盉	通鑑 14780	

1009	蔡侯龖匜	集成 10189	
1010	工　季生匜	集成 10212	
1011	夆叔匜	集成 10282	
1012	齊侯匜	集成 10283	
1013	蔡叔季之孫君匜	集成 10284	通篇反書
1014	倗匜	新收 464	
1015	蔡侯匜	新收 472	
1016	羅兒匜	新收 1266	
1017	唐子仲瀕兒匜	新收 1209	v
1018	王子申匜	新收 1675	
1019	楚王酓恷匜	通鑑 14986	
1020	黃仲酉匜	通鑑 14987	
1021	痟父匜	通鑑 14992	
1022	智君子鑑	集成 10288	
1023	智君子鑑	集成 10289	
1024	蔡侯龖方鑑	集成 10290	
1025	吳王夫差鑑	集成 10294	v
1026	吳王夫差鑑	新收 1477	
1027	吳王夫差鑑	新收 1476	
1028	吳王夫差鑑	集成 10295	
1029	吳王夫差鑑	集成 10296	
1030	吳王光鑑甲	集成 10298	
1031	吳王光鑑乙	集成 10299	
1032	於字殘鐘	集成 1	
1033	其臺鐘	集成 3	
1034	旨賞鐘	集成 19	
1035	競平王之定鐘	集成 37	v
1036	𨚕篙鐘	集成 38	v
1037	郲君鐘	集成 50	v
1038	奇字鐘	通鑑 15177	
1039	嘉賓鐘	集成 51	通篇反書
1040	楚王領鐘	集成 53	
1041	王子嬰次鐘	集成 52	

1042	敬事天王鐘甲	集成 73	
1043	敬事天王鐘乙	集成 74	
1044	敬事天王鐘丙	集成 75	
1045	敬事天王鐘丁	集成 76	
1046	敬事天王鐘戊	集成 77	
1047	敬事天王鐘己	集成 78	
1048	敬事天王鐘庚	集成 79	
1049	敬事天王鐘辛	集成 80	
1050	敬事天王鐘壬	集成 81	
1051	鄱子成周鐘甲	新收 283	
1052	鄱子成周鐘乙	新收 284	
1053	鄱子成周鐘丙	新收 285	
1054	鄱子成周鐘丁	新收 286	
1055	鄱子成周鐘庚	新收 289	
1056	鄱子成周鐘	新收 291	
1057	郲公鈓鐘	集成 102	
1058	文公之母弟鐘	新收 1479	
1059	臧孫鐘甲	集成 93	v
1060	臧孫鐘乙	集成 94	v
1061	臧孫鐘丙	集成 95	v
1062	臧孫鐘丁	集成 96	v
1063	臧孫鐘戊	集成 97	v
1064	臧孫鐘己	集成 98	v
1065	臧孫鐘庚	集成 99	v
1066	臧孫鐘辛	集成 100	v
1067	臧孫鐘壬	集成 101	v
1068	𨛜王之孫鐘	新收 1268	
1069	子璋鐘甲	集成 113	
1070	子璋鐘乙	集成 114	
1071	子璋鐘丙	集成 115	
1072	子璋鐘丁	集成 116	
1073	子璋鐘戊	集成 117	
1074	子璋鐘己	集成 118	
1075	子璋鐘庚	集成 119	

1076	足利次留元子鐘	通鑑 15361	
1077	吳王光鐘	集成 223	
1078	吳王光鐘	集成 224.1	
1079	吳王光鐘殘片之二	集成 224.42	
1080	吳王光鐘殘片之三	集成 224.45	
1081	吳王光鐘殘片之四	集成 224.14	v
1082	吳王光鐘殘片之五	集成 224.20	
1083	吳王光鐘殘片之六	集成 224.47	
1084	吳王光鐘殘片之七	集成 224.23	
1085	吳王光鐘殘片之八	集成 224.44	
1086	吳王光鐘殘片之九	集成 224.29	
1087	吳王光鐘殘片之十	集成 224.25	v
1088	吳王光鐘殘片之十一	集成 224.3	
1089	吳王光鐘殘片之十二	集成 224.13+36	v
1090	吳王光鐘殘片之十三	集成 224.40	
1091	吳王光鐘殘片之十四	集成 224.46	
1092	吳王光鐘殘片之十五	集成 224.26	v
1093	吳王光鐘殘片之十六	集成 224.9+.12	
1094	吳王光鐘殘片之十七	集成 224.10	
1095	吳王光鐘殘片之十八	集成 224.27	
1096	吳王光鐘殘片之十九	集成 224.5	v
1097	吳王光鐘殘片之二十一	集成 224.12	
1098	吳王光鐘殘片之二十二	集成 224.2	v
1099	吳王光鐘殘片之二十三	集成 224.24	v
1100	吳王光鐘殘片之二十四	集成 224.36	v
1101	吳王光鐘殘片之二十五	集成 224.33	v
1102	吳王光鐘殘片之二十六	集成 224.18	v
1103	吳王光鐘殘片之二十七	集成 224.15	v
1104	吳王光鐘殘片之二十九	集成 224.22+38	v
1105	吳王光鐘殘片之三十	集成 224.17	v
1106	吳王光鐘殘片之三十一	集成 224.37+42	
1107	吳王光鐘殘片之三十二	集成 224.16	v
1108	吳王光鐘殘片之三十三	集成 224.32	v
1109	吳王光鐘殘片之三十四	集成 224.7+40	v

1110	吳王光鐘殘片之三十五	集成 224.21	v
1111	吳王光鐘殘片之三十六	集成 224.6	v
1112	吳王光鐘殘片之三十七	集成 224.4、43	v
1113	吳王光鐘殘片之三十八	集成 224.41	v
1114	吳王光鐘殘片之四十	集成 224.8	v
1115	吳王光鐘殘片之四十一	集成 224.30	v
1116	吳王光鐘殘片之四十三	集成 224.19+39	v
1117	吳王光鐘殘片之四十四	集成 224.39	v
1118	齊𩍂氏鐘	集成 142	v
1119	鼄公牼鐘甲	集成 149	
1120	鼄公牼鐘乙	集成 150	
1121	鼄公牼鐘丙	集成 151	
1122	鼄公牼鐘丁	集成 152	
1123	籚叔之仲子平鐘甲	集成 172	
1124	籚叔之仲子平鐘乙	集成 173	v
1125	籚叔之仲子平鐘丙	集成 174	v
1126	籚叔之仲子平鐘丁	集成 175	
1127	籚叔之仲子平鐘戊	集成 176	
1128	籚叔之仲子平鐘己	集成 177	
1129	籚叔之仲子平鐘庚	集成 178	
1130	籚叔之仲子平鐘辛	集成 179	
1131	籚叔之仲子平鐘壬	集成 180	v
1132	𨗨邟鐘三	新收 1253	
1133	𨗨邟鐘六	新收 56	
1134	餘贎𨒅兒鐘甲	集成 183	
1135	餘贎𨒅兒鐘乙	集成 184	
1136	餘贎𨒅兒鐘丙	集成 185	
1137	余贎𨒅兒鐘丁	集成 186	v
1138	徐王子旃鐘	集成 182	
1139	蔡侯𨐍歌鐘甲	集成 210	
1140	蔡侯𨐍歌鐘乙	集成 211	
1141	蔡侯𨐍歌鐘丙	集成 217	

1142	蔡侯𤕌歌鐘丁	集成 218	
1143	蔡侯𤕌歌鐘辛	集成 216	
1144	蔡侯𤕌行鐘乙	集成 213	
1145	蔡侯𤕌行鐘丁	集成 215	
1146	邵黛鐘一	集成 225	
1147	邵黛鐘二	集成 226	
1148	邵黛鐘三	集成 227	
1149	邵黛鐘四	集成 228	
1150	邵黛鐘五	集成 229	
1151	邵黛鐘六	集成 230	
1152	邵黛鐘七	集成 231	
1153	邵黛鐘八	集成 232	
1154	邵黛鐘九	集成 233	
1155	邵黛鐘十	集成 234	
1156	邵黛鐘十一	集成 235	
1157	邵黛鐘十二	集成 236	
1158	邵黛鐘十三	集成 237	
1159	鼄公華鐘	集成 245	
1160	王孫誥鐘一	新收 418	
1161	王孫誥鐘二	新收 419	
1162	王孫誥鐘三	新收 420	
1163	王孫誥鐘四	新收 421	
1164	王孫誥鐘五	新收 422	
1165	王孫誥鐘六	新收 423	v
1166	王孫誥鐘七	新收 424	
1167	王孫誥鐘八	新收 425	
1168	王孫誥鐘九	新收 426	
1169	王孫誥鐘十	新收 427	
1170	王孫誥鐘十一	新收 428	
1171	王孫誥鐘十二	新收 429	
1172	王孫誥鐘十三	新收 430	
1173	王孫誥鐘十四	新收 431	
1174	王孫誥鐘十五	新收 434	

1175	王孫誥鐘十六	新收 436	
1176	王孫誥鐘十七	新收 435	
1177	王孫誥鐘十八	新收 432	
1178	王孫誥鐘十九	新收 437	
1179	王孫誥鐘二十	新收 433	
1180	王孫誥鐘二十一	新收 439	
1181	王孫誥鐘二十二	新收 438	
1182	王孫誥鐘二十三	新收 443	
1183	王孫誥鐘二十四	新收 440	
1184	王孫誥鐘二十五	新收 441	
1185	王孫誥鐘二十六	新收 442	
1186	王孫遺者鐘	集成 261	
1187	戲巢鎛	新收 1227	∨
1188	邾公孫班鎛	集成 140	
1189	越邾盟辭鎛甲	集成 155	
1190	越邾盟辭鎛乙	集成 156	
1191	䢅邥鎛甲	通鑑 15792	
1192	䢅邥鎛丙	通鑑 15794	
1193	䢅邥鎛丁	通鑑 15795	
1194	歔鎛甲	新收 489	∨
1195	歔鎛乙	新收 490	
1196	歔鎛丙	新收 491	
1197	歔鎛丁	新收 492	
1198	歔鎛戊	新收 493	
1199	歔鎛己	新收 494	
1200	歔鎛庚	新收 495	
1201	歔鎛辛	新收 496	
1202	歔鍾甲	新收 482	
1203	歔鍾丙	新收 486	
1204	歔鍾丁	新收 483	
1205	歔鍾戊	新收 485	
1206	歔鍾己	新收 484	
1207	歔鍾庚	新收 487	

1208	黬鍾辛	新收 488	
1209	黬鍾壬	新收 497	v
1210	黬鍾癸	新收 498	
1211	蔡侯䜌鎛甲	集成 219	
1212	蔡侯䜌鎛乙	集成 220	
1213	蔡侯䜌鎛丙	集成 221	
1214	蔡侯䜌鎛丁	集成 222	
1215	秦公鎛	集成 270	
1216	䢵子白鐸	新收 393	
1217	其次句鑃	集成 422	通篇反書
1218	其次句鑃	集成 421	通篇反書
1219	喬君鉦鋮	集成 423	
1220	姑馮昏同之子句鑃	集成 424	v
1221	配兒鉤鑃甲	集成 426	
1222	配兒鉤鑃乙	集成 427	
1223	侯古堆鎛甲	新收 276	
1224	侯古堆鎛乙	新收 277	
1225	侯古堆鎛丙	新收 278	
1226	侯古堆鎛丁	通鑑 15808	
1227	侯古堆鎛戊	新收 279	
1228	侯古堆鎛己	新收 280	
1229	侯古堆鎛庚	新收 281	
1230	侯古堆鎛辛	新收 282	
1231	沇兒鎛	集成 203	
1232	王孫遺者鐘	通鑑 20555	
1233	宗戈	集成 10811	
1234	利戈	集成 10812	
1235	䳄戈	集成 10818	
1236	用戈	集成 10819	
1237	梁戈	集成 10823	
1238	鄺戈	集成 10896	
1239	鄺戈	集成 10897	
1240	蒦子戈	集成 10898	

1241	是鄱戈	集成 10899	
1242	武城戈	集成 10900	
1243	黃戜戈	集成 10901	
1244	⿰共阝戈	集成 10902	
1245	□昜戈	集成 10903	
1246	⿰彳戔子戈	集成 10904	
1247	⿰彳夌子戈	集成 10905	
1248	陳散戈	集成 10963	
1249	陳冢戈	集成 10964	
1250	工師迻戈	集成 10965	
1251	武城戈	集成 10966	
1252	玄鏐戈	集成 10970	
1253	滕侯吳戈	集成 11018	
1254	鄺左庫戈	集成 11022	
1255	武城戈	集成 11024	
1256	武城戈	集成 11025	
1257	⿰羕阝戈	集成 11027	
1258	自作用戈	集成 11028	
1259	攻敔王光戈	集成 11029	
1260	籲戈	集成 11032	
1261	陳卯戈	集成 11034	
1262	子可期戈	集成 11072	
1263	闌丘虞鵑戈	集成 11073	
1264	豫州戈	集成 11074	
1265	右買戈	集成 11075	
1266	徹子戈	集成 11076	
1267	滕侯耆戈	集成 11077	
1268	滕侯耆戈	集成 11078	v
1269	滕侯吳戈	集成 11079	
1270	[illegible]子戈	集成 11080	
1271	陳子山戈	集成 11084	通篇反書
1272	亳庀戈	集成 11085	
1273	君子弼戟	集成 11088	通篇反書

1274	羊子戈	集成 11089	
1275	羊子戈	集成 11090	
1276	玄夫戈	集成 11091	
1277	王子反戈	集成 11122	
1278	滕侯吳戈	集成 11123	
1279	淳于公戈	集成 11124	
1280	淳于公戈	集成 11125	
1281	宋公得戈	集成 11132	
1282	宋公欒戈	集成 11133	
1283	無伯彪戈	集成 11134	
1284	玄鏐⿰夫攵鋁戈	集成 11136	
1285	玄鏐夫鋁戈	集成 11137	
1286	玄鏐夫鋁戈	集成 11138	
1287	玄鏐⿰夫攵鋁戈	集成 11139	
1288	蔡侯龖行戈	集成 11140	
1289	蔡侯龖用戈	集成 11141	
1290	蔡侯龖用戈	集成 11142	
1291	蔡公子果戈	集成 11145	
1292	蔡公子果戈	集成 11146	
1293	蔡公子果戈	集成 11147	
1294	蔡公子加戈	集成 11148	
1295	蔡加子戈	集成 11149	
1296	攻敔王光戈	集成 11151	
1297	楚王孫漁戈	集成 11152	
1298	成陽辛城裏戈	集成 11154	
1299	成陽辛城裏戈	集成 11155	
1300	平陽高馬裏戈	集成 11156	
1301	受戈	集成 11157	
1302	玄翏夫⿰目用戈	集成 11163	
1303	宋公差戈	集成 11204	
1304	滕司徒戈	集成 11205	
1305	郲大司馬戈	集成 11206	
1306	王子扻戈	集成 11207	

1307	王子扻戈	集成 11208	
1308	饍公蘇戈	集成 11209	
1309	大王光逗戈	集成 11255	
1310	大王光逗戈	集成 11256	
1311	大王光逗戈	集成 11257	
1312	攻敔工差戟	集成 11258	通篇反書
1313	是立事歲戈	集成 11259	
1314	翏金戈	集成 11262	v
1315	邗王是埜戈	集成 11263	
1316	宋公差戈	集成 11281	
1317	徐王之子叚戈	集成 11282	通篇反書
1318	攻敔王夫差戈	集成 11288	v
1319	宋公差戈	集成 11289	
1320	□侯戈	集成 11407	
1321	玄翏之用戈	新收 741	
1322	王孫誥戟	新收 465	
1323	王孫誥戟	新收 466	
1324	王子午戟	新收 468	
1325	倗戟	新收 469	
1326	玄鏐赤鏞戈	新收 1289	
1327	黃城戈	新收 973	
1328	比城戟	新收 971	
1329	大戈	新收 1561	
1330	玄膚之用戈	通鑑 16870	
1331	蔡公子頒戈	通鑑 16877	
1332	蔡公子從戈	通鑑 16878	
1333	越□堇戈	新收 1096	
1334	索魚王戈	新收 1300	
1335	平阿左戈	新收 1496	
1336	陳爾徒戈	新收 1499	
1337	翏鋁玄用戈	新收 1240	
1338	玄膚之用戈	通鑑 16967	
1339	南君鴋鄒戈	新收 1180	

1340	上洛左庫戈	新收 1183	
1341	十一年柏令戈	新收 1182	
1342	侯散戈	新收 1168	
1343	淳于右戈	新收 1069	
1344	鄘戈	新收 1025	
1345	郯竝果戈	新收 1485	
1346	蔡侯申戈	新收 1967	
1347	壬午吉日戈	新收 1979	
1348	元用戈	新收 318	
1349	楚屈喜戈	通鑑 17186	
1350	梁戈	通鑑 17206	
1351	邵之瘠夫戈	通鑑 17214	
1352	南君鴋鄒戈	通鑑 17215	
1353	龔王之卯戈	通鑑 17216	
1354	許公戈	通鑑 17217	
1355	許公戈	通鑑 17218	
1356	許公寍戈	通鑑 17219	
1357	蔡公子加戈	通鑑 17220	
1358	犅子斨戈	通鑑 17227	
1359	犅子斨戈	通鑑 17228	
1360	玄鏐戈	通鑑 17238	
1361	工盧大叔戈	通鑑 17258	通篇反書
1362	玄翏夫呂戈	通鑑 17259	
1363	臧之無咎戈	通鑑 17279	
1364	蔡侯申戈	通鑑 17296	
1365	篣府宅戈	通鑑 17300	
1366	蔡叔戟	通鑑 17313	
1367	王子□戈	通鑑 17318	
1368	越王矛	集成 11451	
1369	虘非矛	集成 11496	v
1370	吳王夫差矛	集成 11534	
1371	中央勇矛	集成 11566	
1372	倗矛	新收 470	

1373	工盧矛	新收 1263	˅
1374	楚王孫漁矛	通鑑 17689	
1375	越王劍	集成 11570	
1376	越王鈹	集成 11571	
1377	郘子劍	集成 11578	
1378	越王之子句踐劍	集成 11594	
1379	越王之子句踐劍	集成 11595	
1380	蔡侯□叔劍	集成 11601	
1381	郙王䕭劍	集成 11611	
1382	越王句踐劍	集成 11621	
1383	攻敔王夫差劍	集成 11636	˅
1384	攻敔王夫差劍	集成 11637	˅
1385	攻敔王夫差劍	集成 11638	˅
1386	攻敔王夫差劍	集成 11639	
1387	吳季子之子逞劍	集成 11640	
1388	鵙公圃劍	集成 11651	
1389	攻敔王光劍	集成 11654	˅
1390	攻　王劍	集成 11665	˅
1391	攻敔王光劍	集成 11666	˅
1392	徐王義楚之元子柴劍	集成 11668	˅
1393	少虡劍	集成 11696	
1394	少虡劍	集成 11697	
1395	少虡劍	集成 11698	
1396	工　太子姑發𦊕反劍	集成 11718	
1397	攻盧王𠭯戗此郐劍	新收 1188	
1398	少虡劍	通鑑 17962	
1399	攻敔王夫差劍	新收 1868	
1400	攻吾王光劍	新收 1478	
1401	工盧王姑發𦊕反之弟劍	新收 988	
1402	攻敔王夫差劍	新收 1116	
1403	攻敔王夫差劍	新收 317	
1404	徐王義楚劍	通鑑 17981	
1405	蔡劍	通鑑 17983	

1406	鳥劍	通鑑 17984	
1407	蔡劍	通鑑 17986	
1408	曹鰍尋員劍	新收 1241	通篇反書
1409	攻吾王光韓劍	新收 1807	
1410	攻敔王夫差劍	通鑑 18021	v
1411	攻敔王夫差劍	新收 1523	
1412	壽夢之子劍	新收 1407	
1413	攻敔王夫差劍	新收 1734	
1414	姑發者反之子通劍	新收 1111	
1415	越王劍	通鑑 18052	
1416	越王不光劍	通鑑 18055	
1417	工盧大矢鈹	新收 1625	v
1418	永祿鈹	通鑑 18058	
1419	攻敔王者彶叡虝劍	通鑑 18065	v
1420	攻敔王虘氏此郤劍	通鑑 18066	v
1421	工吳王叡姁工吳劍	通鑑 18067	v
1422	吳王光劍	通鑑 18070	v
1423	攻敔王夫差劍	通鑑 18071	
1424	呂大叔斧	集成 11786	通篇反書
1425	呂大叔斧	集成 11787	
1426	呂大叔斧	集成 11788	
1427	吉用車害甲	通鑑 19003	
1428	吉用車害乙	通鑑 19004	
1429	哀成叔卮	集成 4650	
1430	蔡太史卮	集成 10356	
1431	徐王元子柴爐	集成 10390	
1432	郤令尹者旨智爐	集成 10391	
1433	聖靡公漿鼓座	集成 429	v
以下春秋時期			
1434	瘵鼎	集成 2569	
1435	彛片昶豯鼎	集成 2570	v
1436	彛片昶豯鼎	集成 2571	v
1437	交君子叕鼎	集成 2572	

1438	鐘伯侵鼎	集成 2668	v
1439	曹伯狄簋殘蓋	集成 4019	
1440	宗婦鄁嫛簋	通鑑 4986	
1441	宗婦鄁嫛簋	通鑑 4087	
1442	陳姬小公子盨	集成 4379	
1443	鑄簠	集成 4470	
1444	伯彊簠	集成 4526	通篇反書
1445	申公彭宇簠	集成 4610	
1446	申公彭宇簠	集成 4611	
1447	童麗君柏簠	通鑑 5966	
1448	⿱谷皿餘敦	新收 1627	
1449	宋右師延敦	新收 1713	
1450	公豆	集成 4654	v
1451	公豆	集成 4655	
1452	公豆	集成 4656	v
1453	公豆	集成 4657	v
1454	蘇貉豆	集成 4659	
1455	卲方豆	集成 4660	
1456	卲方豆	集成 4661	
1457	曾孟嬭諫盆	集成 10332	
1458	黃太子伯克盆	集成 10338	v
1459	子季嬴青盆	集成 10339	v
1460	彭子仲盆蓋	集成 10340	
1461	昶仲無龍匕	集成 970	v
1462	告鼎	集成 1219	
1463	∽鼎	集成 1241	
1464	⿰鬲支鼎	集成 1990	
1465	取它人鼎	集成 2227	
1466	仲義君鼎	集成 2279	
1467	子陳□之孫鼎	集成 2285	
1468	鎬鼎	集成 2478	
1469	師麻孝叔鼎	集成 2552	
1470	鑄叔鼎	集成 2568	

1471	公鑄壺	集成 9513	
1472	齊皇壺	集成 9659	
1473	匽君壺	集成 9680	
1474	台寺缶	新收 1693	
1475	曾子遐缶	集成 9996	
1476	鄧伯吉射盤	集成 10121	
1477	齊侯盤	集成 10123	
1478	取膚上子商盤	集成 10126	
1479	中子化盤	集成 10137	通篇反書
1480	般仲柔盤	集成 10143	通篇反書
1481	黃韋俞父盤	集成 10146	v
1482	⿰大个右盤	集成 10150	v
1483	侃孫奎母盤	集成 10153	
1484	金盃	新收 1628	
1485	鄧公匜	集成 10228	v
1486	匽公匜	集成 10229	v
1487	番仲艾匜	集成 10258	v
1488	薛侯匜	集成 10263	v
1489	眉壽無疆匜	集成 10264	
1490	陳伯元匜	集成 10267	
1491	大孟姜匜	集成 10274	
1492	公父宅匜	集成 10278	
1493	自鐘	集成 7	
1494	鼄叔之伯鐘	集成 87	
1495	⿳覀巳女戈	集成 10821	
1496	⿸厂凡戈	集成 10822	
1497	襄⿰臣凡戈	集成 10890	
1498	監戈	集成 10893	
1499	監戈	集成 10894	
1500	伯析戈	集成 10895	
1501	中都戈	集成 10906	
1502	郻戈	集成 10907	通篇反書
1503	子悧子戈	集成 10958	

1504	武城戟	集成 10967	
1505	左之造戈	集成 10968	
1506	郳左戻戈	集成 10969	
1507	左徒戈	集成 10971	
1508	高密戈	集成 10972	
1509	王羨之戈	集成 11015	通篇反書
1510	司馬戈	集成 11016	
1511	平陽左庫戈	集成 11017	
1512	雍之田戈	集成 11019	
1513	高平戈	集成 11020	
1514	高密戈	集成 11023	
1515	之用戈	集成 11030	
1516	豫少鉤庫戈	集成 11068	
1517	曹右庢戈	集成 11070	
1518	亼用十[illegible]戈	集成 11071	
1519	十八年鄉左庫戈	集成 11264	
1520	玄鏐戈	通鑑 16884	
1521	玄鏐戈	通鑑 16885	
1522	越王戈	新收 1774	
1523	保晉戈	新收 1029	
1524	左戈	新收 1536	
1525	造戈	新收 1539	
1526	瘃戈	新收 1156	
1527	公戈	新收 1537	
1528	卜淦戈	新收 816	
1529	子戈	通鑑 17026	
1530	藍田戈	通鑑 17027	
1531	許公戈	新收 585	v
1532	楚固戈	新收 1970	
1533	保晉戈	通鑑 17240	
1534	右戈	通鑑 17249	
1535	後生戈	通鑑 17250	
1536	右洀州還矛	集成 11503	

1537	工劍	集成 11575	
1538	郘金劍	集成 11580	
1539	滕之不㤉劍	集成 11608	通篇反書
1540	自用命劍	集成 11610	
1541	牛鐮	集成 11824	
1542	郳䅍權	集成 10381	v
1543	右伯君權	集成 10383	v
1544	晉公車軎甲	集成 12027	v
1545	晉公車軎甲	集成 12028	v
1546	燕車軎	通鑑 19015	
1547	西年車器	集成 12018	
1548	𡢻妊車輨	集成 12030	
1549	史孔卮	集成 10352	
1550	𧆞冋丘堂匜	集成 10194	通篇反書
以下春秋前期			
1551	郤諸尹征城	集成 425	
以下春秋後期			
1552	蔡子佗匜	集成 10196	
1553	齊縈姬盤	集成 10147	v
以下春秋中後期			
1554	東姬匜	新收 398	通篇反書
以下春秋中晚期			
1555	滕太宰得匜	新收 1733	v

主要參考文獻

（以作者姓氏音序排列）

C

1. 曹錦炎，「遷邟編鐘銘文釋議」，《文物》，1989 年第 4 期。
2. 曹錦炎，「關於遷邟鐘的『舍』字」，《東南文化》，1990 年第 4 期。
3. 曹錦炎，「程橋新出銅器考釋及相關問題」，《東南文化》，1991 年第 1 期。
4. 陳世輝、湯余惠，《古文字學概要》，長春，吉林大學出版社，1988 年。
5. 陳漢平，《〈金文編〉訂補》，北京，中國社會科學出版社，1993 年。
6. 陳初生，《金文常用字典》，西安，陝西人民出版社，2004 年。
7. 陳夢家，《中國文字學》，北京，中華書局，2006 年。
8. 陳雙新，「𪒠鐘銘文補議」，《古文字研究》第 24 輯，北京，中華書局，2002 年。
9. 陳雙新，「子犯編鐘銘文補議」，《考古與文物》，2003 年第 1 期。

D

1. 戴家祥，《金文大字典》，上海，學林出版社，1995 年。
2. 董楚平，《吳越徐舒金文集釋》，杭州，浙江古籍出版社，1992 年。
3. 董蓮池，《〈金文編〉校補》，長春，東北師範大學出版社，1995 年。
4. 董蓮池，《新金文編》，北京，作家出版社，2011 年。
5. 董妍希，《金文字根研究》，臺北，國立臺灣師範大學國文研究所碩士論文，2000 年。
6. 董琨，「楚文字若干問題的思考」，《古文字研究》第 26 輯，北京，中華書局，2006 年。
7. 董珊，「『弌日』解」，《文物》，2007 年第 3 期。
8. 高明，《古文字類編》，北京，中華書局，1980 年。

9. 高明，《高明論著選集》，北京，科學出版社，2001 年。
10. 高明，《中國古文字學通論》，北京，北京大學出版社，1997 年。
11. 郭沫若，「古代文字之辯證的發展」，《考古》，1972 年第 3 期。
12. 郭沫若，《兩周金文辭大系圖錄考釋》，上海，上海書店出版社，1999 年。
13. 郭麗芳，《春秋金文構件量化研究》，華東師範大學碩士論文，2006 年。

G

1. 郭國權，《河南淅川縣下寺春秋楚墓青銅器銘文集釋》，吉林大學碩士學位論文，2008 年。

H

1. 何琳儀，《戰國古文字典》，北京，中華書局，1998 年。
2. 何琳儀，《戰國文字通論》（訂補）南京，江蘇教育出版社，2003 年。
3. 黄侃，《文字聲韻訓詁筆記》，上海，上海古籍出版社 1983 年。
4. 黄德寬，「古文字考釋方法綜論」，《文物研究》第 6 輯，黄山書社，1990 年。
5. 黄德寬，《古漢字形聲結構論考》，吉林大學博士論文，1996 年。
6. 黄德寬，《漢字理論叢稿》，北京，商務印書館，2006 年。
7. 黄錫全，《古文字論叢》，臺北，藝文印書館，1999 年。
8. 黄盛璋，「王子中戈作者正名與分國斷代及其相關問題辨證、解惑」，《古文字研究》第 25 輯，中華書局，2004 年。
9. 黄錫全，「申文王之孫州桼簠銘文及相關問題」，《古文字研究》第 25 輯，中華書局，2004 年。
10. 黄旭初、黄鳳春，「湖北鄖縣新出唐國銅器銘文考釋」，《江漢考古》，2003 年第 1 期。
11. 黄鳳春，「新見楚器銘文中的『競之定』及相關問題」，《江漢考古》，2008 年第 2 期。
12. 黄文傑，「戰國文字中的類化現象」，《古文字研究》第 26 輯，北京，中華書局，2006 年。
13. 黄天樹，《黄天樹古文字論集》，北京，學苑出版社，2006 年。
14. 胡長春，「釋『△△雝雝』」，《古文字研究》第 25 輯，北京，中華書局，2004 年。

J

1. 季旭昇，《甲骨文字根研究》，臺北，文史哲出版社，2003 年。
2. 蔣善國，《漢字學》，上海，上海教育出版社，1987 年。
3. 姜亮夫，《古文字學》，昆明，雲南人民出版社，1999 年。
4. 江學旺，《西周金文研究》，南京大學博士論文，2001 年。
5. 蔣詩堂，「戰國文字域別特點考察的原則之探討」，《湖南社會科學》，2002 年第 2 期。

L

1. 李學勤，《東周與秦代文明》，北京，文物出版社，1984 年。
2. 李學勤，《新出青銅器研究》，北京，文物出版社，1990 年。
3. 李學勤，「補論子犯編鐘」，《中國文物報》1995 年 5 月 28 日第 3 版。
4. 李學勤，《古文字學初階》，北京，中華書局，1997 年。
5. 李學勤，《簡帛佚籍與學術史》，南昌，江西教育出版社，2001 年。
6. 李學勤，《青銅器與古代史》，臺北，聯經出版社，2005 年。
7. 李學勤，《中國古代文明研究》，上海，華東師範大學出版社，2005 年。
8. 李學勤，《春秋史與春秋文明》，上海，上海科學技術文獻出版社，2007 年。
9. 李榮，「漢字演變的幾個趨勢」，《中國語文》1980 年第 1 期。
10. 李孝定，《漢字的起源與演變論叢》，臺北，聯經出版事業公司，1980 年。
11. 李孝定，《甲骨文字集釋》，臺北，中央研究院歷史語言研究所，1982 年。
12. 李運富，《漢字漢語論稿》，北京，學苑出版社，2008 年。
13. 李運富，《戰國簡帛文字構形系統研究》，長沙，嶽麓書社，1997 年。
14. 李國英，《小篆形聲字研究》，北京，北京師範大學出版社，1996 年。
15. 李零，「楚國銅器銘文編年彙釋」，《古文字研究》第 13 輯，北京，中華書局，1986 年。
16. 梁東漢，《漢字的結構及其流變》，上海，上海教育出版社，1959 年。
17. 林澐，「對早期銅器銘文的幾點看法」，《古文字研究》第 5 輯，北京，中華書局，1981 年。
18. 林澐，《古文字研究簡論》，長春，吉林大學出版社，1986 年。
19. 林澐，《林澐學術文集》，北京，中國大百科全書出版社，1998 年。
20. 林澐，「先秦古文字中待探索的偏旁」，《古文字研究》第 21 輯，北京，中華書局，2001 年。
21. 林清源，《楚國文字構形演變研究》，臺中，私立東海大學中國文學研究所，1997 年。
22. 劉彬徽，《楚系青銅器研究》，武漢，湖北教育出版社，1995 年。
23. 劉雨，「金文研究中的三個難題」，《古文字研究》第 23 輯，北京，中華書局，2002 年。
24. 劉釗，「古文字中的合文、借筆、借字」，《古文字研究》第 21 輯，北京，中華書局，2001 年。
25. 劉釗，《古文字考釋叢稿》，長沙，嶽麓書社，2005 年。
26. 劉釗，《古文字構形學》，福州，福建人民出版社，2006 年。
27. 龍宇純，《中國文字學》，臺北，五四書店，2001 年。
28. 羅運環，「論楚文字的演變規律」，《古文字研究》第 22 輯，北京，中華書局，2000 年。

29. 羅衛東，《春秋金文構形系統研究》，上海，上海教育出版社，2005 年。
30. 羅衛東，「春秋金文異體字考察」，《古文字研究》第 26 輯，北京，中華書局，2006 年。呂思勉，《文字學四種》，上海，上海教育出版社，1986 年。

M

1. 馬國權，「鳥蟲書論稿」，《古文字研究》第 10 輯，北京，中華書局，1983 年。
2. 馬承源主編，《中國青銅器》，上海，上海古籍出版社，1988 年。
3. 馬承源主編，《商周青銅器銘文選》，北京，文物出版社，1990 年。
4. 麥裏筱，「寶字演變過程中所啓示其結構成分的選擇原則」，《古文字研究》第 26 輯，北京，中華書局，2006 年。

Q

1. 啓功，《古代字體論稿》，北京，文物出版社，1999 年。
2. 裘錫圭，《文字學概要》，北京，商務印書館，1988 年。
3. 裘錫圭，《古文字論集》，北京，中華書局，1992 年。
4. 裘錫圭，《裘錫圭自選集》，鄭州，河南教育出版社，1994 年。
5. 裘錫圭，「關於《子犯編鐘》的排次及其他問題」，《中國文物報》，1995 年 10 月 8 日第 3 版。
6. 全廣鎮，《兩周金文通假字研究》，臺北，臺灣學生書局，1989 年。

R

1. 容庚，《金文編》，北京，中華書局，1985 年。

S

1. 商承祚，《說文中之古文考》，上海，上海古籍出版社，1983 年。
2. 施謝捷，《吳越文字彙編》，南京，江蘇教育出版社，1998 年。
3. 孫詒讓，《古籀拾遺・古籀餘論》，北京，中華書局，1989 年重印本。
4. 孫詒讓，《名原》，北京，中華書局，1989 年重印本。
5. 孫敬明、何琳儀、黃錫全，「山東臨朐新出銅器銘文考釋及有關問題」，《文物》，1983 年第 12 期。
6. 沈寶春，「宋右師延敦『隹贏贏昷昷昜天惻』解」，《古文字研究》第 25 輯，北京，中華書局，2004 年。

T

1. 唐蘭，《古文字學導論》（增訂本），濟南，齊魯書社，1981 年。
2. 唐蘭，《中國文字學》，上海，上海書店，1991 年。
3. 唐蘭，《唐蘭先生金文論集》，北京，紫禁城出版社，1995 年。
4. 唐作藩，《上古音手冊》，南京，江蘇人民出版社，1982 年。

5. 湯余惠，「略論戰國文字形體研究中的幾個問題」，《古文字研究》第 15 輯，北京，中華書局，1986 年。
6. 陶曲勇，《西周金文構形研究》，中國人民大學博士論文，2009 年。

W

1. 萬業馨，「『關係位』略說」，《古文字研究》第 22 輯，北京，中華書局，2000 年。
2. 王恩田，「上曾太子鼎的國別及其相關問題」，《江漢考古》，1995 年第 2 期。
3. 王國維，《觀堂集林》，北京，中華書局，1959 年。
4. 王鳳陽，《漢字學》，長春，吉林文史出版社，1989 年。
5. 王輝，《秦銅器銘文編年集釋》，西安，三秦出版社，1990 年。
6. 王輝，《古文字通假字典》，北京，中華書局，2008 年。
7. 王人聰，「鄭大子之孫與兵壺考釋」，《古文字研究》，第 24 輯，北京，中華書局，2002 年。
8. 王輝，《秦文字集證》，臺北，藝文印書館，1999 年。
9. 王寧，《漢字學概要》，北京，北京師範大學出版社，2001 年。
10. 王寧，《漢字構形學講座》，上海，上海教育出版社，2002 年。
11. 王貴元，《馬王堆帛書漢字構形系統研究》，南寧，廣西教育出版社，1999 年。
12. 王貴元，「現代漢字字形三論」，《語言文字應用》，2005 年第 2 期。
13. 王貴元，「簡帛文獻用字研究」，《西北大學學報》，2008 年第 3 期。
14. 王貴元，「漢字演變的歷史我們還很陌生」，全球視野下的中國文字研究國際研討會會議論文，上海，華東師範大學中國文字研究與應用中心，2008 年 11 月 1～3 日。
15. 吳國升，《春秋文字研究》，安徽大學博士論文，2005 年。
16. 吳欣潔，《春秋金文形構演變研究》，臺灣國立成功大學中國文學研究所碩士論文，2004 年。
17. 吳振武，「古文字中形聲字類別的研究」，《吉林大學學報·研究生論文集刊》，1982 年第 1 期。
18. 吳振武，「古文字中的借筆」，《古文字研究》第 20 輯，北京，中華書局，2000 年。

X

1. 徐中舒，《甲骨文字典》，成都，四川辭書出版社，1988 年。

Y

1. 嚴志斌，《四版〈金文編〉校補》，長春，吉林大學出版社，2001 年。
2. 楊樹達，《積微居小學述林》，北京，中華書局，1983 年。
3. 楊樹達，《積微居金文說》（增訂本），北京，中華書局，1997 年。

4. 殷煥先，《漢字三論》，濟南，齊魯書社，1981 年。
5. 于省吾，《甲骨文字釋林》，北京，中華書局，1979 年。
6. 于豪亮，《于豪亮學術文存》，北京，中華書局，1985 年。

Z

1. 張世超等，《金文形義通解》，京都，中文出版社，1996 年。
2. 張亞初，「談四種整體文字及其意義」，《古文字研究》第 22 輯，北京，中華書局，2000 年。
3. 張亞初，《殷周金文集成引得》，北京，中華書局，2001 年。
4. 張政烺，《張政烺文史論集》，北京，中華書局，2004 年。
5. 張桂光，「《金文編》『校補』『訂補』略議」，《古文字研究》第 24 輯，北京，中華書局，2002 年。
6. 張桂光，《古文字論集》，北京，中華書局，2004 年。
7. 張再興，「從字頻看西周金文文字系統的特點」，《語言研究》，2004 年第 1 期。
8. 張再興，《西周金文文字系統論》，上海，華東師範大學出版社，2004 年。
9. 張希峰，「簡論古文字形體的分化形式及其相互補足和運用」，《古文字研究》第 22 輯，北京，中華書局，2000 年。
10. 張光裕，「新見楚式青銅器器銘試釋」，《文物》，2008 年第 1 期。
11. 趙誠，「甲骨文的弘和引」，《古文字研究》第 23 輯，北京，中華書局，2002 年。
12. 趙誠，《二十世紀金文研究述要》，北京，書海出版社，2003 年。
13. 趙誠，《甲骨文字學綱要》，北京，中華書局，2005 年。
14. 趙誠，「古漢字演化中的過程性探索」（一），《古文字研究》第 26 輯，北京，中華書局，2006 年。
15. 趙誠，「西周金文構形系統二重性探索」，《古文字研究》第 27 輯，北京，中華書局，2006 年。
16. 趙誠，「古文字發展過程中的內部調整」，《古文字研究》第 10 輯，北京，中華書局，1983 年。
17. 趙誠，《古代文字音韻論文集》，北京，中華書局，1991 年。
18. 趙平安，「唐子仲瀕兒盤匜「咸」字考索」，《古文字研究》第 27 輯，北京，中華書局，2008 年。
19. 中國社會科學院考古研究所，《殷周金文集成釋文》，香港中文大學出版社，2001 年。
20. 周祖謨，《問學集》（上、下），北京，中華書局，1966 年。
21. 周法高，《金文詁林》，香港中文大學，1974 年。
22. 周有光，《世界文字發展史》，上海，上海教育出版社，1997 年。
23. 周有光，《比較文字學初探》，北京，語文出版社，1998 年。
24. 朱德熙，《朱德熙古文字論集》，北京，中華書局，1995 年。

後　記

本書是在我的博士論文《春秋金文文字研究》（2010）的基礎上增補修訂而成的。在出版之際，在導師王貴元先生的建議下，將書名修改爲《春秋金文字形全表及構形研究》，以更加突出論文中「春秋金文字形全表」部分。

2010 年，在導師王貴元先生的指導下，我完成了博士論文的寫作，在評審過程中，著名專家王寧、黃天樹、趙彤等先生又給予了寶貴意見，在此表示衷心的謝意。

書中部分內容曾先後在《殷都學刊》等刊物發表，今日幸逢花木蘭文化出版社扶持學術，全文得以出版面世，在此表示衷心的感謝。

作者

2014 年 1 月